# The <u>DIARY</u>

## Die Tagebuch-Morde

Isabel Ludschoweit
Johanna Finkernagel

Liebe Leser*innen,

Dieses Buch enthält potenziell triggernde Inhalte.

Dazu findet ihr eine Triggerwarnung auf S.292

Wir wünschen euch ein schönes Leseerlebnis!

# **Prolog**

Liebes Tagebuch,

Ich hörte Schritte. Die Gleichen wie immer. Er kam zurück. Er kam wieder. Damit hätte ich rechnen müssen, hatte mir aber doch innig gewünscht, jeden Moment aus diesem Alptraum zu erwachen.

Die Tür öffnete sich quietschend und ein leichter Lichtpfahl erhellte das dunkle Zimmer ohne Fenster. Ein Luftzug wehte durch den offenen Türspalt und trug den stechenden Geruch des Alkohols durch die Luft zu mir. Ich biss die Zähne zusammen und hielt eine Welle der Übelkeit zurück. Ein blutiger Schmerz durchzuckte mein Gesicht, als ich meine aufgerissenen, viel zu trockenen Lippen aufeinanderpresste. Ich blinzelte in die Richtung, aus der das Licht kam. Er stellte sich in den Türeingang, knipste die Lampe auf der Kommode neben dem Türrahmen an und ließ mit einem leichten Schulterstoß die Tür zufallen. Der Mann war groß und muskulös, sodass ich trotz der Lampe, die er eingeschaltet hatte, kaum etwas erkennen konnte. Seine Statur warf einen riesigen Schatten, in dem meine knochige Figur vollkommen unterzugehen schien. Am meisten erschütterten mich seine Augen. Sie waren eiskalt und stechendblau und funkelten voller Verachtung und Rachsucht.

„Hast du es dir überlegt?", fragte mich der mit Muskeln übersäte Typ. Ich antwortete nicht. Mein Mund war immer noch staubtrocken. Er holte wie beim letzten Mal den Gürtel von der Kommode.

*Ob ich es mir überlegt habe*, fragte er mich. Nur wegen dieser Frage hatte er mich überhaupt hier unten eingesperrt. Was konnte ich dafür, dass ich krank war und deswegen diese dämliche Matheklausur nicht mitschreiben konnte? Hätte er mich zum Arzt gelassen, hätte ich ein Attest bekommen und die Klausur nachholen dürfen. Aber selbstverständlich hatte er das nicht getan. Also hatte auf einer leeren Klausur mein Name in der unordentlichen Schrift meiner Mathelehrerin und daneben in roten Lettern: 00 Punkte gestanden. Also eine glatte Sechs. Ich war durchgefallen und das konnte und wollte er nicht akzeptieren.

„Bitte nicht", flehte ich leise mit aufsteigenden Tränen. Es war beinahe schon ein Wimmern.

„Dann antworte mir gefälligst, du kleine Schlampe!", schrie er mir hasserfüllt und wutverzerrt ins Gesicht. Mir kullerte eine Träne über die Wange. Ich versuchte, sie wegzuwischen, doch jede Bewegung tat weh. Meine Knochen waren schwer und meine Muskeln zogen überall. Verächtlich spuckte er mir vor die Füße, holte mit dem Gürtel aus und schlug zu. Verzweifelt schrie ich auf, als das Leder auf meine Haut peitschte. Ich kauerte mich auf dem kalten Kellerboden zusammen und heulte, ohne dass ein Ton meine Lippen verließ. Noch zwei weitere Male verpasste er mir eine, ehe er den

Gürtel wegpackte und sich wieder zu mir umdrehte. Obwohl er immer noch nicht den Raum verlassen hatte, machte sich Erleichterung in mir breit.

*Wenigstens ist der Gürtel weg*, dachte ich, als der Typ schwungvoll und überraschend sein Bein nach hinten warf und zutrat. Meine Hüfte war mittlerweile so taub, dass ich den Tritt, der mich um einige Zentimeter nach hinten beförderte, kaum noch spürte. Und nochmal. Dieses Mal traf er mein Schienbein. Ich versuchte, meinen Schrei zu unterdrücken und scheiterte kläglich.

„Für wen hältst du dich eigentlich? Ich könnte dich jederzeit umbringen, Miststück!" Ich reagierte nicht auf das, was er sagte. Zu oft hatte er mir damit schon gedroht und zu oft diese Drohung beinahe wahr gemacht.

Reglos lag ich zu seinen Füßen und betete still, dass das hier schnell vorbeiging. Viel länger hielt ich das nicht mehr aus. Der Mann packte mich unsanft am Arm und zerrte mich hoch, als wäre ich eine Puppe. Ich wehrte mich nicht und schaute mit meinen glasigen Augen in seine hasserfüllten, skrupellosen, die mich mit noch mehr Angst erfüllten, als ich jemals für möglich gehalten hatte.

„Bitte, bring mich um", winselte ich, ohne es wirklich zu wollen, aber es wäre meine befreiende Erlösung gewesen. So oft hatte ich gegen die Wände und die Tür geschlagen und getreten und niemand hatte mich gehört. Niemand kam mir zur Hilfe. Und niemand hatte mich gerettet.

Seine Mundwinkel zogen sich voller Lust nach oben.

„Wie gerne ich das tun würde, aber das wäre einfach zu human für dich. Du sollst leiden!"

Ich fing an, stumm zu weinen. Der menschliche Schatten ließ mich ohne Umschweife auf den Boden fallen und trat nochmal zu, bevor er sich zu mir herunterkniete, mir seine Faust auf den Wangenknochen schlug und mir mit seinen Händen die Kehle zudrückte. Angsterfüllt und verzweifelt zappelte ich und versuchte, mich aus seinem Griff zu befreien. Meine hastigen Bewegungen schienen ihn nur wenig zu beeindrucken. Er zog meinen Hals so weit zu sich hoch, bis mein Kopf über dem Boden hing und ließ ihn mit rasender Geschwindigkeit zurückfallen. Und nochmal. Und nochmal. Mir wurde schummrig und Sterne tanzten vor meinen Augen. Ich sah meinen Gegner plötzlich dreimal, verzerrt in meiner Sicht. Mir war schlecht. Trotzdem versuchte ich, mich weiterhin zu befreien. Vergeblich. Ich spürte, wie es unter meinem Kopf erst feucht, dann klebrig wurde und ich in meinem eigenen Blut lag. Ich gestand mir ein, dass ich hier nicht lebendig herauskommen würde. Auch wenn ich mich unwahrscheinlicherweise befreien und ihn ausknocken würde. Ich gab die Hoffnung auf und ließ mein Leben an mir vorbeiziehen. Meine Bewegungen wurden immer langsamer und ungenauer, meine Muskeln erschlafften und alle Farbe wich mir aus den Wangen.

Meine Augen starrten meinen Mörder leer und reglos ins Gesicht.

# Kapitel 1

„Das kannst du echt nicht bringen. Das ist sowas von unfair und gemogelt. Ich kann wirklich nicht glauben, wie lange wir noch zusammenarbeiten müssen, bevor ich in die Rente entlassen werde."

„Tja. Du solltest halt nicht mit mir wetten. Ich möchte ja nicht sagen, dass ich es dir gesagt habe, aber ich habe es dir ja gesagt." Ich verdrehe die Augen und stehe von meinem Schreibtisch auf, um eine neue Tasse Kaffee zu holen. Tucker reicht seine herüber und deutet mir, ihm eine mitzubringen. Ich seufze und mache mich auf den Weg in die Teeküche.

Während ich dem langsam kochenden Wasser zuschaue, kommt mein Chef hereingeschlendert. Seine Augen beginnen zu leuchten.

„Kimberly, meine Liebe."

„Foster", verbessere ich ihn, wie ich es so oft mache, wenn mein Chef die professionelle Linie nicht einhält.

„Bitte was?", fragt er verwirrt und guckt mich doof an.

„Vergessen Sie es." *Der wird es sowieso nie verstehen.*

„Wie geht's?", fragt er mich weiter.

*Na ja. Selbe Scheiße, anderer Tag,* denke ich schnippisch, antworte jedoch nur: „Gut. Gibt es irgendwas bestimmtes, was Sie von mir wollen?" Natürlich gibt es nichts, was er konkret von mir will. Na ja, eigentlich schon, aber das würde er niemals wagen, auszusprechen. *Gott sei Dank!* Seit unser neuer Chef von einer anderen Polizeidienststelle zu uns versetzt worden war, weil unser alter Vorgesetzter in den Ruhestand gegangen ist, rückt er mir einfach nicht mehr von der Pelle. Immerzu sucht er meine Nähe und scharwenzelt nur so um mich herum, dass es jedes Mal, wenn er mich nur ansieht, total unangenehm ist.

„Ich interessiere mich bloß für das Wohlbefinden meiner Mitarbeiter, vor allem wenn sie so hübsch aussehen wie Sie heute. Haben Sie etwas an ihrem Haar geändert?"

*Ekel.*

„Nein. Wieso?", frage ich, denke weiter: *Ist das neuerdings Voraussetzung oder in irgendeiner Weise für meine Arbeit relevant?*

Er überlegt kurz und sagt mir dann, dass ich bitte zu Mia gehen solle, da sie noch etwas mit mir zu besprechen habe. Der Wasserkocher pfeift und als ich mich wieder zu meinem Chef umdrehen will, ist dieser schon im Begriff den Raum zu verlassen und um die Ecke zu biegen.

„Naa ...", zieht Tucker mich auf, als ich ihm seine gefüllte Kaffeetasse reiche. „Ich habe den Chef in die Teeküche gehen sehen. Genau, als *du* darin verschwunden bist, hat sich seine Bürotür geöffnet und er ist dir wie in Trance gefolgt." Tucker streckt die Arme wie ein Schlafwandler aus und lacht dabei. Er zieht mehrmals hintereinander aufreizend die Brauen hoch, sodass ich gar keine andere Wahl habe, als ihm einmal ordentlich gegen die Schulter zu boxen, wobei ich froh sein kann, dass er seine Tasse schon abgestellt hat.

„Ich glaube, du spinnst! Ich will nichts von dem. Den Kotzbrocken würde ich nicht mal freiwillig mit der Kneifzange berühren wollen", gestehe ich meinem Partner.

„Kann ich verstehen. Die schmierige Schmalzlocke würde ich auch nicht anfassen wollen. Das ändert aber nichts an der Tatsache, dass er *dich* anfassen will." Bei dem Gedanken läuft es mir eiskalt den Rücken herunter. Meine Nackenhaare stellen sich auf, mir wird schlecht. Ich kann schon die bittere Galle schmecken.

„Aber zum Glück ist er nicht mehr lange da. Er ist ja nur eine Vertretung", muntert mich Tucker auf.

„Mein Mathelehrer damals war auch nur als „Vertretung" vorgesehen." Ich male Anführungszeichen in die Luft. „Doch dann musste meine eigentliche Lehrerin in ihrer Elternzeit nochmal schwanger werden und ich hatte ihn bis zum Abitur", sage ich trotzig.

„Kopf hoch. Hast du ihn seitdem jemals wiedergesehen?"

„Nein", antworte ich und werde unterbrochen, ehe ich meinen Standpunkt weiter ausführen kann.

„Ja, dann ist doch alles super ausgegangen ..."

„Ernsthaft Tucker? Setzt das demnach nicht voraus, dass ich kündige oder mich versetzen lasse?" Tucker denkt kurz nach.

„Neiiiiin. Na gut. Vielleicht war das nicht das beste Beispiel, aber den werden wir schon wieder los. Vertraue mir. Ich habe da so ein Gefühl."

„Ein Gefühl? Wirklich?", sage ich nicht sehr überzeugt.

„Ey. Natürlich. Wann hat dich mein Gefühl jemals getrübt?", fordert mich Tucker kampfeslustig auf.

„In dem Fall mit dem alten Opa, bei meiner Katze, Brian, im Training, als du was ausprobiert hast, von dem du ebenfalls meintest, dass ich mir keine Sorgen machen müsse, weil du genau weißt, was du tust. Meine verstauchte Hand wusste nicht, was du da getan hattest, geschweige denn tun wolltest."

„Das sind alte Geschichten ... Aber wieso Brian? Wer ist Brian überhaupt?"

„Der Typ mit dem du mich verkuppeln wolltest. Der aus dem Forensik-Team, der mir die verschiedenen Formen von Leichenwachs nähergebracht hat. Viel zu nah."

„Oh. Stimmt. Der war cool", lacht er, woraufhin ich ihm einen Klaps auf den Hinterkopf gebe.

„Leichte Schläge auf den Hinterkopf erhöhen das Denkvermögen", verteidige ich mich gegen seinen strafenden Blick. „Ich kann bestimmt dafür sorgen, dass ihr mal Essen geht, wenn du was über Leichenwachs und so ein Zeugs lernen möchtest."

„Nein, ist ja gut. Wenn du mir zehn Minuten gibst, denke ich mir was Besseres aus. Ich muss nur kurz googlen, wie man seinen Chef legal, ohne Spuren zu hinterlassen wegbekommt, sodass es niemandem auffällt und ihn niemand vermisst."

Ich schlage mir mit der flachen Hand gegen die Stirn.

„Oh man! Aber tu, was du nicht lassen kannst. Ich gehe solange zu Mia. Wenn du was gefunden hast, kannst du mich ja holen."

An Mias Arbeitsplatz angekommen, lehne ich mich mit meiner Kaffeetasse in der Hand an ihren Schreibtisch, der mit alten Fallakten vollgestellt ist, die alle noch nicht ihren Weg ins Archiv gefunden haben, und frage: „Was gibt's?"

„Hey. Es geht um heute Abend. Abby lässt nochmal fragen, ob du wirklich kommst. Also zum Grillfest. Und ob du eventuell noch jemanden mitbringst?", fällt Mia ohne Vorlauf mit der Tür ins Haus. Den letzten Teil hat sie als Frage formuliert, dabei kennt sie eigentlich die Antwort.

„Ähm ... Ja ...", stottere ich, während sie mich mit ihrem erwartenden Blick zerlöchert. „Da Tucker ebenfalls eingeladen ist und mit seiner Frau kommt, werde ich wohl allein auftauchen." Mia schenkt mir einen mitleidigen Blick, fängt aber schnell wieder an zu grinsen.

„Es kommen auch einige alleinstehende Herren", flüstert sie und zwinkert mir verschwörerisch zu. Ich lache auf.

„Gut zu wissen", erwidere ich und gehe kopfschüttelnd zu meinem Platz zurück.

***

Mit zwei riesigen Baguettes unter den Arm geklemmt schaue ich mich nochmal kurz in der Spiegelung meines Autofensters an und rücke meine Kette zurecht, deren blauer Kristall perfekt zu meiner blauen Bluse und meiner schwarzen Hose passt. Es ist merkwürdig, meinen Anhänger heute zu tragen. Normalerweise trage ich den Kristall, der durch seine vielen Ebenen unförmig scheint und doch etwas Vornehmes und Klares ausstrahlt, nur zu besonderen Anlässen, zu denen ich ein Grillfest eher weniger zählen würde. Jedoch hatte ich irgendwie das Verlangen, die Kette zu tragen. Sie ist ein Erbstück meiner Großmutter und passt wirklich gut zu meinem restlichen Outfit. Schon wieder schaue ich an mir herunter und frage mich ein weiteres Mal, ob es wirklich eine gute Idee war, hierher zu kommen, ehe ich mich bereit mache, um bei Mia zu klingeln und mich unter die Gäste zu mischen.

„Hi", begrüßt mich Tucker, der mit seiner Frau am Arm zu mir herübergelaufen kommt. Seine Frau ist Kapitänin und manchmal länger unterwegs, weshalb Tucker mich öfter mal zu Veranstaltungen begleitet, sodass ich es kaum gewohnt bin, irgendwo allein aufzukreuzen, obwohl ich keinen festen Partner habe.

„Hey", antworte ich und hebe kurz meine Hand zum Gruß. Nachdem ich eine Weile mit Tucker und seiner Frau gesprochen habe, mache ich mich auf die Suche nach Mia und Abby, die Arm in Arm auf ihrer Terrasse neben zwei Ziersträuchern stehen. Abigail hat sie selbst großgezogen und geschnitten, worauf sie jedes Jahr aufs Neue sehr stolz ist. Eine der Pflanzen stellt dieses Jahr ein Eichhörnchen dar, während die andere in Form einer Antilope zur Schau steht. Darauf bedacht, sie nicht versehentlich zu zerstören, weil Abby mit ihnen noch an einem Kunstwettbewerb teilnehmen möchte, stelle ich mich auf die andere Seite der Terrasse, um Mia und ihre Frau zu begrüßen.

„Kim, du bist da", ruft Abby und kommt mit offenen Armen auf mich zu, um mich zur Begrüßung zu Umarmen.

„Hey", antworte ich, ehe ich auch Mia in die Arme schließe.

„Ich hatte doch wirklich kurz Angst, dass du nicht auftauchen würdest. Es freut mich wirklich sehr, dass du endlich da bist."

„Ich habe dir doch gesagt, dass Kim kommt", wendet sich Mia an ihre Ehefrau. Ihre blaue Stoffhose und die blau-weiß gestreifte Bluse passen wunderbar zu dem Kleid, das Abigail heute anhat, wobei das wahrscheinlich – wie sonst auch – abgesprochen ist.

„Gut seht ihr beide aus."

„Danke. Hast du dir schon was zum Essen geholt?"

„Nein, aber ich mache mich gleich mal auf den Weg."

„Sehr schön. Amüsiere dich gut und denk an die Herren", steckt Mia mir, als ich gerade loswill, das Buffet zu stürmen. Gekonnt ignoriere ich den letzten Teil, setze meinen Weg weiter fort und hole mir eine Flasche Bier aus dem Kühlschrank im Wintergarten. Dann setze ich mich auf eine Bank der Bierzeltgarnitur, die in Mias Garten verteilt steht. Ich kehre den Gästen den Rücken zu und setze mich an den Tisch, ziehe meine Jeans zurecht und starre auf meine Bierflasche. Ich bin keine Person, die gerne mit vielen Menschen zusammen ist, vor allem wenn ich diese nicht kenne. Ich fühle mich immer ein bisschen fehl am Platz. Wenn ich doch auch nur jemanden hätte, der mit mir zu Partys und Veranstaltungen kommen würde. Und wenn es nur ein guter Freund wäre oder mein … Den Gedanken schiebe ich schnell beiseite und versuche ihn, aus meinem Unterbewusstsein zu eliminieren.

„Ist hier noch frei?", reißt mich jemand aus meinen Gedanken. Es ist ein breitschultriger, muskulöser Mann, der lässig gekleidet ist und trotzdem etwas Autoritäres und Elegantes an sich hat. Seine helle Haut ist sonnengebräunt, sein Gesicht weich und kantig zugleich und er hat kurze hellbraune Haare, die seine blauen Augen betonen. Sie sind so intensiv, dass mir beinahe der Atem wegbleibt.

„Und?"

„Und?", wiederhole ich ihn baff.

„Ist hier jetzt noch frei oder nicht?", fragt er mich, wobei sein rechter Mundwinkel verdächtig zuckt.

„Oh, Entschuldigung. Natürlich ist hier noch frei. Setzen Sie sich ruhig."

„Danke. Wir können gerne "du" sagen. Ich bin Noah."

„Hallo. Ich bin Kim. Tut mir leid wegen eben", entschuldige ich mich erneut.

„Alles gut. Jetzt sitze ich doch." Die darauffolgende unangenehme Stille wird von Mia unterbrochen, die plötzlich neben mir am Tisch auftaucht.

„Gut, ihr habt euch schon mit Getränken versorgt. Wusstest du eigentlich, Kim, dass Noah bald auf unser Revier kommt?" Ich schüttele leicht den Kopf.

Als sie sich umdreht, um wieder zu gehen, neigt sie sich zu mir herunter und flüstert mir noch ins Ohr: „Kleine Starthilfe. Viel Spaß."

„Sie sind also auch Polizist? Du. Ich meine, du bist also auch Polizist?" Ein Grinsen kann er sich nicht verkneifen, aber ich nehme es ihm nicht übel. Dafür sieht es viel zu gut an ihm aus.

„Ja. Daraus schließe ich mal, dass du auch Polizistin bist." Ich ziehe eine Augenbraue hoch und lache leise.

„Was ist denn so lustig?"

„Nichts", antworte ich schnell. „Es ist nur …"

„Nur?", fragt Noah sichtlich belustigt nach.

„Ich weiß auch nicht so recht …"

Bevor ich mich in eine peinliche Erklärung stürzen muss, kommt ein kleines Kind, das ich auf ungefähr sechs, vielleicht sieben Jahre schätze, weinend angerannt.

„Papa!" Es schmeißt sich Noah in die Arme, der ihn sofort umschließt, um den kleinen Jungen zu trösten.

„Was ist denn passiert?", fragt er einfühlend und streicht dem Jungen mit seiner Hand über die Haare. Seine Finger sind groß und ohne … ohne Ring – *was nichts zu sagen hat.*

Die Szene, die sich vor mir auftut, ist rührend und es sticht mir im Herzen, das mit anzusehen. In meinem Leben gab es auch mal einen Menschen, der gut mit anderen umgehen konnte und immer für jedes Problem ein offenes Ohr, für jede Träne eine Schulter und für jede Idee ein Plan hatte. Es war natürlich was anderes als mit Noah. Trotzdem zieht sich mein Herz zusammen. Die schmerzlichen Erinnerungen drängen sich in mein Bewusstsein und ich kämpfe damit, meine Tränen zurückzuhalten.

Nach zwei langen Schluchzern antwortet der Junge schließlich: „Elena hat gesagt, dass ich nervig bin und mit anderen spielen soll. Am liebsten ganz weit weg. Da, wo der Pfeffer wächst. Und … Und dann hat sie mich weggeschubst, obwohl ich gar nichts gemacht habe." Noah löst sich von seinem Sohn.

„Ich gebe zu, es war falsch von Elena, dich zu schubsen, aber wie oft habe ich dir schon gesagt, dass deine Schwester ihre Privatsphäre braucht und nicht immer mit dir zusammenhängen möchte?" Der kleine Junge fängt an, an seinen Fingern zu zählen. „Das brauchst du jetzt nicht nachzählen, Nicky. Ich habe es dir oft gesagt, oder?"

„Ja", antwortet Nicky bedröppelt.

„Dann spiel doch jetzt einfach mit Hanna und Sarah", schlägt Noah dem Kleinen vor.

„Iiiih! Das sind doch Mädchen!", sagt der kleine Junge entgeistert, sodass ich mich daran hindern muss, loszuprusten.

„Elena ist doch auch ein Mädchen", kontert Noah daraufhin. „Hast du den beiden denn schon dein neues Frisbee gezeigt?"

„Nein", ruft er. Seine Augen leuchten auf und er läuft gleich los. Erleichtert atmet Noah auf.

Doch Nicky kommt zurück und fragt seinen Papa: „Wo wächst eigentlich der Pfeffer?" Ich lache. Der Kleine schaut mich verdattert an, bevor Noah wieder seine Aufmerksamkeit auf sich zieht. Auch er scheint sehr amüsiert über diese Frage.

„Das erzähle ich dir wann anders, mein Schatz. Jetzt geh erstmal spielen." Nicky hopst davon und Noah trinkt erstmals einen großen Schluck von seinem Bier.

„Sie sind also Polizist?", frage ich schüchtern, um die Stimmung ein bisschen zu lockern.

„Das steht zumindest in meinem Lebenslauf und auf meinem Dienstausweis", scherzt der gutaussehende Mann, der mir gegenübersitzt.

„Wie sind Sie dazu gekommen? Du. Ich meine natürlich: Wie bist du dazu gekommen?", verbessere ich mich.

„Ich habe gehofft, etwas gegen die Ungerechtigkeit in der Welt tun zu können. Ich weiß, das klingt jetzt etwas kitschig, aber es ist wahr. Ich musste mir früher oft ansehen, wie andere Kinder schlecht behandelt wurden. Und dann habe ich mir geschworen, dass ich solche Menschen bestrafen werde, wenn ich groß bin. Bei dir?" Einen Moment bin ich perplex wegen dieser Frage, was völlig sinnfrei ist, da ich kurz zuvor meinen Gegenüber das Gleiche gefragt habe. Jedoch wurde ich das bisher nur zweimal gefragt und hatte beide Male Zeit, mich darauf vorzubereiten. Ein Gedankenkarussell in meinem Kopf beginnt zu drehen und ich weiß nicht, was ich erwidern soll. Sage ich die Wahrheit oder meine einstudierte Antwort, die nah genug an der Wahrheit liegt, sodass keine weiteren Fragen in diese Richtung gestellt werden.

„Ich möchte Menschen helfen. Außerdem darf ich eine Waffe tragen", lache ich und Noah erwidert diese Geste.

Nach ein paar Stunden, in denen ich mich wirklich gut mit Noah unterhalten, meinen Nudelsalat und Maiskolben gefuttert und einfach die warmen Strahlen der Sonne genossen habe, verabschiede ich mich. Es ist schon spät und ich muss morgen früh arbeiten. Noah steckt mir eine Visitenkarte mit seiner Nummer zu und ich verlasse die Party. Während des gesamten Rückwegs lasse ich die Ereignisse des heutigen Abends Revue passieren. Ich merke, wie sich das Abbild von Noah mit jedem weiteren Gedanken stärker in meinen Kopf nagt und Gefühle auslöst, die ich schon lange nicht mehr so intensiv gespürt habe.

\*\*\*

„Ich will aber nicht tanken. Ich muss immer tanken."

„Das ist ja fast wie im Kindergarten! Ich habe das Essen geholt, du wirst tanken", entgegne ich.

Mal wieder stehen wir in unserer Mittagspause an der Tankstelle, nachdem wir uns was zu essen geholt haben und streiten, wer heute tanken muss. Mit der braunen Tüte unserer liebsten Fast-Food-Kette auf dem Schoß und dem Hundeblick im Gesicht, sieht Tucker mich in der Hoffnung an, dass ich nachgeben würde. Jedoch macht ein dämlicher Kulleraugenblick nichts mit mir – und da kann er noch so niedlich gucken. Ich bin gegen jegliche Form der zerstörenden, viel zu niedlichen Blicke abgehärtet, die einen jeden Zorn vergessen lassen. Mein Bruder hatte den Blick noch besser drauf als Tucker jetzt, wobei das auch an dem recht großen Altersunterschied liegen könnte. Bei dem Gedanken an meinen kleinen Bruder, der mit seinen großen, braunen Kulleraugen und seiner kleinen, nach vorn geschoben Schmolllippe vor mir steht und darum bettelt, dass ich ihm etwas von meinen Süßigkeiten abgebe, zieht sich mein Herz krampfhaft zusammen. Seine braunen, winzigen Locken, die voller Lebensfreude in jede erdenkliche Richtung springen, haben es einem auch nicht leichter gemacht „Nein" zu sagen. Wobei ich, wenn ich zurückdenke, ihm wahrscheinlich alles erlauben würde und sogar meine Süßigkeiten mit ihm geteilt hätte ...

„Okay. Wenn wir uns nicht einigen können, spielen wir eben Schnick-Schnack-Schnuck und entscheiden so", unterbricht Tucker meinen Schwall an Erinnerung, den er gar nicht bemerkt zu haben scheint.

„Sehr erwachsen. Aber gut", gehe ich auf den Vorschlag ein. Wir heben unsere rechte Faust und machen uns bereit.

„Warte! Eine Frage noch", unterbreche ich. „Einmal oder bis drei?"

„Einmal. Wir sind schließlich erwachsen."

Erneut machen wir uns bereit, schauen uns tief in die Augen und legen los: „Schnick-Schnack-Schnuck." Tucker ballt seine Hand zur Faust. So wie ich. Also nochmal.

„Schnick-Schnack-Schnuck!" Diesmal hält Tucker seine Hand gerade. Er lacht schadenfroh. „Stein verliert gegen Papier." Frustriert lasse ich meine Faust sinken. „Oh ... Arme Kim. Dafür bezahle ich." Ich laufe um unser Auto herum und fange an zu tanken, während mein Partner das Geld aus dem Auto holt und mir zusieht.

„Wo sehe ich denn, an welcher Säule wir sind?", fragt er und sucht die Zahl. Ich verdrehe die Augen.

„Säule drei", antworte ich und zeige um die Ecke auf den Balken. Er läuft los und ich möchte gerade wieder auf der Fahrerseite einsteigen, als ich plötzlich Schüsse höre. Ich ducke mich und versuche, die Herkunft der Schüsse zu lokalisieren. Mein Blick streift das Tankstelleninnere. Es knallt, als eine Kugel auf Metall trifft. Abrupt werde ich in die Vergangenheit befördert:

*Er steht mittendrin, hat keine Ahnung, was geschieht oder wie er sich schützen kann. Von einem Polizisten festgehalten, trete ich wild um mich, um ihn zu retten. Doch es kommt bloß ein weiterer Beamter, um mich festzuhalten. Dieses spießige Gesicht immer noch vor meinem inneren Auge, verfluchte ich*

*sein kantiges Gesicht mit der viel zu großen Nase im Verhältnis zu seinen kleinen grünen Augen, die mich noch heute manchmal in meinen Träumen verfolgen.*
*„Colin", schreie ich mit ganzer Kraft, doch er hört mich nicht und ich werde nicht hineingelassen. Die Scheibe, durch die ich ihn vorhin noch sehen konnte, wird von einer blutigen Welle bedeckt und mein Schrei stößt durch Mark und Bein. „Colin", keife ich weiter, obwohl ich genau weiß, dass er es nicht hört und ab jetzt auch niemals wieder hören wird.*

„Tucker!", rufe ich mir ins Gedächtnis und danke Gott, dass ich mich diesmal frei bewegen darf. Immer noch geduckt, öffne ich die Fahrertür und kralle mir das Funkgerät.

# Kapitel 2

Ich stehe aus meinem Bett auf und werfe einen kurzen Blick in den Spiegel. Doch das hätte ich lieber nicht tun sollen. Das, was ich sehe, gefällt mir gar nicht: Meine Haare sind verstrubbelt und stehen teilweise ab, an meinem Mund klebt getrockneter Speichel. Ich gehe ins Bad, kämme mir die Haare und mache mir einen provisorischen Pferdeschwanz. Ich wasche mir mein Gesicht, putze mir die Zähne, als ich ein gedämpftes Rumpeln aus der Küche höre. Ich schleiche durch den Flur zur Küche, hole mit dem Baseballschläger, den ich mir schnell aus meinem Kleiderschrank geschnappt habe, aus und senke ihn langsam wieder. *Kein Einbrecher weit und breit zu sehen.* Dafür eine kleine, chaotische, getigerte Katze, die auf der Suche nach Essen eine Spur der Verwüstung hinterlassen hat.

„Mimi!", rufe ich wütend. Die Katze zuckt zusammen und kommt mit ihren viel zu niedlichen grünen Augen auf mich zu und maunzt dabei. *Na super!* Wenigstens gibt es auf der Arbeit Kaffee, ohne dass ich vorher aufräumen muss. Ich lasse das Chaos so, wie es ist und mache mich weiter fertig, um so schnell wie möglich zur Arbeit an meinen aufgeräumten Schreibtisch zu kommen.

Zum ersten Mal seit einer gefühlten Ewigkeit, neun Wochen, um genau zu sein, gehe ich mit dem Wissen zur Arbeit, dass Tucker wieder gesund wird. Nachdem er beim Tankstellenüberfall angeschossen wurde, lag er erstmal ein paar Wochen im Koma, musste drei Mal operiert werden und keine Ahnung, was noch alles. Aber nun ist er wach, über den Berg und kann bald mit der Physiotherapie anfangen.

Guten Mutes öffne ich die Eingangstür, laufe die Treppe zu meiner Abteilung hoch und begebe mich zu meinem Schreibtisch.

Ein lilafarbener Briefumschlag liegt neben einem kleinen blauen Kästchen auf meinem Stapel mit den unfertigen Berichten. Verwundert nehme ich ihn hoch, inspiziere die Verpackung und öffne sie vorsichtig.

„Guten Morgen", grüßt Noah, der seit dem Tankstellenvorfall nun offiziell mit mir arbeitet und stellt mit einem breiten Lächeln seine Tasche neben seinem Stuhl ab.

Vor Schreck lasse ich den Brief fallen und antworte nur mit einem: „Morgen." Er stellt seinen Thermobecher auf den Schreibtisch, kommt zu mir herum und begutachtet, was ich da tue. Ich öffne den Brief vollständig und ziehe einen weißen Zettel mit ordentlicher Handschrift heraus.

„Warum legst du mir einen Brief hier hin?", frage ich Noah, ohne ihn zu lesen.

„So sehr ich mich darüber ärgere, dass dieser Brief nicht von mir ist, kann ich dir nicht sagen, wer ihn dir geschrieben hat."

„Aber das ist doch deine Handschrift. Zumindest die Handschrift von deinen Berichten. Und wenn du deine Berichte selbst schreibst, wovon ich stark ausgehe, dann muss es deine Handschrift sein", meine ich und halte Noah den Brief hin.

„Ich habe ihn dir trotzdem nicht geschrieben. Vielleicht hilft es, wenn du ihn dir durchlesen würdest?" Ich atme einmal tief durch, was genervter klingt, als ich es beabsichtige.

„In der Thomas Jefferson High School ist eine Leiche im Biologieraum 2. Einen Beweis habe ich auch. Öffnen Sie die Schachtel", steht in verschnörkelten Lettern auf dem Brief. Ohne etwas zu erwidern, lege ich den Brief ab, den Noah sich gleich schnappt, um ihn ebenfalls zu lesen. Ich öffne das Kästchen. Meine Augen werden groß und mein Mund verzieht sich angewidert, als mir zwei braune Augen aus dem Kästchen entgegenstarren.

***

„Gibt es keinen anderen Weg?", mault der Direktor.

„Nein, der Raum ist ein potenzieller Tatort. Die Schüler müssen raus", erkläre ich.

„Na gut. Aber Sie warten vor dem Raum, bis alle Schüler draußen sind. Und kein Wort zu ihnen. Sie müssen ja nicht unnötig beunruhigt werden."

„Geht klar. Dann los." Noah, ich und ein Dutzend anderer Menschen folgen dem Direktor die Treppe hoch zu den Naturwissenschaftsräumen. Die Schule, die ein paar hundert Kilometer von meiner Schule aus Kindheitszeiten liegt, erinnert mich doch sehr an meine Jugend. Der Vertretungsplan, der unten im Foyer hängt und wahrscheinlich meistens nicht ordentlich aktualisiert ist, das schwarze Brett daneben, das immer so voll ist, dass man das eigentliche Brett nicht mehr sieht - was aber nicht schlimm ist, weil die Informationen, darauf sowieso nicht gelesen werden. Die Treppe schreit förmlich danach, eine Schultreppe zu sein. Auch der Geruch ist typisch Schule –

schwitzende Teenager, die statt Wasser und Seife schlechtes Parfüm benutzen und dann auch noch in einer Menge ... *eklig*. Der Direktor klopft, geht rein und ein paar Minuten später strömt eine Schar an Teenagern aus dem Raum. Verwundert starren sie uns an, werden aber von hinten durch den Direktor daran erinnert, auf den Pausenhof zu gehen. Der Leichenspürhund, den wir geordert haben, sitzt ganz brav neben seinem Hundeführer und wartet auf sein Kommando loszulegen.

„Papa? Was ist hier los?", fragt Elena, Noahs ältere Tochter, die ebenfalls aus dem Raum herauskommt und sich, anders als die anderen Kids, auf uns zu bewegt.

„Das kann ich dir im Moment noch nicht sagen. Geh bitte zu deinen Klassenkameraden auf den Pausenhof." Widerwillig folgt sie den anderen, enttäuscht darüber, einen Vater an der Quelle zu haben, der einem nichts sagt.

Kaum sind die ganzen Kids draußen, gibt Weber, der Hundeführer, seinem Vierbeiner das Kommando loszulegen. Gespannt schaut das gesamte Team zu, wie der Hund zunächst mit der Nase voran den Raum erkundet, ehe er anschlägt und wir wie verhext dem Hundegebell folgen. Es führt uns in einen anderen Raum, dessen Tür offensteht und mit dem Biologieraum verbunden ist. *„Sammlung"*, entnehme ich der Aufschrift der Tür und lande vor einem Skelett, als der Hund bremst und sich hinlegt, was sein Zeichen ist für: „Hier ist etwas". Ich schaue mich um. Weber deutet auf das Knochengerüst: „Ich nehme an, da habt ihr eure Leiche." Er tätschelt den Hundekopf und überlässt die restliche Arbeit der Spurensicherung und Kriminaltechnik, während ich noch versuche, die neuen Informationen zu verarbeiten.

*Ein Schulskelett? Wirklich?*

„Ein paar Sorgen mache ich mir ja schon, dass meine Tochter heute zwei Schulstunden mit einer Leiche verbracht hat", raunt mir Noah zu, als wir den Raum wieder verlassen.

„Ich weiß auch nicht, was bei der heutigen Generation abgeht. Zu meinen Zeiten waren Schulskelette noch aus Plastik", scherze ich und erreiche ein kleines Lächeln bei meinem Partner.

Noch fühlt es sich ein wenig merkwürdig an, Noah, den ich erst seit ein paar Wochen kenne, meinen Partner zu nennen. Seit ich bei der Polizei angefangen habe, sind Tucker und ich ein eingespieltes Team, das sich gegenseitig den Rücken freihält und immer offen und ehrlich zueinander ist. Aber da Tucker nicht einsatzfähig ist, wurde Noah mir als Partner zugewiesen.

Ich vermisse es ein wenig, mich an der Tankstelle zu streiten, „Wer tankt" und das ewige Schnick-Schnack-Schnuck spielen. Aber Noah hat auch seine Vorteile: Sein süßes Lächeln, seine Art und nicht zu vergessen seine stechenden Augen. *Verdammt! Ich schweife schon wieder ab.*

„Weißt du schon, wie die Leiche hierherkam?", fragt Noah.

„Nein. Es ist bisher niemandem aufgefallen. Es ist ja nichts Ungewöhnliches an einem Skelett im Biologieraum. Und Überwachungskameras besitzt die Schule nicht. Laut den Leichenmenschen da vorne", ich zeige auf die Forensiker, „handelt es sich eindeutig um menschliche Überreste. Der Täter, der die Leiche hier abgestellt hat, hat sich sogar die

Mühe gemacht, eine Seriennummer in die Knochen zu ritzen. Dadurch sieht das Skelett äußerlich einem unechten zum Verwechseln ähnlich."

„Bedeutet also, dass wir auf die Untersuchungen warten müssen, um herauszubekommen, wer unser Schulskelett ist."

„Ja. Aber so schwer wird das nicht. Unser Skelett hat eine künstliche Hüfte. Hat zumindest der eine Forensiker gesagt", fasse ich meine Unterhaltung mit dem Forensik-Team zusammen.

*** 

Ich komme mit den Ergebnissen der Rechtsmedizin zu meinem Arbeitsplatz und lasse mich resigniert auf meinen Stuhl fallen. Nicht nur, dass der Rechtsmediziner mal wieder überaus anstrengend war, er hat es auch nicht gerade einfacher gemacht. Josh Wilson, der sozial komplett inkompetent zu sein scheint, macht jeden Besuch in der gruftigen Abteilung zur Hölle auf Erden – im wahrsten Sinne des Wortes. Er belässt es nicht dabei, allen seinen Gästen die Leichen ganz genau zu zeigen und voller Euphorie, die in diesem Ausmaß wahrscheinlich schon gar nicht mehr gesund ist, zu erläutern, was er herausgefunden hat. Nein, ab und zu kommt es auch vor, dass dem schlaksigen Mediziner mittleren Alters seine kirschrote Brille in ein Opfer fällt, die er dann mit wenig Geschick herausfischt und sie wieder aufzieht. Ich bin nicht oft im Keller und musste dieses Phänomen doch schon einige Male beobachten.

Noah schaut von seinen Akten auf: „Neuigkeiten?" Ich nicke.
„Ja. Unser Schulskelett ist ein junges Mädchen, Janine Mann,
22 Jahre alt. Sie konnte anhand ihrer Zähne identifiziert
werden."
„Ist doch gut. Jetzt sind wir einen Schritt weiter."
„Das Komische an der Sache ist das Hüftgelenk. Es gehört ihr
nicht."
„Wie? Es gehört ihr nicht?", fragt Noah verwirrt.
„Die Rechtsmedizin hat die Seriennummer überprüft. Laut
der Nummer gehört das Hüftgelenk einem Harold Finke, 49
Jahre alt."
„Okay. Das ist wirklich merkwürdig", gibt Noah zu. „Dann
lass uns diesem Finke mal einen Besuch abstatten", schlägt
er vor. Ich seufze.
„In einer halben Stunde kommt der Vater unseres
Schulskeletts."
„Das kriegen wir schon hin. Wir führen die Befragung des
Vaters durch und folgen dann der Spur mit dem Hüftgelenk."

Später verlassen Noah und ich den Befragungsraum. Ich
lehne mich deprimiert gegen die weiße Wand im Flur.
Warum ist es nur so schwer, Familienangehörigen, Eltern,
nahestehenden Menschen zu sagen, dass eine geliebte
Person nicht nur tot ist, sondern ermordet wurde. Solche
Momente sind mit Abstand die schlimmsten in diesem Job.
Die verständnislosen Augen, die einen anschauen. Die Frage:
„Warum?", die allen ins Gesicht geschrieben steht. *Warum
genau diese Person?* Die Tränen, die nicht zurückgehalten

werden können und gegen die auch kein Taschentuch hilft. *Einfach schrecklich!*

Das Gespräch mit dem Vater hat nur noch mehr Fragen aufgeworfen. Der Vater hat gesagt, dass Janine Kampfsport betrieben hätte und das sogar ziemlich gut. Allerdings steht in dem Bericht der Rechtsmedizin, dass keine Abwehrverletzungen an den Knochen festgestellt werden konnten und blaue Flecken und Kratzspuren können nur schlecht anhand der Knochen nachgewiesen werden. *Wurden ihr vielleicht Drogen verabreicht?*

„Das führt doch alles zu nichts", sage ich enttäuscht darüber, dass wir nichts herausgefunden haben, was uns wirklich weiterbringt. „Lass uns erstmal zu der Adresse von dem Typen ohne Hüftgelenk fahren. Vielleicht erfahren wir dort etwas Neues", meint mein Partner und wirft mir meine Jacke zu. Wir steigen ins Auto und fahren los.

Bei der angegebenen Adresse angekommen, klingeln wir und warten, dass jemand öffnet. Doch umsonst. 10 Minuten später laufen Noah und ich um das Haus herum und bemerken, dass die Tür offensteht. Ich greife nach meiner Waffe und gehe vor. Noah hinter mir gibt mir Rückendeckung. Vorsichtig steige ich durch die Terrassentür und schiebe den Vorhang langsam beiseite.

Der Gestank, der den Raum erfüllt, fliegt uns ins Gesicht und ich würge.

„Ich glaube, die Waffe kannst du wegstecken", sage ich zu Noah und zeige auf das, was ich freundlicherweise zu Gesicht bekommen habe.

***

Liebes Tagebuch,

ich lief und lief. Wusste nicht wohin. Ich wurde langsamer, bis ich schließlich zum Stehen kam. Zögerlich blickte ich um mich und was ich sah, verblüffte mich. Die Frage: „Wo bin ich eigentlich?" stand mir ins Gesicht geschrieben. Das Einzige, was ich sah, waren Bäume. Es sind ganz verschiedene: Große, kleine, dicke, dünne, alte, junge. Die Sonnenstrahlen, die sich ihren Weg durch das dichte Blätterdach bahnten, betonten die wunderschönen Wildblumen, die am Fuße der Bäume wuchsen. Es war ein unglaublicher Anblick. Doch so schnell, wie ich mich in diesem Anblick verlor, so schnell fand ich mich auch wieder und erinnerte mich, wie ich überhaupt dahin gekommen war.

„Kannst du denn eigentlich irgendwas?", hatte er gefragt. „Schon wieder hast du Mist gebaut! Du hättest den Ball treffen müssen. Treffen! Ist das denn so viel verlangt?" Er hatte mich zur Sau gemacht, obwohl mein Baseballteam gewonnen hatte. Ja, ich habe verfehlt. Na und? Ich spiele in keiner Nationalmannschaft. Ich mache das nur zum Spaß! Mit jedem weiteren Gedanken änderten sich meine eben noch sanften Gesichtszügen zu einer harten Maske. Ich begann wieder zu laufen. Schneller und schneller. Die Dornen der Büsche, an denen ich vorbei preschte, kratzten mir die Arme und die Beine auf. Auf dem Weg aus dem Wald zu gelangen, spürte ich nicht, wie mir das Blut die Arme herunterlief. Erschöpft und völlig verschwitzt schlug ich die Äste, die mir vor meinem Gesicht hangen, beiseite und schmiss mich auf den Boden, als ich Schüsse hörte. Einen, zwei, drei. Ein Hund bellte und ich traute mich nicht mal mehr, einen Finger zu krümmen, geschweige denn zu atmen. Jetzt hat er mich! Nachdem es eine Weile still war, erhob ich mich, rannte weiter, bis ich an einer Schlucht ankam. Verzweifelt suchte ich nach einem Ausweg, als ich zwei Hände an meinem Rücken spürte, welche mir einen kleinen Stoß gaben.

Ich fiel.

# Kapitel 3

Frische Luft! Endlich. Der bestialische Geruch, der sich drinnen im ganzen Haus breit gemacht hatte, hat draußen genug Platz, sodass man mit genug Abstand zum Haus den Gestank nicht mehr ganz so extrem wahrnimmt. Ich kann nur hoffen, dass ich diese Bilder jemals wieder aus meinen Gedanken kriege. Ein weiteres Opfer, das eine Identifizierung nahezu unmöglich machen würde. Durch das Hüftgelenk hat die Rechtsmedizin jedoch kaum Mühe, die Identität zu bestätigen.

Der Fall hat gerade erst angefangen und ich weiß schon jetzt nicht mehr weiter. Es ist alles so verwirrend. Kein Wunder, dass Janine das fremde Hüftgelenk von Harold Finke hatte, unser Typ hier braucht das auf jeden Fall nicht mehr.
„Es sieht so aus, als wäre unsere Leiche irgendwo heruntergefallen. Sie weist zumindest eine Menge Frakturen auf", brieft mich Noah, der jetzt ebenfalls aus dem Haus tritt, was anscheinend dringend nötig war, so wie er aussieht, denn sein Gesicht hat eine leicht grünliche Färbung angenommen.
Mein Gesicht sieht wahrscheinlich kein bisschen besser aus. Der Aufprall und die Geschwindigkeit des Falls hatten augenscheinlich dafür gesorgt, dass der Körper aufgesprengt und der Schädel aufgerissen wurde und von den Organen will ich gar nicht erst anfangen.
„Das Opfer ist unmöglich hier gestorben", wende ich mich an Noah. „Hast du dir den Teppich und das restliche Haus

angesehen? Selbst wenn er die Treppe heruntergefallen wäre, was ich nicht glaube, hätte er sich nicht in diesem Zustand ins Wohnzimmer schleppen können. Auch seine Organe, also die, die sich nicht mehr in seinem Körper befinden, liegen viel zu systematisch auf dem Boden und auch eine Blutspur und Blutspritzer fehlen." Ich atme kurz durch: „Da hat jemand dafür gesorgt, dass wir ihn auch ganz sicher finden, wenn wir das Hüftgelenk haben. Ich bin fast am Zweifeln, dass der lilafarbene Brief wirklich nur ein Hinweis war. Wir sollten uns die Überwachungskameras des Reviers anschauen. Woher wusste die geheimnisvolle Person von dem unechten beziehungsweise viel zu echten Schulskelett? Außerdem sollten wir dringend prüfen, welche möglichen Verbindungen es zwischen Janine Mann und Harold Finke gibt", beende ich meinen Gedankenfluss. Zustimmend, aber immer noch nachdenklich nickt Noah.

„Das würde dann heißen, jemand hat ihn umgebracht oder unser Opfer so zugerichtet, wie es momentan aussieht, dann hierhergeschleppt und hier wieder positioniert?"

„Wenn sich meine Annahmen bewahrheiten, dann schon."

„Wie krank können Menschen denn bitte sein?", fragt Noah entgeistert.

„Foster? Jordan?", fragt ein junger Streifenpolizist. Wir beide drehen uns zur Haustür um. Mit einem kleinen Beutel in der Hand kommt er uns entgegen. „Kommissar Sanders meinte, ich solle ihnen das hier geben. Es wurde zwischen den herumliegenden Organen gefunden." Ich nehme die Tüte in die Hand, die mir der junge Mann vors Gesicht hält und betrachte sie eingehend, bevor mir bewusstwird, was ich da eigentlich durch das Plastik betrachte. Sofort hole ich meine Einweghandschuhe heraus, streife sie mir, so schnell es geht über und öffne die Tüte.

Behutsam und voller Sorgfalt, keine Beweismittel zu zerstören, ziehe ich den lila Umschlag heraus. Mir stockt der Atem. Langsam drehe ich mich zu Noah, der mich ebenso entsetzt ansieht.

Anekdoten und Gedichte

Von Gesichte zu Gesichte

Ich schreibe für Sie zu jedem Anlass

Denn auf mich, auf mich ist doch Verlass

„Silas Bassett. Poet und Dichter zu jedem Anlass, Partydichter", lese ich erstaunt vor. „Das gibt es?", amüsiere ich mich wegen des Partydichters.

„Was ist das denn?", fragt Noah neugierig und reckt seinen Hals, um mir über die Schulter zu schauen.

„Eine Visitenkarte. Die Karte eines Partydichters", erkläre ich.

„Vielleicht sollten wir da mal vorbeigehen. Bisher sind wir durch diesen dämlichen Brief auf Leichen gestoßen. Kann doch sein, dass die nächste schon auf uns wartet und das Opfer zufälligerweise Silas Bassett heißt."

Ich nicke. „Das ist allerdings bisher nur eine Mutmaßung und wir müssen erst einmal die Adresse ausfindig machen, was natürlich nicht allzu schwer sein sollte, nur..." Ich schaue in den rotleuchtenden Himmel. Die Sonne beginnt schon unterzugehen und der Tag neigt sich dem Ende zu.

„Du hast Recht", gibt Noah zu. „Heute wird das wohl nichts mehr. Andererseits bin ich auch froh darüber, schließlich haben wir ja noch was vor." Er grinst und ich muss ebenfalls lächeln.

„Stimmt."

***

Auch nach den zehn Minuten, die seitdem verstrichen sind, sitze ich noch immer auf meinem Stuhl am Schreibtisch und haue den Kugelschreiber so auf den Tisch, dass er immer auf und zu geht. Auch wenn wir dem Brief heute nicht mehr nachgehen, steht noch einiges an, bevor Noah und ich in den Abend und unseren Feierabend entlassen werden.

„Kim! Das nervt wirklich. Kannst du den Stift bitte in Frieden lassen?" Auch das wiederholt Noah seit zehn Minuten regelmäßig.

„Was ist denn los?"

„Rechtsmedizin", antworte ich.

„Aha. Und was ist in der Rechtsmedizin?"

„Wilson."

„Und was ist daran jetzt schlimm?"

„Wilson!"

„Kim, lass dir doch nicht alles aus der Nase ziehen. Wer ist Wilson? Was hat er mit der Rechtsmedizin zu tun und inwiefern betrifft das dich?"

„Wilson, Josh Wilson, ist unser Rechtsmediziner, der gerne einen von uns da unten hätte, wenn er die Autopsie durchführt. Das betrifft mich insofern, dass ich da jetzt hinmuss."

„Wieso? Ich kann doch auch gehen. Soweit ich weiß, arbeite ich doch auch an dem Fall."

„Das schon, aber das willst du nicht. Du kennst ihn nicht und du willst das nicht. Vertraue mir, Noah!"

„Ich mach das, wenn du nicht willst. Ich werde es wohl überleben."

„Wenn das so ist. Viel Spaß!"

Während Noah sich – erleichtert darüber, dass ich den Kugelschreiber endlich in Ruhe lasse – auf den Weg in die pathologische Abteilung macht, verschaffe ich mir einen Überblick, wie unsere bisherigen Opfer wohl zusammenhängen könnten und was das alles zu bedeuten hat.

Janine Mann. Junge Frau, eigentlich noch ein Mädchen. 22 Jahre alt. Kampfsportlerin.

Harold Finke. Er war 49 Jahre alt und Trainer einer Baseballmannschaft.

Auch wenn Harold Finke teils Schulmannschaft trainierte und ihnen Sachen aus seiner Baseballkarriere beibrachte, können sich die zwei nicht über die Schule oder die Uni, an der Janine Biowissenschaften studierte, kennen. Das habe ich sofort abgecheckt. Auch ihre Eltern sind mit dem Namen Harold Finke nicht betraut, aber fest davon überzeugt, dass sie diesen Namen kennen würden, wenn ihre Tochter den Mann kannte. Sie soll ein offenes und ehrliches Kind gewesen sein, darauf schwören die verzweifelten Eltern. Sie hatte keine Feinde und keine Geheimnisse. Aber warum hat sie sich nicht gewehrt? Sie konnte es doch angeblich so gut. Auch wenn man im Internet ihren Namen und den Verein, in dem sie regelmäßig trainiert hat, eingibt, findet man Videos, die mehr als deutlich zeigen, dass sie keine Angst vor irgendwem hätte haben müssen. Außer vor ihrem Mörder.

Auf anderem Wege lässt sich ebenfalls keine Verbindung der zwei Opfer herstellen. Wie seid ihr in sein Radar gefallen? Hat er ein Muster? Eine Zielgruppe? Oder mordet er völlig willkürlich? Wie sich auch herausstellte, ging Janine nicht auf die Schule, in der ihre Überreste gefunden wurden. Warum wurde sie dort abgeladen?

„Nie wieder! Das mache ich wirklich kein weiteres Mal mit! Kann nicht jemand anderes die Stelle übernehmen?"

„Du bist also wieder da", begrüße ich Noah, der hochrot zu meinem Tisch gelaufen ist, die Ader an seiner Schläfe pochend. „Wie war es?", frage ich mit einem Grinsen im Gesicht, das mir die Phrase: „Ich hab's dir ja gesagt" komplett abnimmt.

„Hahaha", sagt er monoton und setzt sich auf dem Stuhl, der meinem gegenübersteht.

„Für das erste Mal war es gar nicht so schlecht. Du hast länger mit ihm ausgehalten als viele vor dir."

„Das wundert mich ehrlich gesagt nicht bei dieser anstrengenden Persönlichkeit."

„Was hast du denn erfahren?", frage ich den noch immer sehr aufgebrachten Noah.

„Das weiß ich nicht wirklich. Als erstes hat er sich über unseren Matschmann drüber gelehnt und dabei erstmal seine Brille in dem Inneren des Opfers verloren. Als er es dann endlich geschafft hat, sie wieder herauszufischen, was traurigerweise recht lange gedauert hat, zog er sie – ohne sie richtig sauber zu machen! – einfach wieder auf!"

„So leid es mir tut, aber daran musst du dich bei ihm gewöhnen."

„Nein. Niemals. Ich gehe nie wieder darunter, wenn er auch da ist."

„Hat er sich dann unserer Leiche gewidmet oder die noch ein Plädoyer vorgetragen, warum Kühlfächer völlig überbewertet sind?"

„Die Leiche", fängt Noah an, ohne auf mein letzteres einzugehen, was ihn sichtlich noch weiter verstört. „Die Leiche ist vollständig. Wilson nennt das „Inventur" und bevor du fragst: ja, er ist mit mir jedes Organ und jedes Körperteil durchgegangen, um auch ganz genau zu überprüfen, ob alles „anwesend" ist. Schließlich macht er seinen Job ja richtig und es gibt nichts Schöneres als glibberndes, blutiges Zeug, das einem Menschen entsprungen ist, anzufassen und zu zählen. Bitte sag mir, dass er nicht immer so ist, sondern mich nur verarscht, weil ich neu bin."

Ich schüttle den Kopf, was Noah mit einem Seufzen quittiert.

„Das wichtige – ich glaube zumindest, dass das das wichtige ist – ist, dass unser Opfer aus ungefähr 50 Meter Höhe gefallen ist, wodurch die ganzen Frakturen entstanden sind. Warte kurz."

Noah kramt ein bisschen in seiner rechten Hosentasche, ehe er ein zerknitterndes Papierchen herauszieht, das merkwürdig gefärbt ist, was ich lieber nicht hinterfrage.

Er fängt an vorzulesen: „Wir haben ganz verschiedene. Er bat mich das vorzulesen, weil ich die Frakturen nicht alle in einen Topf schmeißen soll. Differenzierte Medizin ist nicht da, um in einem „Melting Pot" zu enden. Der gute Wilson ist nämlich nicht nur Fan von menschlicher Inventur, sondern auch „American history" und die Vergangenheit der dort lebenden Menschen", äfft er Wilson, der das wahrscheinlich genauso gesagt hat, nach. „Wir haben Mehrfragmentfrakturen, viele Trümmerfrakturen, Dislokationsformen wie Dislocatio ad axim, ad latus, ad longitudinem und eigentlich nur offene Frakturen von III° und IV° ", kommt Noah wieder zu unserem eigentlichem Thema.

„Das bedeutet genau was?", hake ich – überfahren von den ganzen merkwürdigen Begriffen – nach.

„Er ist matsch ... Aufgrund der Matschigkeit und der Art der Frakturen, auch wie sie angeordnet sind und alles, lässt auf Mord schließen."

„Das war irgendwie klar, nachdem wie ihn in einem Haus gefunden haben, das nur ein Obergeschoss hat."

„Hat es sich dann überhaupt gelohnt, dass ich runter gegangen bin?"

„Du weißt jetzt, dass du es nie wieder tust", ziehe ich ihn auf.

„Außerdem können wir jetzt fachsimpeln, dass differenzierte Medizin kein Obstsalat ist."

„Melting Pot", verbessert mich Noah mürrisch.
„Meine ich ja. Melting Pot."

∗∗∗

Ich stehe vor dem italienischen Restaurant, dessen Schriftzug „La Viletta" den Eingang ziert. Ich kenne die Gastronomie schon seit meiner Kindheit und bin sehr aufgeregt, dass Noah mich vorgestern ausgerechnet hierhin zum Essen eingeladen hat.
*Jetzt mal nichts überstürzen*, mahne ich mich, *es ist nur ein Essen unter Kollegen ... Bekannten ... Freunden? Was sind Noah und ich eigentlich?*
Wir kommen, dafür dass wir uns noch gar nicht so lange kennen, schon ziemlich gut miteinander zurecht und sind auf der Arbeit schon fast so etwas wie ein eingespieltes Team. Ob ich ihn dennoch schon als engen Freund bezeichnen würde, kann ich nicht sagen. Aber immerhin ist der Abend heute eine gute Gelegenheit, ihn persönlich besser kennenzulernen.
Ich schaue auf meine Armbanduhr und stelle fest, dass ich schon seit zehn Minuten auf ihn warte. Ich habe keine Lust mehr, noch länger planlos vor dem Restaurant herumzustehen, also beschließe ich, schon einmal reinzugehen und uns einen Tisch zu suchen. Unter der Woche ist nicht so viel los und so fällt meine Auswahl auf einen hübschen Platz etwas abseits der restlichen Gäste. Kaum habe ich mich gesetzt, kommt auch schon eine freundliche Bedienung, samt Speisekarte, auf mich zu. Ich

entschuldige mich und sage, ich würde noch auf jemanden warten, bestelle mir allerdings ein Glas Mineralwasser. Nach weiteren geschlagenen zehn Minuten des Kohlensäureblässchenzählen, werde ich jedoch langsam ungeduldig. Meine Finger schließen sich abwechselnd um meinen blauen Kristallanhänger, der mein Dekolleté ziert. Dass ich meine Lieblingsbluse angezogen habe, grenzt beinahe an ein Wunder. Meiner Meinung nach ist der Ausschnitt etwas weit, aber Mia beispielsweise würde mich für diese Anmerkung schon wieder rügen.

*„Der Ausschnitt ist nicht zu weit. Und selbst wenn, könntest du es sowieso tragen"*, höre ich Mias Stimme in meinem Kopf. Auch wenn das überhaupt keinen Sinn ergibt, werde ich ruhiger und lasse es gut sein. Ich streife meine Strickjacke von meinen Armen, weil hier drin angenehme Temperaturen herrschen. Noah sollte eigentlich schon längst aufgetaucht sein. Ich schaue auf mein Handy ... nichts. Als ich gerade eine Nachricht an ihn adressieren will, in dem ich ihn möglichst freundlich gebeten hätte, seinen Hintern hierher zu schwingen, ploppt eine Message von ihm im Chat auf:

Sorry, dass ich dich so lange habe warten lassen, aber ich werde es heute leider nicht mehr schaffen. Elena geht es nicht besonders gut und ich will sie nicht alleine lassen. Ich hoffe, du hast Verständnis.

LG Noah

PS: Das Essen holen wir selbstverständlich nach.

*Na, wunderbar.*
Das ist ein Reinfall, aber ich habe keine Lust jetzt schon nach Hause zu gehen und meinen Abend vor dem Fernseher zu vergeuden. Wenn ich schon einmal hier bin, kann ich mir zumindest nun auch etwas bestellen. Mit einem Wink gebe ich der Bedienung ein Signal, welche sofort auf mich zukommt.
„Was kann ich für Sie tun?"
„Ich würde gern den Nudelteller bestellen", ordere ich und füge noch hinzu: „Nummer 23."
Die Bedienung sieht zögernd auf ihren Block, ehe sie erklärt: „Der Nudelteller ist für zwei Personen, möchten sie ihn dennoch nehmen, Miss?"
„Nun, da heute Abend niemand mehr kommen wird, denke ich ..."
„Wir nehmen den Nudelteller für zwei Personen", wird mir plötzlich das Wort abgeschnitten.
Als ich mich erstaunt auf meinem Stuhl umdrehe, erblicke ich voller Überraschung Noah, der in einem dunkelblauen Hemd, welches ihm unerhörterweise viel zu gut steht und seine hellen blauen Augen betont, an den Tisch tritt und sich mir gegenübersetzt.
Die Bedienung blickt ebenfalls kurz erstaunt zwischen uns hin und her, ehe sie mit einem Lächeln erwidert: „Schön, dann einmal den Nudelteller für zwei Personen. Möchten Sie auch etwas zu trinken bestellen?"

Ich sehe ihr noch hinterher, als sie mit unserer Bestellung, zu der nun auch ein teurer Wein zählt, auf den Noah entgegen all meines Protests bestanden hat, in Richtung Küche verschwindet.

Noah selbst grinst mich nur schelmisch an und schließlich bin ich es, die zuerst spricht.

„Ich dachte, du bleibst bei Elena, weil es ihr nicht gut geht?"

„Das war der Plan."

„Also?"

„Pläne ändern sich ständig. Ich halte zwar nicht viel davon, seine eigenen Kinder in die Obhut von jemand anderen zu geben, aber Chiara hat hin und wieder schon mal auf Elena und Nicky aufgepasst."

„Chiara?", rutscht es mir skeptischer raus, als mir bewusst ist.

„Ja, sie ist meine Nachbarin und verdient sich etwas Taschengeld dazu. Sie geht zur High School."

Klar, dass macht Sinn und ich hätte mich am liebsten geohrfeigt. Wie verzweifelt bin ich denn, dass mich der Name einer anderen Frau, eines Mädchens wohlbemerkt, nur so in Panik versetzt.

„Na, dann", sage ich nun ebenfalls mit einem Lächeln, „Schön, dass du hier bist."

Als unser Essen kommt, stoßen wir miteinander an und genießen den Abend. Wie sich herausstellt, ist er während seiner Schulzeit ein begabter Baseballspieler gewesen. Jedoch hat seine Faszination für Kriminalfälle die Überhand gewonnen, wodurch er letztendlich zur Polizei gekommen ist.

Ich finde, es ist ein fantastischer Abend und ich merke, dass es mir guttut, mal wieder etwas aus mir herauszukommen. Es ist ungefähr halb elf, als wir beschließen, zu zahlen. Bevor wir das Restaurant verlassen, verschwindet Noah noch einmal auf der Toilette und ich checke in der Zeit mein Handy.

Während ich die vergangenen Chats überfliege, fällt mir eine Sache auf: Noah hat mir um 7:52 Uhr geschrieben, dass er das Essen absagen muss. Allerdings ist er unmittelbar danach, ich schätze die Zeitspanne auf ungefähr drei Minuten, an meinem Tisch aufgetaucht, als ich gerade die Bestellung aufgeben wollte. Das ist deutlich zu wenig Zeit, um sich einen Babysitter zu organisieren und auch noch hierher zu kommen.

Während ich mit gerunzelter Stirn und über meinem Handy gebeugt so dasitze, kommt Noah zurück und fragt verwirrt: „Alles in Ordnung?"

„Ich frage mich nur, wie schnell du warst?"

„Wie bitte?" Jetzt ist er erstrecht verwirrt, sein Lächeln leicht nervös.

„Ich meine nur, du hast mir geschrieben, dass du wegen Elena nicht kommen könntest. Aber du kamst innerhalb weniger Minuten zu unserer Verabredung, als hättest du nicht gerade erst abgesagt."

„Oh. Darf ich einmal sehen?"

Ich halte ihm das Display entgegen. Einen Moment betrachtet er die Sendezeit, bevor er mir mit ernster Miene erklärt: „Nun ja, ich wollte das eigentlich für mich behalten, aber allem Anschein nach hast du mich ertappt. Ich gebe es nur ungern zu, aber ich war damals nicht nur ein verdammt guter Baseballspieler, sondern auch ein legendärer Sprinter. Manche munkelten, ich wäre schneller als der Schall."

„Pah! Wenn du wirklich legendär wärst, wärst du schneller als das Licht", schnappe ich leicht amüsiert zurück.

„Tja, dann muss ich mein Training wohl doch wieder aufnehmen. Aber im Ernst jetzt, ich habe die Nachricht schon um 7:39 Uhr abgeschickt, muss wohl am schlechten Internet liegen. Willst du´s sehen?"

Er ist schon dabei sein Handy aus der Hosentasche zu ziehen, doch ich winke ab.

„Brauchst du nicht, ich glaube dir. Bei mir spielt die Technik auch manchmal etwas verrückt."

„Jap, verrückte Dinge geschehen häufiger, als wir oft bemerken", bestätigt er, während wir das Restaurant verlassen.

***

„Hey", begrüße ich Noah am nächsten Morgen auf dem Revier etwas schüchtern, da der gestrige Abend wunderschön war.

*Wir sind aber dennoch Arbeitskollegen*, rufe ich mir ins Gedächtnis, obwohl ich mir weiterhin mehr erhoffen möchte. „Gestern müssen wir dringend wiederholen", füge ich hinzu.

„Guten Morgen. Auf jeden Fall werden wir gestern wiederholen, natürlich werde ich den Abend besser gestalten als gestern. Es tut mir wirklich leid, dass das so doof gelaufen ist."

Ich lächle.

„Alles gut. Es war trotzdem im Großen und Ganzen ein schöner Abend. Ich hoffe, dir hat es genauso viel Spaß gemacht wie mir."

Noah lacht laut auf, ehe er antwortet: „Spaß? Ich glaube kaum, dass man bei sowas viel Spaß hat. Man muss es halt machen. So ist das Leben. Und ich habe es mir ja mehr oder weniger selbst ausgesucht."

*Entsetzen.* Das ist alles, was ich momentan wahrnehme, und so scheine ich auch auszusehen, denn in Noahs Blick flackert Wut, was mich ebenfalls sauer macht. Ich war für ihn gestern also lediglich eine *Verpflichtung?* Weil man ja den Kontakt zu seinen Kollegen fördern sollte? Ich kann es nicht glauben. Und ich bin auch noch so strohdoof und habe mir mehr erhofft. Ich habe mir doch beinahe wirklich vorgestellt, dass sich daraus was entwickeln könnte. Wie dumm kann man sein? Und wie blind, dass ich nicht bemerkt habe, dass es ihm gar keinen Spaß gemacht hat. Wir haben so viel gelacht, uns so gut unterhalten und nach dem Essen hat er mich noch nach Hause begleitet. Es war so schön. Aber anscheinend beruht das nicht auf Gegenseitigkeit.

„Es war für dich also nur eine Verpflichtung?", hake ich verunsichert und ein wenig verärgert nach.

„Natürlich. Ich hoffe, du weißt, wie gerne ich bei einer anderen wunderbaren Frau gewesen wäre, aber manchen Pflichten muss man einfach nachgehen. Ich habe ja schon gesagt, dass es mir leidtut", entschuldigt sich Noah erneut.

Wut breitet sich in meinem Bauch aus. Mir tut es auch leid. Mir tut es leid, mal wieder auf den Charme eines Kerls reingefallen zu sein, der an einem beschissenen Abend mit mir bereut, nicht mit einer anderen zusammen gewesen zu sein. Für einen Playboy hätte ich ihn eigentlich gar nicht gehalten. Wer konnte denn auch ahnen, dass ein Vater, der sich so rührend um seine Kinder kümmert, in echt so ein Arsch ist?

„Ist das eigentlich dein beschissener Ernst? Eine Verpflichtung?", frage ich wutentbrannt.

„Als was würdest du es denn bezeichnen?", erhebt Noah langsam seine Stimme, sichtlich verwirrt, warum ich plötzlich laut werde und es nicht einfach gut sein lasse. „Spaß hatte ich garantiert nicht."

In meiner Verärgerung schwingt Verzweiflung mit: „Schon mal nicht als Verpflichtung. Es sollte jemandem auch Spaß machen, wenn man sich schon dazu entscheidet." Warum gibt er mir dieses Gefühl, dass ich nicht beschreiben kann, dass meine Knie weich, meine Hände zittrig und meine Gedanken rasend macht, wenn er es nicht ernst meint. Er sollte doch wenigstens den Mumm in der Hose haben, auch dazu zu stehen.

„Es geht nicht immer nur um *Spaß*!" Noah spukt dieses Wort förmlich in meine Richtung. „Und ich weiß auch nicht, was bei dir falsch gelaufen sein muss, dass du das nicht weißt", wirft er ein. Meine Augen sprühen vor Zorn und ich habe das Gefühl, als zerbreche etwas in meinem Inneren. Das Gefühl ist mir fremd und ich will es nicht spüren, kann es aber nicht unterdrücken. Wie gerne ich ihm einfach eine klatschen würde …

Ich mache auf dem Absatz kehrt und gehe fluchend Richtung Teeküche. *So ein gottverdammter Idiot*, denke ich, während mir heimlich eine Träne aus dem Gesicht kullert.

*** 

Liebes Tagebuch,

Ich lebe noch, doch nicht mehr lang
Er hat mir Schreckliches angetan
Die Stifte, die mich sonst so entzücken,
Stecken nun in meinem Rücken
O weh, o weh!

Mit einer Armbrust hat er auf mich geschossen
Nachdem er sich zuvor hat vollgesoffen
Ich spüre, wie mein Blut entrinnt
Und mich des Todes näherbringt
O weh, o weh!

Mein Gedicht für ihn so schlecht und grausig
Macht mich jetzt selbst doch sehr, sehr traurig
Der Jambus war ihm nicht genehm
Das machte alles zum Problem
O weh, o weh!

Die weibliche Kadenz fand er echt doof
Und mich dann auch als Schriftsteller und Philosoph
Er fühlte sich mehr als verarscht,
hat mich deswegen überrascht
O weh, o weh!

Mein letzter Atemzug ist ausgehaucht,
Weil er mich nicht mehr bei sich braucht
Dieses Werk hier wird mein letztes sein
Er lässt mich mit der Dunkelheit allein
O weh, o weh

# Kapitel 4

Nach unserer Auseinandersetzung haben Noah und ich uns professionell und wie verantwortungsbewusste Erwachsenen um unseren eigenen Kram gekümmert, doch letztendlich hatten wir ja dringlich noch einer Spur nachzugehen und so stehen wir nun vor dem kleinen Bungalow, mitten in der kleinen Vorstadtsiedlung. Die weiße Fassade blättert schon an einigen Stellen ab und auch die Einfahrt hat schon bessere Tage gesehen. Überall wuchert das Unkraut. Trotz alle dem verströmt das Grundstück, mit seinen hohen Fichten und dem schmucken roten Vintage-Briefkasten, einen gewissen Charme. Das Einzige, was die Illusion dieses friedlichen Ortes stört, sind die Polizeiwagen, die auf der Straße stehen, das Absperrband, welches leicht im Wind flattert und das hektisch aufblitzende Blaulicht.

*Dennoch ein sehr idyllischer Tatort*, muss ich sarkastisch zugeben.

„Ein Poet?", fragt Noah, während wir die Einfahrt in unseren Uniformen hinaufschreiten. Ein leichter Nieselregen hat eingesetzt und lässt meine Hose klamm werden.

„Jeder verdient seine Brötchen auf seine Weise."

Umgeben von weiteren Beamten, die eilig ihren Tätigkeiten nachgehen und immer wieder mit ihm Wort wechseln, steht Kommissar Sanders - in seiner Hand ein halb durchweichtes Brötchen mit Käsebelag.

Sobald er uns bemerkt, signalisiert er den anderen Polizisten, von ihm abzulassen und kommt uns entgegen.

51

„Mistwetter", schnaubt er. „Misttag. Das ist mein Mittagessen heute." Er hält uns sein kümmerliches Brötchen entgegen, woraufhin Noah die Nase leicht kräuselt. Er ist die unverblümte Art Sanders noch nicht gewohnt. Sanders ist Kriminalkommissar und hat noch nie versucht, irgendetwas zu beschönigen, was sich nicht beschönigen lässt, seinen schrecklichen Schnauzer miteingeschlossen. Vielleicht ist diese direkte Art auch einfach notwendig in seiner Position. Ich habe schon häufig gemeinsam mit ihm an Fällen gearbeitet und unsere Zusammentreffen zentrierten sich meist auf Tatorte jeglicher Art und jeglichen Kalibers. Kommissar Sanders hat wahrscheinlich schon alles in seiner Laufbahn gesehen – die Oberwelt, die Unterwelt und vermutlich hat er von beiden Welten gehörig die Schnauze voll.

„Da drinnen sieht es auch nicht rosiger aus", sagt er jetzt und deutet mit seiner freien Hand auf das Haus hinter sich.

„Wir sind sofort gekommen, nachdem wir die Nachricht erhalten haben, allerdings wurde uns noch nicht erklärt, was genau vorgefallen ist."

„Puh. Das ist auch schwer zu erklären, am besten seht ihr euch es selber an. Aber seid gewarnt, der Anblick ist ekelhaft." Mit diesen Worten geht der Kommissar voraus und wir folgen ihm über die Veranda und in den Bungalow. Zuerst finden wir uns in einer schummrigen kleinen Diele wieder, von der drei Türen ausgehen. Sanders führt uns durch die mittlere am Ende des Flurs und vor uns eröffnet sich ein Wohnzimmer, welches mit einer offenen Küche verbunden ist. Durch die großen Fenster wirkt alles viel heller und freundlicher, trotz des Schmuddelwetters draußen. Auch die hellgrüne Tapete und die zig Topfpflanzen erschaffen eine willkommene und lebendige Atmosphäre. Leider ist das auch alles Positive, was ich der Szenerie, welche sich vor uns auftut, entnehmen kann. Die Möbel sind teils umgeworfen und Blutspritzer bedecken den Boden und die Wände. Auf einem Tisch in der Mitte des Raumes liegt ein Mann. Ein Arm erschlafft auf dem Tisch ausgebreitet, der andere hängt an seiner Seite herab und der Kopf ... Ich glaube nicht, dass man es noch einen Kopf nennen sollte ...

Bei dem Anblick bleibe ich ruckartig im Türrahmen stehen und höre Noah hinter mir scharf die Luft einsaugen. Mit einer Hand bedecke ich mir den Mund, bevor ich zögerlich eintrete.

„Hab ja gesagt, dass es ekelhaft ist", erklärt der Kommissar.

Eklig ist dafür überhaupt kein Ausdruck.

*Widerlich.*

„Die Nachbarn haben uns erzählt, dass sie heute Morgen bei Mr. Bassett geklingelt haben, weil ein Brief für ihn bei ihnen abgegeben wurde."

*Abstoßend.*

„Der Kerl war laut Aussage der Nachbarn, um diese Uhrzeit immer zu Hause und schrieb an seinen Gedichten oder so. Deshalb haben sie sich auch gewundert, als nach wiederholtem Klingeln niemand aufmachte."

*Grausam.*

„In guter Manier von neugierigen Nachbarn haben sie also einmal einen Blick durchs Fenster geworfen und ... tjaaa."
Das letzte Wort verläuft in einen langgezogenen Seufzer.
„Der Arzt, der daraufhin gerufen wurde, schätzt den Zeitpunkt des Todes auf circa 21 bis 22 Uhr des letzten Abends."
*Scheiße*, denke ich mir. Wenn Noah und ich gestern Abend doch noch weiter nachgeforscht hätten, dann hätten wir ihn vielleicht noch retten können. War es unsere Nachlässigkeit, die- „Die Tatwaffe ist uns bisher unbekannt." Sanders unterbricht dankbarerweise meine Selbstvorwürfe. Ändern lässt sich nun eh nichts mehr.
Der Kopf der Leiche - oder was einmal ein Kopf gewesen ist - liegt auf der Tischplatte, geneigt in unsere Richtung. Eine riesige Blutlache hat sich um ihn herum ausgebreitet und läuft selbst noch an den Kanten hinab auf den weißen Teppichboden. Es quillt einfach überall heraus. Ein Dutzend Löcher, so schätze ich grob, perforieren seinen gesamten Körper – seinen Rücken, seinen Hals, vor allem aber seinen Kopf. Irgendetwas steckt teils noch in ihm. Das Schlimmste ist jedoch seine Mimik: der Mund aufgerissen zu einem stummen Schrei, ein Auge – jenes, was noch übrig ist – starrt schreckgeweitet und mit blasser Pupille genau in unsere Richtung, als würde es uns beobachten. Angst überkommt mich bei diesem Ausdruck. Es ist das Gesicht eines Menschen in den letzten Momenten seines Lebens. *Was ihm wohl durch den Kopf gegangen ist?* Ich schüttle den Gedanken ab, man muss in solchen Momenten einen kühlen Kopf bewahren.

Dann fällt mir endlich auf, was da teils aus seinem durchlöcherten Körper ragt.

„Sind das Stifte?", fragt Noah, der es ebenfalls bemerkt zu haben scheint, und tritt unweigerlich einen Schritt nach vorne.

„Jup. Wahrscheinlich alle von ihm." Diese nüchterne Aussage Sanders` ist es, die mir wieder Leben in die Gelenke haucht und so trete ich nun ebenfalls etwas näher.

Jetzt erkenne ich es deutlicher: Die langen Dinger, die die tödlichen Verletzungen hervorgerufen haben und noch immer in ihm stecken, sind nichts weiter als handelsübliche Stifte. Bleistifte, Füllerfederhalter, Kugelschreiber…

„Sie müssen mit einer ungeheuren Wucht in ihn gerammt worden sein", bemerke ich.

„Korrekt, allerdings wissen wir noch nicht, wie dies von statten gegangen sein soll. Von Hand wurden die jedenfalls nicht geführt, dafür stecken sie zu tief drin."

Ich betrachte den Raum und seine Einrichtung noch einmal erneut, versuche mir ein Bild des Verstorbenen zu machen, welche Art von Person er zu Lebzeiten gewesen sein mochte. Er ist Dichter gewesen, das wissen wir schon. Darauf weisen zudem mehrere vollgekritzelte Blöcke und Dokumente hin, die mit Versen versehen sind. In einem Bücherregal stehen ebenfalls mehrere klassische Gedichtbände, unter anderem Shakespeare, und Romane von Charles Dickens, Jane Austen und Edgar Allen Poe. Mehrere beschriebenen Blätter und Notizen liegen verstreut in dem Zimmer, einige mit Blutspritzer besprenkelt. Auf einer Kommode neben der Tür stapeln sich noch einige unversehene Werke. Ich blicke auf das oberste und lese die ersten Strophen eines hässlich unmelodischen Entwurfs, über die Agonie eines Adligen, der in seinen letzten Atemzügen seine Nachkommen verflucht. Grotesk. Der Mann hatte anscheinend einen Hang zum Schauerlichen. Im Endeffekt gleicht dieser einer Ironie, betrachtet man seinen Leichnam auf den Esstisch.

Kommissar Sanders räuspert sich und reißt mich damit aus meinen Gedanken.

„Da ist noch etwas." Er nimmt ein schlichtes schwarz gebundenes Buch vom Küchentresen.

„Was ist das?", frage ich.

„Ein Buch", antwortet Sanders.

*Ach was.*

„Die Leute von der Spurensicherung haben es unter dem Tisch mit der Leiche gefunden. Sie haben es bereits auf Fingerabdrücke untersucht, fanden allerdings keine weiteren, außer die von Mr. Bassett selbst."

Er reicht mir das Buch und ich schlage eine zufällige Seite auf. Liebes Tagebuch …

„Ein Tagebuch? Von dem Toten?"

Noah hat über meine Schulter einen Blick auf die schwarze Tinte erhascht.

„Ob es von Bassett ist, müssen Sie beurteilen, allerdings sollten Sie sich auf jeden Fall einmal den letzten Eintrag durchlesen."

Ich blättere durch die Seiten, bis ich auf den jeweiligen Eintrag stoße: ein Gedicht, bei dem sich mir der Magen zusammenzieht:

Ich lebe noch, doch nicht mehr lang
Er hat mir Schreckliches angetan
Die Stifte, die mich sonst so entzücken
Stecken nun in meinem Rücken
O weh, o weh!

Mit einer Armbrust hat er auf mich geschossen
Nachdem er sich zuvor hat vollgesoffen
Ich spüre, wie mein Blut entrinnt
Und mich des Todes näherbringt
O weh, o weh!

Mein Gedicht für ihn so schlecht und grausig
Macht mich jetzt selbst doch sehr, sehr traurig
Der Jambus war ihm nicht genehm
Das machte alles zum Problem
O weh, o weh!

Die weibliche Kadenz fand er echt doof
Und mich dann auch als Schriftsteller und Philosoph
Er fühlte sich mehr als verarscht,
hat mich deswegen überrascht
O weh, o weh!

Mein letzter Atemzug ist ausgehaucht,
Weil er mich nicht mehr bei sich braucht
Dieses Werk hier wird mein letztes sein
Er lässt mich mit der Dunkelheit allein
O weh, o weh!

\*\*\*

Auf dem Weg nach Hause fällt mir auf, wie wenig ich heute gegessen habe und dass ich dringend etwas Essbares brauche. In der Hoffnung, etwas Schnelles kochen zu können, schwelge ich nicht lange, da mir relativ zügig auffällt, dass mein Kühlschrank fast ganz leer sein müsste. Ich hatte in letzter Zeit tendenziell weniger Zeit zum Einkaufen und demnach ist das einzige, das meinen Kühlschrank ziert, eine halbgefüllte Flasche mit Milch, abgelaufener Käse, den ich noch nicht weggeworfen habe, der aber auch noch nicht schimmelt und eine frischgeöffnete Packung Pflanzenmargarine. Hätte ich Lust, einkaufen zu gehen, würde ich es dringend tun, aber im Moment will ich nichts lieber, als endlich in mein Bett oder auf meine Couch zu fallen. Ich schnappe mir mein Handy, drücke auf Wahlwiederholung und rufe beim Italiener an.
„Ja, hallo. Ich hätte gerne einmal die Nummer 37 ohne Parmesan", gebe ich wie so oft meine Bestellung auf, wenn ich nicht selbst koche.
Ich laufe weiter. Wenn ich mich beeile, sollte ich so zuhause ankommen, dass ich noch Zeit habe, einmal in den Keller zu laufen, um meine Wäsche zu machen und mir einen Film bei

Netflix rauszusuchen, der mir heute meinen Abend versüßen wird.

„Hallo, so sieht man sich wieder."

Ich wirble herum.

„Sie schon wieder?", frage ich meinen Verfolger zur Begrüßung, der mit gezücktem Stift und Notizblock hinter mir herläuft.

„Ich rieche einen guten Artikel. Also reden wir nicht um den heißen Brei herum, sondern beginnen wir. Ich weiß von drei Tatorten, an denen Sie anwesend waren und da keine Pressemitteilungen herausgegeben worden sind, ist es wahrscheinlich ein Fall, den Sie noch nicht gelöst haben. Habe ich Recht?"

„Dazu möchte ich mich nicht äußern", verwehre ich jegliche Aussage meinerseits.

„Also habe ich Recht. Was ist das Ziel des Täters? Besteht die Annahme, dass er weitere Menschen umbringt? Haben Sie eine Spur? Muss man sich Sorgen machen?"

„Herr Konstantin, ich bin derzeit nicht befugt, mit irgendwem über diesen Fall zu sprechen. Warten Sie doch einfach die nächste Pressekonferenz oder Pressemitteilung ab und lassen mich bitte in Ruhe. Für Fragen können Sie sich auch an unseren Pressesprecher wenden. Die Karte habe ich Ihnen schon ein paarmal gegeben." Sicherheitshalber rattere ich die Nummer trotzdem nochmal herunter, um sicher sein zu können, dass der Reporter sie auch noch im Kopf hat.

„Ich möchte ein Exklusiv-Interview."

„Ich aber nicht. Und jetzt gehen Sie bitte."

„Ich werde auch auf anderem Wege an Informationen kommen."

„Das ist furchtbar schön für Sie, dann können Sie mich ja in Frieden lassen. Ich wünsche Ihnen noch einen schönen Tag", verabschiede ich mich freundlich von dem nervigen Journalisten, den ich schon von anderen Fällen kenne. Er ist genauso ambitioniert wie der Herausgeber und Zeitungsverleger Joseph Pulitzer, nur deutlich anstrengender.

Schon bei anderen Fällen hat er das Präsidium belagert und mich auf Schritt und Tritt verfolgt, um an Informationen zu kommen.

„Diese Branche ist nicht nur ein Business, sondern man steht unter ständigem Druck, dass die Konkurrenz mehr weiß und bessere Stories bringt", sagte er mir einmal in seiner Verzweiflung über mein ewiges Stillschweigen.

Etwas ausgelaugt von dem Tag und der Situation mit dem Reporter gerade eben, schließe ich die Haustür auf, die ins Treppenhaus führt, welche die verschiedenen Wohnungen miteinander verknüpft und schlurfe träge die einzelnen Treppenstufen hinauf.

„Guten Tag, Kim", begrüßt mich Mrs. Altenmeier, die in der untendrunter liegenden Wohnung lebt und mich behandelt, als wäre ich ihre Enkelin.

„Hallo, Mrs. Altenmeier. Wie geht es Ihnen heute? Ist Carter wieder gesund?" Carter ist eine ihrer elf Katzen, die sie beherbergt und liebt wie eigene Kinder.

„Ja, danke der Nachfrage. Der Tierarzt hat ihm ein Antibiotikum verschrieben und so eine Salbe, die ich ihm morgens und abends auf die Pfoten schmieren soll. Keine zwei Tage später war der kleine Kerl wie neu."

„Das freut mich."

„Ja, mich auch. Wusstest du, dass Will eine Katzendame hat, die jetzt fünf Babys gekriegt hat? Ich kriege eins davon. Wenn du willst, kann ich dir auch eins besorgen", bietet mir die ältere Dame an, die auf ihren Stock gestützt ein paar Stufen über mir steht. Will ist einer ihrer damaligen Schulfreunde, zu dem sie immer noch Kontakt pflegt. Und obwohl ich ihn selbst eigentlich gar nicht kenne, fühlt es sich dennoch so an, weil mir meine liebe Nachbarin schon so viel von ihm erzählt hat, dass man meinen könnte, *ich* wäre mit ihm zur Schule gegangen. Meine Lieblingsgeschichte, die sie mir nun auch schon ein paar Mal erzählt hat, ist die mit dem Eis und dem ersten Mann von Mrs. Altenmeier. Sie waren zusammen auf Studienfahrt in Italien. Will ist Mrs. Altenmeier keinen Schritt von der Seite gewichen, bis sie Alberto kennengelernt hat. Er arbeitete in der Eisdiele dort auf einem Vorplatz und als Mrs. Altenmeier sich da ein Eis geholt hat und es hinunterfiel, hat er ihr ein neues gegeben, welches sie nicht einmal bezahlen musste. Will hat das natürlich alles mitbekommen und lud Alberto in ihrem Namen zum Abendessen ein und erzählte ihr selbst, sie beide würden sich dort treffen. Doch dann waren Alberto und Mrs. Altenmeier nur zu zweit in der Pizzeria.

„An dem Abend war es um mich geschehen", sagt sie immer. Die restliche Zeit traf sie sich nur noch mit ihm und es war total schlimm, als sie eine Woche später wieder zurück nach Hause geflogen sind. Sie hat schrecklich geweint und ihn schon vermisst, bevor sie überhaupt am Flughafen war. Natürlich hat Will auch da wieder etwas gedreht, sodass Alberto Mrs. Altenmeier zwei Wochen später besuchte und ihr seitdem nicht mehr von der Seite gewichen ist. Er verkaufte seine Eisdiele in Italien an einen Freund und zog zu ihr. An jedem Hochzeitstag flogen sie nach Italien zu dieser Eisdiele, um dort ein Eis zu essen. Sie liebten sich, bis Alberto an einem Herzinfarkt starb. Auch in dieser Zeit war Will immer für die süße alte Frau, die eine Etage unter mir wohnt, da.

„Lieber nicht. Ich glaube, Mimi würde das nicht so gefallen. Außerdem habe ich ja jetzt schon keine Zeit, dann erst recht nicht für einen weiteren kleinen Stubentiger", lehne ich das Angebot mit dem Katzenbaby ab.

„Die Jugend von heute ... Ausruhen musst du dich. Sonst kriegst'e noch 'nen Herzkasper oder so. Du brauchst jemanden, der sich um dich kümmert, Kind."

„Ich glaube, das kann ich schon ganz gut allein, Mrs. Altenmeier."

„Wenn du meinst. Sei aber ja nicht zu eitel, um nach Hilfe zu fragen, mein Kind'sche."

„Ich melde mich, wenn was ist. Jetzt muss ich aber auch ganz schnell nach oben. Mimi wartet schon."

„Ja dann. Eine Katze soll man schließlich nicht warten lassen."

„Genau", antworte ich. „Auf Wiedersehen, Mrs. Altenmeier."

„Guten Abend, Kim."

***

Liebes Tagebuch,

der Schmerz ging in ein stetes Pochen über und ich merkte, wie die Schwellung langsam zunahm. Es hatte keinen Zweck, die Stelle weiterhin mit meiner Hand zu verdecken – das blau-violette Veilchen zierte klar und deutlich mein rechtes Auge. Unschlüssig stand ich vor der geschlossenen Haustür, nicht wissend, ob ich hineingehen sollte oder lieber auf dem Absatz kehrt machen und mich so lange verstecken, bis man mich vergessen hatte und nicht mehr nach mir suchen würde. Aber das war natürlich kompletter Schwachsinn, das wusste ich. Er würde mich früher oder später finden und nach Hause zurückschleppen.
Nach Hause ...
Das Wort zuhause schmeckte bitter in meinem Mund, denn dieser Ort war das Gegenteil allen Luxus und Komforts, aller Sicherheit und Schutzes, aller Geborgenheit und Liebe, die ein echtes Zuhause mitbringen würde.
Dieser Ort, an dem ich aufgewachsen war, kam eher der Hölle gleich – war vielleicht sogar die leibhaftige Hölle auf Erden.
Und diese Hölle würde ich nun betreten.
Gleich nachdem ich die Haustür geöffnet hatte, schlug mir der stechende Geruch des Alkohols in die Nase und betäubte meine Sinne und meine Hoffnung, dass er vielleicht gerade

nicht hier wäre. Nun jedoch wurde diese Hoffnung von dem gewaltigen Mann verdrängt, welcher mit seiner Aura den gesamten Raum einnahm. Er hatte also auf mich gewartet. Mein Herz begann nervös zu rasen und Schweiß trat auf meine Stirn.

„Hallo", begrüßte er mich und seine Stimme, mit der er diese einfachen Worte aussprach, triefte nur so vor Bosheit. „Was ist mit deinem Gesicht passiert?"

Instinktiv fasste ich mir wieder an meine Schwellung am Auge und Schmerz durchzuckte mich bei der Berührung.

„Ich ... ich ... es ist nicht so schlimm."

„Das war nicht meine Frage", sagte er langsam. „Ich habe gefragt, was passiert ist."

„Ach, nur ein paar Jungen, die-"

Er schnitt mir das Wort ab: „Also eine Prügelei. Und du hast dich nicht gewehrt?"

Der Blick dieses Mannes wurde zunehmend zorniger und er kam einen Schritt näher auf mich zu, was mich einen Schritt zurückweichen ließ.

„Es tut mir leid, ich-", setzte ich an, doch genau in diesem Augenblick sah ich nur noch, die geballte Faust auf mein noch unverletztes Auge zurasen.

Ich schrie erschrocken auf, als mich die Wucht des Schlages von den Füßen riss und ich auf dem Boden landete.

Die Silhouette des Typen tauchte wenige Augenblicke später über mir auf und er schrie mich wutentbrannt an: „Warum hast du dich nicht gewehrt?"

Er holte erneut aus und ein Fausthieb nach dem anderen traf meine beiden verletzten Augen, meine Stirn, meinen Kiefer meine Schläfen ... und immer wieder wiederholte er sein wahnsinniges Mantra: „Wieso hast du dich nicht gewehrt? Wieso hast du dich nicht gewehrt? Zum Teufel, wieso hast du dich nicht gottverdammt gewehrt!"

Anfangs spürte ich seine Hiebe noch, doch nachdem er das erste Mal meine Schläfe getroffen hatte, setzte die Benommenheit ein und mir wurde schwarz vor Augen, während ich unter seinen Schreien wegdämmerte.

\*\*\*

„Vor ein paar Monaten gab es eine Leiche, die zu diesem einen Tagebucheintrag passen könnte. Das Opfer weist sowohl Verletzungen auf, die zum Tod geführt haben, als auch ältere, die wohl von einer Schlägerei kommen könnten. Sie wurde kaum wiedererkennbar geschlagen. Das Gesicht war absolut nicht mehr für eine Identifizierung geeignet, nur ein Haufen an Gewebe und Knochensplittern."

„Und wie konnte man die Person dann identifizieren? Oder ist sie nie identifiziert worden?", fragt Noah entsetzt.

„Milla Angel, 42 Jahre alt. Man konnte sie anhand der Seriennummer, die auf ihren Brustimplantaten vermerkt war, identifizieren. Sie war eine Schlägerbraut zu einer Gang gehörig, die bei uns auch schon bekannt ist: „Die Scorpions". Sie war mit dem Anführer liiert und wurde bereits dreimal wegen gefährlicher Körperverletzung und einmal wegen

Vandalismus festgenommen. Auch der Gang sind zahlreiche Körperverletzungen, Sachbeschädigungen und Fälle von Vandalismus zuzuschreiben. Die meisten sind Ex-Knastis, die immer noch gegen das System rebellieren und sich nichts vorschreiben lassen wollen. Sie beziehen sich alle immer auf ihr freies Land und ihre Rechte, wenn sie in eine Auseinandersetzung mit der Polizei geraten. Zwei Beamte lagen wegen ihnen schon im Krankenhaus. Sie wurden damals, als Milla Angel gefunden worden ist, überprüft, aber niemand konnte ihnen irgendwas nachweisen. Alle haben sich gegenseitig ein Alibi gegeben und Beweise hatte man auch nicht. Also ist dieser Fall bei den Akten der ungelösten Mordfälle gelandet", beende ich meinen Monolog.

„Aber vielleicht kann man sie heute wegen anderer Morde drankriegen. Wir haben momentan drei Leichen und noch ein ganzes Buch mit Einträgen, wie Menschen gestorben beziehungsweise ermordet wurden, was dafürspricht, dass wir noch eine Reihe anderer Leichen finden werden. Irgendwo müssen doch Spuren hinterlassen worden sein."

„Einen Versuch ist es wert. Einen anderen Anhaltspunkt haben wir momentan nicht. Obwohl ich mir, ganz ehrlich gesagt, nicht vorstellen kann, dass die so schlau sind, drei Menschen umzubringen, dabei keine Spuren zu hinterlassen, das alles in einem Tagebuch aufzuschreiben und festzuhalten und uns dann auch noch per mysteriöser Briefe Hinweise zu geben, sodass wir uns genauso bewegen, wie die es wollen."

Denn anders war es nicht. Wir sind Marionetten und der Verfasser der Briefe, der mit großer Wahrscheinlichkeit unser gesuchter Täter ist, spielt mit uns und treibt uns dahin, wo es ihm gerade passt. Alles ist sehr akribisch geplant und er hat uns immer da, wo er uns gerade will.

***

Eigentlich habe ich es mir untersagt, jemals wieder einen Gedanken an diesen Arsch, der viel zu gut aussieht und dabei auch noch so eine unfassbare Ausstrahlung besitzt und eine Anziehung, die auf mich wirkt wie das Licht auf die Motte, zu verschwenden. Na ja, so gut es als Partner bei der Arbeit eben geht, ohne das professionelle zu schädigen. Aber immer wieder schweifen meine Gedanken ab. Immer wieder muss ich an ihn denken und je fester ich versuche, es zu unterdrücken, desto schlimmer wird es, desto öfter sehe ich ihn vor meinem inneren Auge. Ihn. Noah. Noah Jordan. Wie zur Hölle kann man nur so göttlich aussehen? Seine Haare, die einfach immer perfekt sitzen, auch wenn mal eine Strähne absteht – anders als bei mir. Diese stechendblauen Augen, die immer wieder kurz davor sind, einen zu hypnotisieren, wenn man nur lange genug hinschaut. Und diese Bauchmuskeln, die ich zwar noch nie frei gesehen habe, aber schon die Definierungen unter seinen Hemden lassen darauf schließen, wie sie wohl ohne Hemd aussehen würden. Die Gedanken, wie weich wohl sein Haar sein mag, wie es ist, von ihm in den Arm genommen zu werden und von den kräftigen Oberarmen, an seine so starke Brust gedrückt zu werden, wie es wäre seine Hand zu halten und dieses Verlangen, das man selbst empfindet, wenn man ihn ansieht, in seinen Augen auflodern zu sehen, lassen sich nicht aus meinem Kopf verbannen. Wahrscheinlich war es gerade deswegen extrem dumm, ihn nach einer weiteren Verabredung zu fragen. *Aber zu spät.* Ich habe ihn um ein Essen *OHNE* jegliche Verpflichtungen eingeladen und er hat bereits zugesagt. Auch wenn die Wahrscheinlichkeit gering ist, dass sich aus uns etwas Ernsteres entwickelt, flackert ein kleiner Teil, der sich wie Hoffnung anfühlt, in mir auf. Der Gedanke lässt sich nicht vertreiben und ich habe das Gefühl, mich mit ihm Treffen zu müssen und Zeit zu verbringen.

Ein wiederholtes Mal warte ich vor dem „La Viletta", meinem absoluten Lieblingsrestaurant und das nicht nur, weil es hier die besten Spaghetti gibt, sondern auch weil die Atmosphäre einfach der Hammer ist, die Bedienungen nett sind und einen ein Gefühl der Geborgenheit überkommt, wenn man mit dem Fuß über die Schwelle tritt. Wobei das auch durch die vielen Erinnerungen kommen könnte, die ich mit diesem Ort verbinde.

Eine Flut überkommt mein Gehirn und spült alle Gedanken weg, die bis gerade eben noch in meinem Kopf herumgegeistert sind. Ich sehe nur ihn. Seine Haare sind perfekt, ein Lächeln, das mich immer wieder umhaut, ziert sein Gesicht und sein Lachen, als er mich sieht, verursacht ein Ziehen in meinem Herzen, ein Flattern in meinem Bauch und ein Zittern, das meine Hände beben und meine Knie weich werden lässt.

Er begrüßt mich und wir gehen hinein. Meine Schultern sinken nach unten und die Last und Sorgen der Arbeit warten draußen vor der Tür, bis ich wieder rauskomme.

Wie beim letzten Mal dauert es nicht lange, bis eine nette Bedienung kommt, um unsere Bestellung aufzunehmen. Diesmal sitzen wir zwar nicht an einem so angenehmen Platz wie letztens, sondern recht Zentral unter einer dämmrigen Lampe an einem Tisch für zwei Personen, aber das macht den Abend kein bisschen weniger schön. Ich meine zur Bedienung, dass wir noch etwas bräuchten, um uns unser Essen auszusuchen, woraufhin diese schwungvoll auf dem Absatz kehrt macht und in die Küche läuft - dabei weiß ich eigentlich schon ganz genau, was ich essen möchte. Noah steckt seine Nase so tief in die Karte, dass ich nur noch seine Haare hervorschauen sehe. Er schlägt die Karte zusammen und verkündet: „Ich würde das Rumpsteak mit Bratkartoffeln nehmen."

„Sicher?", frage ich etwas geknickt, obwohl ich schon gehört habe, dass es so etwas wie Menschen geben soll, die nicht immer Nudeln bestellen und sich tatsächlich auch mal von was anderem wie beispielsweise Kartoffeln ernähren. *Merkwürdig.*

„Wieso? Ist das nicht gut?"

„Doch. Also keine Ahnung, weiß ich nicht", gebe ich zu, da ich es ja noch nie zuvor gegessen habe.

„Warum soll ich es dann nicht essen?"

„Du kannst es ruhig essen."

„Aber ...?", hakt Noah nach.

„Nun ja … Es ist so … ich würde gerne Nudeln essen, also den Nudelteller, der ist aber für zwei Personen", erkläre ich.

Er überlegt kurz, ehe er antwortet: „Ich bin zwar nicht der Mega-Nudel-Fan, aber wenn du unbedingt diesen Nudelteller möchtest und nichts anderes auf der Karte findest, dass du essen könntest, würde ich mit dir diesen Nudelteller auf mich nehmen."

„Danke." Ich lächle. Ich habe es mir zwar etwas romantischer vorgestellt, diesen Nudelteller zu bestellen, aber so ist es auch in Ordnung.

Nachdem die Bedienung unsere Bestellung aufgenommen hat und wieder verschwunden ist, legt sich eine drückende Stille über unseren Tisch, die beim ersten Mal nicht so intensiv und langanhaltend war.

„Wie geht es den Kindern?", frage ich und könnte mir im selben Moment an die Stirn klatschen. Was für eine *Oma-Frage*! *Wie geht es den Kindern? Was macht der Job? Laufen die Aktien und das Geschäft gut?*

Auch Noah scheint etwas irritiert über diesen plötzlichen Bruch des Schweigens, der die gespannte Atmosphäre an unserem Tisch nicht gerade lockert.

„Gut. Elena geht es wieder besser. Danke der Nachfrage", antwortet er so förmlich, dass es mir einen Stich versetzt.

Ob er diese Verabredung so wahrnimmt wie ich? Ich möchte eigentlich nicht, dass er es als Verpflichtung sieht. Ich will nicht, dass er sich gezwungen fühlt, etwas mit mir zu unternehmen. Wenn ein Mann was mit mir unternimmt, dann doch bitte aus freien Stücken.

„Noah", beginne ich mit ernster Miene, was ihm sein nervöses Lächeln aus dem Gesicht verschwinden lässt. „Ich weiß eigentlich gar nicht, wie ich das ansprechen soll, aber ich kann nicht aufhören, darüber nachzudenken. Ich weiß nicht, ob du weißt, wie sehr ich dich mag und wie sehr ich es schätze, mit dir Zeit zu verbringen. Ich habe jedoch den Eindruck, dass es dir nicht ganz so ergeht wie mir und würde gerne wissen, wie du zu diesem Treffen stehst, bevor ich mir irgendwelche Hoffnungen mache und dann doch enttäuscht werde. Ich will dich auch zu nichts drängen. Ich möchte nur jetzt wissen, ob wir uns als Freunde treffen oder irgendwas anderes, was ich wirklich sehr schön finden würde. Aber ich will dich sicher zu nichts zwingen. Nur Freunde klingt natürlich auch gut ..." Schon wieder könnte ich mir gegen die Stirn klatschen. *KIM! Was ist denn nur falsch bei mir???*
Noah fängt an zu lachen. *Verdient*, denke ich. Ich habe mich gerade eben erfolgreich zum Affen gemacht und er hat jedem Wort gelauscht. Ich würde so gerne im Boden versinken. Mein Gesicht verdunkelt sich in Schamesröte und ich wende niedergeschlagen meinen Blick ab. Warum muss ich denn auch immer das sagen, was ich denke? Mein Beziehungsstatus und die Zahl an Männern, mit denen ich mehr als ein Date hatte, wären enorm besser, wenn ich ab und zu wissen würde, wann es besser ist, die Klappe zu halten.
„Hey", lacht Noah aufmunternd weiter, dem mein entrüsteter Blick nicht entgangen ist. Prompt wird er ernst. „Weißt du, was daran so lustig ist?"

Ich schüttle den Kopf. Noah legt seinen Zeigefinger an mein Kinn und übt einen leichten Druck aus, dem ich nachgebe, sodass mein Kopf nun wieder aufgerichtet ist.

„Schau mich an. Bitte, Kim, schau mir in die Augen."

Ich hebe meinen Blick.

„Das lustige an dem, was du gesagt hast, ist, dass ich nicht mit dir befreundet sein will." Für einen kurzen Moment flackert Unglaube in meinen Augen auf, die jedoch von seinem andächtigen Blick schnell wieder unterbunden wird. „Wenn ich dich ansehe, … Gott, ich kann es gar nicht beschreiben. Wenn du mir sagen würdest, dass du nur Freunde sein wolltest, … Wie auch immer. Der Punkt ist, ich will so viel mehr. Ich will dich!"

# Kapitel 5

Ich nehme einen Schluck meines Kaffees und verbrenne mich erneut an der heißen Flüssigkeit. 5:42 Uhr. Ich sitze jetzt schon seit einer Stunde an meinem Schreibtisch im Revier, weil ich einfach nicht schlafen konnte. Wobei ich glaube, dass ich nun, nachdem ich dieses Tagebuch gelesen habe, noch weniger schlafen kann.

*Es ist krank!*

Zu jedem Opfer, das wir gefunden haben, findet man einen Tagebucheintrag, in dem in detaillierter Genauigkeit der Mord und die Folter davor beschrieben wird. Anhand der Einträge lässt sich sagen, dass der Mörder mit größter Wahrscheinlichkeit männlich ist. Alle schreiben von einem gewissen „Er". Er wird als groß, muskulös und als Trinker bezeichnet. Was auch auffällt und mir eiskalt den Rücken herunterläuft, ist der Fakt, dass jeder Tagebucheintrag mit einer anderen Handschrift geschrieben worden ist. Der Eintrag von Janine Mann sieht ordentlicher und mädchenhafter aus als die von beispielsweise Harold Finke oder Silas Bassett. Das Fassungslose dabei ist, dass Janine Mann Kampfsport betrieben hat, sich jedoch laut Tagebuch und den Ergebnissen der Rechtsmedizin nicht gewehrt hat. Harold Finke war Trainer einer Baseballmannschaft und hatte auch schon einige Medaillen und Pokale bekommen, doch hat das Spiel in dem Tagebucheintrag seinerseits verkackt, weil er den Ball nicht getroffen hat und so weiter. Alle Opfer sind in den Einträgen nicht so gut wie in Wirklichkeit. Alle Opfer konnten es dem großen, muskulösen Typen einfach nicht recht machen, was mich ein wenig, an meine Kindheit erinnert.

Auch ich konnte es meinem Vater nicht recht machen, obwohl man das absolut nicht vergleichen kann. Ich seufze und lehne mich in meinen Stuhl zurück. Dieser Fall hat es in sich und der Täter ist noch kranker als die, die ich bisher gejagt und festgenommen habe.

„Guten Morgen", raunt mir eine Stimme von hinten ins Ohr. Ich zucke unwillkürlich zusammen, ehe ich mich entspanne und meinen Kopf nach hinten fallen lasse.

„Guten Morgen", flüstere ich, was eigentlich völlig unnötig ist, da niemand außer uns in dieser Etage ist. Noah setzt sich auf seinen Schreibtischstuhl, den er neben meinen geschoben hat.

„Was machst du gerade?" Ich reiche im das kleine, schwarze Buch, sodass er auch einen Blick hineinwerfen kann, stehe von meinem Stuhl auf, nur um mich dann auf seinen Schoß zu setzen. Ich lehne mich gegen seinen angenehmen Oberkörper und genieße den Moment.

Doch bevor er zum Buch greift, vergräbt er seine Nase in meinem Haar, welches ich zur Abwechslung mal offen trage.

„So gut", meint er und schnuppert an meinen gewaschenen Haaren, ehe er beginnt, liebevoll meinen Nacken zu küssen. So gerne würde ich mich ihm hingeben und alles aus dem Moment holen, was es gibt, doch jederzeit könnten Menschen durch die Tür in unsere Abteilung treten.

„Nicht hier", hauche ich, weil meine Stimme noch nicht ganz verstanden hat, dass wir hier sind, um zu arbeiten.

„Aber warum denn?", fragt Noah etwas trotzig.

„Wir sind auf der Arbeit", sage ich nun mit einer festeren Stimme. Wenn ich es jetzt das nächste Mal noch entschlossen sagen würde, könnte man mir sogar glauben, dass ich das ernst meine.

„Das ist für mich kein Hindernis."

Das Blut schießt mir in die Wangen und ich gebe ihm einen Klaps auf den Unterarm, der meine Taille umschlingt und mich näher an ihn zieht.

„Noah", gebe ich erregt von mir, „wir müssen arbeiten. Es gibt noch viel zu tun, um den Fall aufzuklären."

„Ich habe schon gearbeitet. Ich konnte nämlich auch nicht schlafen. Ich habe die „Scorpions" überprüft. Also ich wollte es. Die Gruppe können wir so ziemlich ausschließen. Für zwei Morde kommen sie nicht in Frage und das Alibi ist wasserdicht. Bei dem Mord von Harold Finke waren sie auf einem Biker-Festival 167 Kilometer westlich von hier und davon gibt es auch Aufnahmen, sowohl von Überwachungskameras als auch in den Zeitungen oder den sozialen Medien. Bei Silas Bassett waren sie mit der Polizei, also jemandem von uns, wegen irgendwas mit dem Verkehr und einer Verkehrswidrigkeit in eine heiße Diskussion verwickelt. Den Bericht habe ich mir nicht durchgelesen, aber die zuständigen Kollegen kontaktiert, die mir bestätigt haben, dass alle Mitglieder der Crew dabei waren, so still nach dem Motto: Einer für alle und alle gegen die Polizei."

„Verdammt", fluche ich leise. „Also eigentlich gut, aber uns gehen langsam die Verdächtigen aus. Was ist mit der Kamera beziehungsweise unserem geheimnisvollen Informanten?"

„Keine Ahnung. Darum habe ich mich noch nicht gekümmert, aber willst du wirklich die Zeit, die uns noch bleibt, bevor die anderen kommen, mit Arbeiten vergeuden? Die werden niemals wissen, ob wir gearbeitet haben oder nicht", meint er und zieht dabei aufreizend die Augenbrauen hoch. Ich kichere und drehe mich auf seinem Schoß, sodass ich Noah in die Augen sehen kann. Ich beuge mich hinunter, sodass sich unsere Lippen berühren.

***

„Das ist er."

„Und ihr seid euch ganz sicher, dass das der Richtige ist?", wende ich mich an meine zwei Kollegen, die mit dem Tankstellenüberfall, bei dem Tucker Van Hellen lebensgefährlich verletzt worden ist, betraut wurden. Mit den Gedanken an den Tag ertönen auch wieder die Schüsse in meinem Kopf und ich erinnere mich, wie paralysiert ich war. Auch wenn mir bewusst ist, dass ich nicht viel hätte ausrichten können, weil es dumm gewesen wäre, ohne Verstärkung, allein und ungeschützt in die Tankstelle hineinzurennen, mache ich mir dennoch Vorwürfe. Immerhin ist mir der Schütze danach erwischt.

*Als der Täter mit seinem Rucksack auf dem Rücken und der Waffe in der Hand völlig vermummt hinausgestürmt kam, habe ich selbstverständlich, ohne zu zögern die Verfolgung aufgenommen. Die Verstärkung war noch nicht da, aber der Rettungsdienst, der loslief, um sich um Tucker zu kümmern.*

*Leider stieg der Täter einen Block weiter in ein Auto ein, das scheinbar dort mit laufendem Motor bereits auf ihn gewartet hatte. Als ich zurückkam, lag Tucker auf der Trage, den Arm angewinkelt, sein Shirt voller Blut. Sein dunkler Hautton wurde mit jeder Sekunde blasser und er war nicht mehr bei Bewusstsein.*

*„Wir nehmen in mit und fahren ins Saint-Marianne-Hospital. Die Ärzte dort wissen schon Bescheid."*

*„Ist es sehr schlimm?"*

*„Sein Zustand ist kritisch. Wir müssen jetzt fahren", sagten sie und luden die Trage hinten in den Wagen ein, ehe sie mit Blaulicht und Sirene davonfuhren.*

„Wir haben handfeste Beweise und auch schon mit der Staatsanwaltschaft gesprochen. Wir kriegen ihn auf jeden Fall dran. Er will uns nur leider nicht sagen, wer das Auto gefahren ist, das ihm zur Flucht verholfen hat."

„Habt ihr es schon mal mit Schmitz versucht? Sie bringt jeden zum Reden", schlage ich vor.

„Ihre Schicht fängt eigentlich erst heute Mittag an, aber sie kommt extra früher."

***

„Guten Morgen, Kim." Ich verdrehe die Augen. *Foster,* denke ich, sage aber nichts, weil ich mir diese Diskussion nicht mehr gebe. *Für ein freundliches Arbeitsklima ist das Ansprechen mit dem Vornamen wichtig,* meint mein Chef jedes Mal.

Wieso macht er das dann nicht konsequent bei allen, sondern nur bei mir?

So oft habe ich ihm schon gesagt, dass ich mich damit unwohl fühle und lieber auf professioneller Distanz bleiben möchte. Mein derzeitiger Chef mustert mich und ich hoffe inständig, dass man mir nicht ansehen kann, was heute Morgen hier geschehen ist. Ich ziehe meinen Träger des BHs zurecht, was mich sichtlich entspannt, obwohl das alles wahrscheinlich nur Hirngespinste sind.

Genervt gehe ich zu meinem Arbeitsplatz herüber und freue mich, dass die Bänder der Überwachungskameras, die ich gestern Nachmittag angefordert habe, nun endlich da sind. Ich setze mich hin und fange mit dem Tag an, als wir den anonymen Hinweis für die Schulskelett-Leiche bekommen haben.

„Was?", rufe ich verwirrt und schaue mich hektisch um. Noah ist nicht hier. Er ist etwas zu Essen holen gegangen. Mia kommt zu mir herübergeeilt und fragt besorgt, was denn los sei und ob es mir gut ging. Ich schüttle meinen Kopf, drehe den Bildschirm zu ihr und Spule zurück zu der Stelle, an der der lilafarbene Brief auf meinem Schreibtisch auftaucht. Erschrocken legt sie sich die Hand vor den Mund.

„Was?", fragt nun auch sie. „Das kann nicht sein", fährt sie fassungslos fort. Ich atme ein paar Mal tief durch und versuche, meine Gedanken zu ordnen, während Mia aussieht, als wäre sie über den ersten Schock hinweg. Gefasst schaue ich ihr dabei zu, wie sich ihr Gedankenkarussell verlangsamt und sie einen klaren Gedanken fasst, der sie zu überzeugen scheint.

Jetzt wird mir einiges klarer. Ich stehe auf und ziehe Mia hinter mir in die Kammer des Schreckens, unseren Putzraum. Wenn das wirklich stimmt, ...

„Seine Handschrift passt auch zu der Handschrift auf den lila Briefen. Nachdem wir Essen waren, meinte er ...“

„Ihr seid Essen gewesen", quietscht Mia, die sich nicht nur wieder gefasst hat, sondern auch sichtlich zu entspannen scheint. Als wüsste sie etwas, von dem ich keine Ahnung habe. Ich schaue sie mit einem grimmigen, strafenden Blick an. „Entschuldigung, zurück zum Thema."

„Er meinte, dass das Treffen mit mir nur eine Verpflichtung gewesen sei, also das erste Mal, weshalb ich ...“

„Ihr habt euch mehr als einmal getroffen?", quietscht sie erneut. Ich verdrehe die Augen.

„Mia, ich glaube, wir haben gerade wichtigeres zu besprechen als mein Liebesleben."

„Du sprichst schon von einem Liebesleben? Dich hat es ja echt erwischt."

„Ja, ja", grummle ich. „Doch was ist, wenn er es wirklich war?"

„Bisher haben wir keine Beweise, dass er für die Morde verantwortlich ist. Wir haben lediglich Indizien dafür, dass er was damit zu tun haben könnte. Er hat dafür gesorgt, dass wir die Briefe finden – also zumindest den einen. Bei den anderen können wir nur spekulieren. Vielleicht hat er den Brief auch einfach irgendwo gefunden und dann auf deinen Schreibtisch gelegt, weil er nebendran heruntergefallen ist. Fakt ist, wir sehen nur die eine Ecke deines Tisches und das reicht nicht aus, um mehr zu sagen als bloße Spekulationen, die wahr sein könnten, aber nicht müssen."

„Aber es war überall dieselbe Handschrift. *Seine* Handschrift."

Ich lasse das Band in Gedanken nochmal abspielen:

*Man sieht meinen Schreibtisch – leer –, ehe ein Arm ins Bild kommt und den lila Brief auf den Tisch legt. Zumindest auf die Hälfte der Seite, die wir durch die Kamera sehen können.*
Keine Ahnung, welcher Depp die Kameras eingestellt hat, aber so bringen sie uns kaum was.
*Kurz auf das Erscheinen des Briefes läuft Noah an meinem Platz vorbei, auf den Weg in die Teeküche.* Keine weitere Kamera erfasst ihn. Es wirkt fast so, als wäre es gewollt, dass der Weg nicht überwacht ist.

„Hm", überlegt Mia. „Glaubst du wirklich, dass es Noah war? Wie doof müsste er denn sein, sich den Kameras zu zeigen? Er weiß doch, wo sie hängen."

„Keine Ahnung. Theoretisch zeigt er sich ja auch nicht den Kameras. Ich weiß momentan nicht, was ich denken oder glauben soll", seufze ich.

„Ja dann ... Es gibt nicht mal Beweise. Es sind nicht mal wirklich Indizien. Ein Brief taucht auch und dann Noah. Großartig. Und weiter? Ich weiß, was in deinem Kopf abgeht", entgegnet Mia verschwörerisch. „Du hast dich verknallt und kannst damit nicht umgehen. Also suchst du dir jetzt einen Ausweg und das ist Noah als Verbrecher."

„Nein. Du kannst das Video doch auch sehen. Es würde halt alles Sinn ergeben. Er hat sich wahrscheinlich nur mit mir getroffen – als *Verpflichtung* – um sicherzugehen, dass ich nichts weiß und auch nichts herausfinden würde."

„Och Kim, das glaubst du doch wohl selbst nicht." Mir rollt eine Träne über die Wange. Bevor sie es bemerkt, wische ich sie mir weg, doch zu spät.

„Och Kim. Komm schon. Wo bleibt denn dein rattenscharfer Verstand, der sonst nicht so einen Blödsinn fabriziert?" Mia nimmt mich an den Schultern und schüttelt mich einmal kräftig durch, sodass mein Kopf das Kehrblech streift, das ordentlich am Regal hängt: „KIM! Du kannst Noah nichts nachweisen, nicht mal etwas unterstellen. Lass deine Gefühle zu und mach deinem dämlichen Kopf endlich klar, dass es in Ordnung ist, Emotionen zu haben und Gefühle zu zeigen. Liebe ist keine Schwäche! Und jetzt gehst du verdammt nochmal zurück an deinen Computer, löst den beknackten Fall, findest heraus, wer der wirkliche Täter ist – und zwar nicht Noah – und wirst dann mit ihm glücklich. Also mit Noah, nicht mit dem eigentlichen Täter. Hast du das verstanden, Kim?"

„Ja", nuschle ich ein wenig eingeschüchtert.

„Ich habe dich nicht gehört. Hast du das verstanden?", fragt sie erneut, obwohl Mia ganz genau gehört hat, was ich gesagt habe.

„Ja!", sage ich nun etwas lauter und dadurch auch selbstbewusster.

„Na, dann gehst du jetzt aus dieser Putzkammer und rockst diesen Fall." Sie gibt mir einen Klaps auf den Hintern, als ich die Tür öffne und hinausgehe.

***

„Das ist ziemlich krass", sagt die Psychologin, nachdem ich sie im Groben in Kenntnis gesetzt habe, was unseren Fall ausmacht. „Endlich mal etwas Spannendes mit Kick, auf das ich mich freuen kann." Ich gebe ihr das Tagebuch, das wir an dem Tatort mit der Dichterleiche gefunden haben, und meine Kopien, auf denen ich verschiedenste Sachen markiert und festgehalten habe.

„Ich habe keine Ahnung von Psychologie oder Analyseansätze für solche Situationen", gebe ich zu. Sie fliegt mit ihrem Blick über meine Unterlagen, wobei ihre Augen immer wieder im gleichen Takt von links nach rechts wandern.

„Ich hole Sie, sobald ich mir das einmal ausführlich angesehen habe", sagt die rothaarige Kollegin, die ein paar Etagen über mir arbeitet. Die Abteilung der Kriminalpsychologie ist ziemlich groß und wir arbeiten oft mit den Kollegen von oben zusammen, wenn es um einen unbekannten Täter geht oder darum, Taten – manchmal auch Opfer – nachzuvollziehen. Sie erstellen Täterprofile, ermitteln den seelischen Zustand oder die Zurechnungsfähigkeit der Täter. Dabei ist es manchmal leider schwierig, die Kollegen zu mögen, auch wenn diese ganz nett sind. Immerhin ist *unser* Ziel, Täter hinter Gitter zu

82

bringen, was mit einer beschissenen – auch wenn sie richtig sein mag – Einschätzung der Zurechnungsfähigkeit schwierig wird. Pavlovic und ich haben an meinem letzten Fall, den ich noch mit Tucker bearbeitet habe, gesessen. Sie hat sich als große Hilfe erwiesen und war auch sehr kompetent, was ich an Menschen - vor allem an Kollegen - sehr schätze. Inkompetenz ist eine Eigenschaft, die nicht mal durch Nettigkeit oder sonstige positive Charakterzüge ausgeglichen werden kann. Aber Miss Pavlovic denkt immer über ihre Nasenspitze hinaus und eröffnet mir ganz neue Blickwinkel. Wir sind gute Freundinnen geworden. Außerdem schreibt sie ihre Analysen und Protokolle immer so, dass auch jemand ohne psychologisches Fachwissen den Text versteht, was ich wirklich sehr schätze. Klar, schnappt man mit der Zeit einige Begriffe auf, aber es ist wirklich nervig, wenn man ausschlaggebende Wörter nicht versteht ...

„Also, wie dir auch schon aufgefallen ist, wird in jedem Eintrag des Tagebuchs das Personalpronomen „Er" verwendet, was zwar vom Text her, darauf deutet, dass es sich um eine männliche Person handelt, jedoch nicht unbedingt sein müsste. Vielleicht mag der Täter das Pronomen einfach mehr oder versucht etwas oder jemanden zu kompensieren – aber dazu komme ich gleich." Aufmerksam öffne ich mein Notizbuch und fange an mitzuschreiben, um alles genau so weiterzugeben und nichts zu vergessen.

„Was nun aber auch auf den Täter als Mann schließen lässt, ist die schon recht genaue Beschreibung des Täters, die jedoch immer noch zu ungenau ist, um einen Phantomzeichner an den Fall heranzuziehen. Die Person wird in mehreren Einträgen als groß, muskulös und angsteinflößend beschrieben. Immer wieder werden auch stechendblaue Augen erwähnt, was interessant ist. Es kommt so herüber, als hätte der Täter das gerne als Erkennungsmerkmal. Was auch immer wieder vorkommt, ist die Präsenz von Alkohol. Ob Whiskey oder Bier scheint die beschriebene Person ständig dem Alkohol verfallen und gar nicht wirklich zurechenbar."

„Was bedeutet das für uns? Der Täter kann doch nicht permanent betrunken sein und trotzdem kaum Spuren hinterlassen, die für uns nicht greifbar sind."

„Er ist auch nicht permanent betrunken. Ich denke, der Täter stellt sich in die Position eines anderen. Er macht jemanden nach. Wahrscheinlich ein Kindheitstrauma oder ähnliches. Meiner Vermutung nach ist der Täter tatsächlich männlich und hatte eine Figur in seinem Leben – Mutter oder Vater, wahrscheinlich aber eine männliche Bezugsperson -, der er nacheifert. Ich tippe auf einen alkoholabhängigen Vater. Ich denke, seine Mutter lebt nicht mehr oder hat ihn im Kindesalter verlassen. Ansonsten wäre es typischer, dass er immer eine Frau beschützt, die dann symbolisch für die Mutter steht oder sich noch gegen eine Frau richtet, da seine Mutter ihn nicht gegen den gewalttätigen, betrunkenen Vater beschützt hat. Euer Mann scheint aber nicht impulsiv zu handeln. Dass er die Morde schriftlich festhält beziehungsweise festhalten lässt, spricht dafür, dass er seine Vorgehensweise und seine Taten ganz genau plant. Er hat wahrscheinlich schon vor Jahren mit der Planung und Organisation angefangen. Die beschriebenen Szenen im Tagebuch und auch die Funde der Leichen zeigen ein Machtverhalten. Demnach versucht er – entsprechend seiner Vaterrolle – Situationen, in denen er damals gegen seinen Vater keine Chance hatte, nochmal Revue passieren zu lassen, sich nun aber in die Machtposition zu stellen. Gleiches ist bei den Briefchen, die er euch zukommen lässt. Er möchte klarstellen, dass er das Sagen hat und euch überlegen ist. Impulsiv Handeln würde er erst, wenn ihr aus seinem System springt. Wenn ihr euch nicht so verhaltet, wie er will, wobei er wahrscheinlich mehrerer Optionen von Wegen hat, die ihr gehen könntet, ohne dass es ihn überrascht."

„Heißt das, wenn wir aufhören würden zu ermitteln oder nicht mehr zu den Adressen aus den Briefen führen, könnte er sich irgendwann verraten, weil er es so nicht geplant hat?", frage ich nach und blicke der rothaarigen Frau ins Gesicht, höre aber nicht auf zu schreiben.

„Nein, da er seine Taten und seinen Handlungsstrang ganz genau geplant hat, wird er entweder warten oder fortfahren. Er weiß ganz genau, dass ihr keine andere Möglichkeit habt, als den Briefen und seinen Hinweisen zu folgen. Er hat alles geplant, die Schritte der Polizei miteingebunden."

„Das heißt, wir können nichts machen, außer Warten und ihm Folge zu leisten?", frage ich entmutigt.

„Ihr könntet seine nächsten Schritte vorhersehen und ihm zuvorkommen. Er hat bestimmt irgendwelche Hinweise im Tagebuch hinterlassen."

„Na gut. Ich hoffe, dass wir mit dem Täterprofil weiterkommen und es uns mehr hilft als die fingierten Briefe, die uns nur an der Nase herumführen."

„Das hoffe ich auch. Kannst du mich bitte auf dem Laufenden halten? Der Fall klingt cool und ich will nichts verpassen."

„Klar, mach ich. Vielleicht werden wir auch nochmal auf dich zukommen."

Bevor ich aus dem Raum gehe, drehe ich mich noch einmal zu ihr um und frage: „Warum ein Tagebuch?"

„Warum er ein Tagebuch benutzt und darin die Morde festhält?"

Ich nicke.

„Sicher bin ich mir nicht, aber ich vermute, dass das auch etwas mit der Kindheit zu tun hat. Dass er die Opfer selbst hineinschreiben lässt, ist reine Schikane und ein psychologisches Machtspielchen. Dass er ein Tagebuch benutzt, könnte vielleicht daran liegen, dass er als Kind selbst seine Misshandlungen in einem Buch oder sonst irgendwie schriftlich festgehalten hat. Aber um das genau zu sagen, weiß ich zu wenig über ihn und seine Kindheit."

„Okay. Danke."

Damit nehme ich die Akte und das Profil mit Beurteilung der Psychologin und verlasse die Abteilung.

\*\*\*

Liebes Tagebuch,

zwei Prisen Salz. Das, liebes Tagebuch, war die Geheimzutat meiner genialen Lasagne. Ich liebe sie ...
Als ich diesmal nach Hause gekommen war, hatte ich mich das erste Mal gefreut, die Hölle auf Erden zu betreten. Er hatte mir eine schwammige SMS geschrieben, aus der ich mit viel Mühe herauslesen konnte, dass er an diesem Abend nicht direkt nach Hause käme, ich mich also ums Essen kümmern müsse. Endlich ein Tag, an dem ich etwas kochen konnte und dem Säufer nicht zuschauen musste, wie er seinen Hunger mit Whiskey sättigte und ich wieder einmal ohne einen Happen ins Bett ging. Genüsslich band ich mir die Schürze um die Taille und begann.

Bevor ich irgendwie eine Chance hatte, zu realisieren, was hier überhaupt passierte, war es zu spät. Der Schlüssel wurde im Schloss herumgedreht. Er kam rein und fauchte mich an, wieso das Essen noch nicht fertig sei und der Tisch noch nicht gedeckt wurde. Das habe noch Konsequenzen, meinte er. Also beeilte ich mich. Ich servierte die Lasagne und er probierte. Obwohl die Würzung perfekt war, spuckte er sie wieder aus. Für ihn „harmonierten" die Komponente zu wenig. Weil er das auch beurteilen konnte! Er war genauso sturzbesoffen wie an jedem anderen Tag.
„So, mein Junge", sagte er, nahm mich bei der Hand und führte mich in die Küche zurück.

„Du sollst fühlen, was ich gerade schmecken musste", lallte er, packte meine linke Hand und klatschte sie auf die noch immer heiße Herdplatte, nachdem der mit viel Schwung den Topf mit der Tomatensoße herunterfegte, sodass die Küche einem Blutbad ähnelte. Ich versuchte, meine Hand wegzuziehen, doch er hielt sie erbarmungslos auf der Platte. Ich schrie, während sich die brennende Hitze ihren Weg zu meinen Knochen bahnte.

„Bitte. Es kommt auch nie wieder vor", japste ich schmerzdurchstoßen. Er ließ seine Hand locker, sodass ich meine endlich unter seiner weg ziehen konnte. Schnell wollte ich zum Waschbecken, um meine Hand unter kaltes Wasser zu halten, als er meine Schulter fasste und mich herumdrehte.

„Noch bist du nicht fertig mit deiner Bestrafung!"

Mit einem Lächeln im Gesicht und einem Messer in der Hand stand er da, bevor er anfing, auf mich einzustechen. Stich für Stich wurde mir klar, dass das nicht nur eine Bestrafung, sondern auch mein Tod war.

\*\*\*

Ein Spiel. Ein gottverdammtes Spiel wird hier mit uns gespielt und ich habe wirklich keine Lust darauf, der Springer eines Serienmörders zu sein, der uns als Schachfiguren seines eigenen Spiels benutzt.

Der eine Tagebucheintrag passt doch tatsächlich zu dem Fall, den meine Kollegin Mia, gerade in Bearbeitung hat. Und nicht nur, dass die Leiche zu der Geschichte des Todes passte, üble Messerstiche an allen möglichen - und unmöglichen Stellen -, eine Verbrennung an der linken Handinnenfläche, die das gesamte Gewebe dort zerstört hat und bis zum Knochen vorgedrungen ist, am Tatort wurde auch ein weiterer lila Brief gefunden. Zu dem Zeitpunkt wusste man damit nichts anzufangen, aber jetzt …

Ich habe mir den Bericht des Falls fünfmal durchgelesen und trotzdem mindestens genauso so oft Mia gefragt, ob das alles wirklich stimmte. Und nach jedem Mal des Lesens oder Zuhörens frage ich mich erneut, warum ich es nicht einfach glaube, sondern mir diese Geschichte nochmal antue. Ich bin sogar wirklich so bescheuert und schaue mir auch die Bilder nochmal an, die der Akte beigefügt worden sind. Sie erinnern mich ein wenig an das Bild „Tod" aus der Galerie von Klaudia Ahrer, das ich anschauen musste, als Abby, Mias Ehefrau, mich auf eine Kunsttour mitgeschleppt hat. *Damit ich nicht vereinsame und ein bisschen etwas von Kultur und Kunst erlebe*, meinten sie, *und nicht immer nur durch die Programme meines Fernsehers zappe*, dessen Gebrauch ich angeblich zu oft in Anspruch nehme.

Ich würde ja sagen, dass sogar Sanders die Leiche abstoßend fand, aber er findet alles abstoßend, vor allem wenn es mit seinem Job zu tun hat. Das Einzige, was er nicht abstoßend findet, ist sein grauenvoller Schnauzer, den man aber wirklich abstoßend finden sollte. Also kein guter Maßstab, an dem man sowas messen sollte. Aber Sanders ist gut in dem, was er tut, das muss man ihm lassen.

Auf dem einen Foto sieht man ein blutgetränktes Messer, neben dem sich ein gelbes Schildchen der Spurensicherung mit der Ziffer vier befindet, in einer Küche vor der Spülmaschine liegen. Auch die weiteren Fotos zeigen das, was Mia mir erzählt und in die Akte geschrieben hat:

*Der Ofen war an gewesen, jedoch nicht auf eine Gradzahl eingestellt, sondern lediglich auf „Umluft", was die Sache nicht besser machte. Die Leiche war wie ein Hühnchen, ein Brathähnchen im Ofen angeordnet. Sie lag auf dem Bauch und die Beine auf den Schultern, als hätte sie die Kobrastellung, die man aus dem gewöhnlichen Yoga kennt, verkackt, nachzumachen. Dabei war die Leiche so ungelenkig, dass ihr ein paar Wirbel rausgesprungen sind, wodurch sich die Wirbelsäule äußerlich und schlussendlich der gesamte Rücken unmenschlich verbogen hat. Die Arme waren angewinkelt und die Ellbogen oben mit Kabelbindern zusammengebunden, sodass sie hielten, bis die Leichenstarre einsetzte, wobei das verzögert wurde, da – nach Bericht und Mias Erzählung – das Opfer, nachdem es mehrfach brutal erstochen wurde und die Hand fast abgefackelt worden ist, aller Wahrscheinlichkeit nach noch ein paar Minuten im Ofen gegart hat. Das Gesicht,* wie man leider auch auf dem einen Bild sehr gut erkennen kann, *ist teilweise von der Haut gelöst und rotverfärbt.*
Dabei ist klar, dass dies beabsichtigt wurde, da die Temperatur, selbst wenn man voll aufgedreht hätte, vom Ofen allein nicht gereicht hätte, so ein Werk Picassos zu vollbringen.
Jedoch war das bei Weitem noch nicht alles ...

*Der Hintern, der durch die nicht gelungene Kobrastellung auf dem Rücken des Opfers lag, war fachmännisch an die Haut, die die Wirbelsäule umgibt, mit lilafarbenen Garn drangenäht worden, sodass zwischen Hintern und Rücken eine Art Tasche entstand, die mit aufgeweichten Nudelplatten, die man normalerweise für Lasagne verwendet, Hackfleisch, das als menschlich identifiziert worden ist, jedoch laut DNA-Abgleich nicht zu dem Opfer gehörte, und einer ungesunden Menge Salz gefüllt war.*

*Auf dem Blech, das auf der untersten Schiene in Backofen lag, wurde dann der Brief gefunden,* mit dem man zu Beginn des Falles noch nichts anfangen konnte.

Die Informationen darin waren nutzlos und auch war man sich nicht sicher, ob der Brief überhaupt etwas mit dem Mord zu tun hatte, obwohl der Brief ungewöhnlicherweise in einem Backofen unter einer angerichteten Leiche gefunden worden ist. Man ging der Spur nicht weiter nach, doch uns könnte es jetzt zu einer weiteren Leiche führen, die ich eigentlich nicht finden möchte, wenn sie schon so alt wie der Brief ist. Noch einmal lese ich mir den Brief durch in der Hoffnung, vielleicht jetzt zu wissen, was gemeint ist und wo es liegen könnte:

Es ist die gleiche Wand wie seit zwanzig Jahren. Es ist ermüdend. Die Karos auf der Tapete haben sich keinen Millimeter bewegt und auch der Grauton ist dasselbe Elefantengrau wie vor zwanzig Jahren. Die Tapete blättert an einigen Stellen schon ab und dieser Ort ist eigentlich nicht viel mehr als eine Junkie-Unterkunft, zu der Obdachlose nach ihrem Trip gehen, um zu pennen. Auch von außen wirkt diese früher so angenehme Institution heruntergekommen und nicht mehr zu gebrauchen. Wenn sie nicht unter Denkmalschutz stehen würde, wäre sie sicherlich auch schon längst abgerissen worden. Die roten Backsteine sind hier und dort zu sehen, wenn der Putz schon abgeblättert ist. Das große Gebäude, in das viele Kinder reinpassen, sieht alt aus und man merkt, dass es bis vor zwanzig Jahren in extremer Nutzung war. Die goldene Zwölf, die die linke Seite des Eingangs ziert, ist ein farbenfroher Kontrast neben der grauen Eingangstür und dem langweiligen Inneren. In dem Fenster des zweiten Stocks sind Einwurflöcher, die durch Steine verursacht worden sind, weil Teenager es lustig fanden, die Fenster einzuwerfen.

Der Vorgarten ist vertrocknet und das gelbe Gras, was beinahe schon als Heu durchgehen könnte, wuchert den Zaun hoch, der auch nur noch zur Hälfte erhalten ist. Überall liegen Flaschen, die einmal mit Alkohol gefüllt waren und von irgendwelchen Junkies dort zurückgelassen wurden. Ab und zu findet sich auch mal eine Spritze, in der Heroin gewesen sein muss, im Gebüsch. Wenn man erstmal im Gebäude drin ist, wird der Anblick nicht angenehmer. Schlafsäcke, Bierflaschen, Flachmänner, Spritzen, alte Klamotten und sogar zwei Einkaufswagen zieren die Innenräume.

Das Einzige, was drinnen nicht auszuhalten ist, ist dieser stechende Geruch, der von keinem der Penner kommt, sich aber immer weiter ausbreitet, weil keiner gegen die Ursache vorgeht.

Ein bisschen wünsche ich mir, dass Noah, der im Moment eine Besprechung eine Etage tiefer wegen seines anderen Falls hat, gerade hier wäre. Ich komme genauso wenig mit diesem Brief, der nichts als eine Gebäudebeschreibung von einem mir unbekannten Gebäude enthält, weiter wie meine Kollegen ein paar Wochen zuvor, als dieser Fall nichts weiter war als ein kranker Mordfall. Jetzt gehört er zu einer Serie an Toten mit einem Mörder, der genau Buch führt, wie er sie umbringt und quält. Ein toller Aufstieg für einen Toten. Jetzt kommt sein Fall wenigstens in Fahrt und tritt nicht mehr auf der Stelle, obwohl ich hier im Moment kein bisschen weiterkomme.

Ich seufze.

*Könnte ich nicht noch einen Tipp von dem geheimnisvollen Briefträger bekommen oder geht vielleicht sogar auch ein Telefonjoker?*

„Konzentrier dich, Kim", murmle ich in mich hinein. Noah würde bestimmt niemals so über Tote und ihre Mörder denken. Ich gebe zu, dass ich etwas kalt oder in Gedanken sogar schon respektlos diesen verstorbenen Menschen gegenüber bin, jedoch ist es meine Strategie von den Opfern und den grauenvollen Taten, die an ihnen ausgeübt worden sind, Abstand zu nehmen und nicht so viel darüber nachzudenken. Nur so schaffe ich es, sie nicht an mich heranzulassen.

93

Trotzdem ist Noah wahrscheinlich feinfühliger als ich und zieht – auch nicht in Gedanken – über Tote her. Noah würde sowas garantiert nicht tun ...

***

*Dieses dumme Herz!* Ich habe mir fest vorgenommen, Abstand zu Noah zu nehmen, solange ich nicht klar weiß, was Sache ist, aber mein Herz sieht das ein bisschen anders. Vielleicht können sich ja mein Gehirn und mein idiotisches Herz darauf einigen, dass wir Noahs Nähe erstmal akzeptieren, aber Gefühle bis auf weiteres zurückgehalten werden und immer daran gedacht wird, was wir wissen. Obwohl das leider immer noch nicht viel ist. So kann ich ihm aber wenigstens nah sein und bin trotzdem vorsichtig. Außerdem hätte ich ihn so im Blick. Ich lächle, weil ich meine objektive und völlig rationale Idee super finde und nun schon einmal ein Problem weniger habe.
Ich widme mich dem Tagebuch, um meine Gedanken wieder Richtung Fall zu leiten. Ich überfliege die Einträge, die ich bereits kenne und stoppe auf einer Seite, die ich noch nicht zuvor gelesen habe:

Liebes Tagebuch,

Schon wieder fuhr er mit seinem Zeigefinger über eines der Regale, zu dem ich noch nicht gekommen war. Er drehte sich mit einem Funkeln in seinen Augen um und pustete mir den

Staub ins Gesicht. Ich fing an zu husten und kassierte dafür prompt einen Ellenbogen zwischen die Rippen.

„Selbst dran schuld, wenn du nicht mal putzen kannst", sagte er ohne eine Spur von Mitleid, was ich schon von ihm gewohnt war. Seine Fahne, die aus altem und neuem hochprozentigem Alkohol bestand, schlug mir ins Gesicht und sorgte dafür, dass sich eine Übelkeit in mir breitmachte. Er drückte mir den Lappen in die Hand und zerrte meinen Kopf an den Haaren grob Richtung Putzeimer. Mir war schwummrig und ich schnappte gierig nach Luft, als er lockerließ und ich meinen Kopf befreien und aus dem Putzwasser ziehen konnte. Groß und grausam erhob sich sein Körper vor mir, sodass ich vor ihm, in seinem Schatten auf dem Boden kauerte.

„Wenn du geputzt hättest, hätte ich dich nicht bestrafen müssen. Aber du kriegst nichts auf die Reihe. Selbst die einfachsten Aufgaben sind dir schon zu hoch", schrie er. Ich weinte, doch auch das bewegte ihn nicht zu einem Hauch von Mitgefühl. Er beugte sich zu dem Schrank herunter, in dem die Putzmittel gelagert wurden. Er lachte höhnisch, ehe er mir etwas ins Gesicht sprühte. Ich versuchte, meinen Kopf weg zu drehen, doch seine Hand an meinem Hinterkopf hinderte mich. Verzweifelt schloss ich die Augen und wimmerte. Unbekümmert ließ er mich auf den Boden fallen und verließ den Raum. Zu schwach, um mich zu bewegen, blieb ich liegen. Nach einer Weile fing ich an zu husten. Ohne zu wissen, was los war, griff ich nach der Flasche. „Rizin" stand drauf und die Gefahrensymbole nebendran verschwammen, bevor ich sie wirklich wahrnehmen konnte. Meine Lunge zog sich zusammen und das Atmen fiel mir auf einmal unheimlich schwer. Meine vergeblichen Versuche, Luft zu holen, endeten in einem Hustenschwall, der meinen Körper erschüttern ließ, bis ich mich gar nicht mehr bewegte.

Mit dem Wissen, dass wir auch diese Leiche, dieses Opfer, noch nicht gefunden haben, der Eintrag jedoch relativ weit vorne steht, klappe ich das Buch zu. Wie gerne würde ich einfach meine Augen öffnen und feststellen, dass das alles nur ein schlechter Traum war? Ich befürchte nur leider, dass das genau so wenig der Fall ist, wie ich bei meinem Noah-Problem objektiv bin. Warum ist das Leben nur so kompliziert? Ich wende mich wieder der Gebäudebeschreibung zu und fühle mich total schlau, als mir in den Sinn kommt, einfach Google Maps zu öffnen und dort durch die Satellitenbilder Ausschau nach dem beschriebenen Bauwerk zu halten.

Das Klingeln meines Handys schreckt mich aus meiner Konzentration und ich reiße mich vom Bildschirm meines Computers los. Es war ein verzweifelter Versuch gewesen, das gebe ich zu, doch habe ich kein Gebäude im Internet gefunden, auf welches die Beschreibung gepasst hätte. Irgendwie muss ich auf anderem Wege zum Ziel kommen, immerhin hätte der Mörder uns sonst nicht diesen Brief hinterlassen. Er wollte, dass wir seiner Spur folgen. Dementsprechend muss das Rätsel für uns lösbar sein. Zuallererst einmal greife ich jedoch nach meinem Handy, das immer noch unablässig klingelt, und erkenne Mias Kontaktdaten.

*Ist heute nicht ihr freier Tag?*

Ich melde mich mit einem „Hallo", doch zu mehr komme ich nicht, denn ein Schwall abgehackter und panischer Worte werden mir durch den Hörer entgegengeschmettert.

*Irgendetwas ist passiert!*

Ich drücke mir das Handy dichter gegen das Ohr und versuche, den Fluss an Worten für einen Moment zu unterbrechen.

„Mia ... Mia hör mir zu ...", spreche ich so ruhig, aber bestimmt wie möglich in den Hörer. Am anderen Ende wird es abrupt still und fast denke ich schon, sie hätte aufgelegt.

„Kim, du musst sofort kommen." Mias Stimme ist ungewöhnlich leise und klingt gequält, als stünde die abgehärtete, immer frohe Polizistin, als die ich sie kenne, vor einer Aufgabe, die sie allein nicht bewältigen könne.

„Was ist passiert?", frage ich direkt.

„Abby ist ..." Sie stockt erneut und mein Magen schnürt sich zusammen.

„Abby ist ...?", wiederhole ich flüsternd, mit Angst vor Mias Antwort, doch sie erwidert bloß: „Bitte, komm sofort zu mir. Ich brauch dich jetzt, Kim."

„Mia, was ist ..."

„Bitte, komm, Kim." Ich habe sie noch nie so verzweifelt gehört, daher springe ich noch während ich in der Leitung bin von meinem Stuhl auf, schnappe mir meine Jacke und stürme mit den Worten: „Bin unterwegs" aus dem Büro.

***

Als ich wenige Minuten später durch die Straßen schieße,
jagt mir nur eine Frage immer wieder durch den Kopf:
*Ist Abby verletzt oder ist sie …*
Ich wage es nicht, den Gedanken zu Ende zu führen. Mia hat
mich in der Vergangenheit noch nie so verängstigt und völlig
hilflos angerufen, oder gar persönlich angesprochen. Ich bin
immer der Meinung gewesen, diese toughe und
energiegeladene Frau könne nichts mehr verstören, doch so
wie sie am Telefon geklungen hat, steht sie kurz vor dem
Zusammenbruch und dieses Wissen löst eine ganz neue Art
von Angst in mir aus. Der Regen, welcher zuvor wie ein
Schleier auf die Straßen gefallen ist, hat sich mittlerweile in
einen seichten Nieselregen gewandelt. Auf einmal nehme ich
die lange Autoschlange vor mir wahr. *Im Ernst?!* Einen Stau
konnte ich gerade wirklich nicht auch noch gebrauchen.
Leider sitze ich gerade in meinem privaten PKW, sonst
könnte ich durch das Blaulicht und die Sirene, mir meinen
Weg durch die Autoreihen bahnen, doch so habe ich keine
andere Wahl, als zu warten und dies ist, so finde ich in
diesem Moment, wahrscheinlich die grausamste Art einen
Menschen zu quälen. Minuten kommen mir wie Stunden vor
und alles scheint auf einmal in Zeitlupe abzulaufen. Meine
Scheibenwischer schieben monoton die Nässe auf der
Windschutzscheibe von links nach rechts und nur langsam –
so unerträglich langsam - wird die lange Schlange
umgeleitet. Endlich kommt etwas Bewegung in die Herde
aus Autos, bald darauf erkenne ich eine Straßensperre

unterhalb einer Brücke, die die Schnellstraße überspannt. Genaueres kann ich nicht erkennen, aber als Polizistin weiß ich natürlich, dass der Sichtschutz dort nicht umsonst steht. In dem Moment ist es mir, um ehrlich zu sein, egal und sobald ich wieder freien Asphalt vor mir sehe, drücke ich auf das Gaspedal und fahre so schnell es die Geschwindigkeitsbegrenzung erlaubt – und sehr wahrscheinlich auch ein bisschen darüber – weiter.

Mit quietschenden Reifen halte ich in der Einfahrt und sehe ein weiteres, mir bisher unbekanntes Auto, unweit am Straßenrand stehen, bis mein Blick auf den Schriftzug an der Wagenseite fällt: *Schillers Seelensorge.* Ich verschlucke mich fast an meinem eigenen Speichel.

*Was zur Hölle ist denn hier los, verdammt?!*

Gerade in der Sekunde, in der ich aus meinem Auto springe und zur Eingangstür sprinte, öffnet sich diese und eine junge Frau, ungefähr in meinem Alter tritt hinaus, dicht gefolgt von einer völlig verheulten Mia. Ich weiß echt nicht, was mich nach all den Mordfällen und Leichen in meinem Leben noch erschrecken sollte, doch Mias geröteten Augen und Wangen, ihr völlig gestresster Blick, geben mir gerade den Rest. Schlitternd bleibe ich vor den beiden Frauen stehen, welche sich gerade zu verabschieden scheinen.

Die fremde Frau wirft mir noch einen einfühlenden Seitenblick zu, ehe sie zu dem Seelsorger-Mobil geht und verschwindet.

„Mia." Ich traue mich fast nicht sie anzusprechen, so zerbrechlich wirkt sie in diesem Moment, als könne man sie allein durch zu laute Worte zerschmettern.

Ungefähr genau das passiert auch darauf. Sie presst sich die Hände ans Gesicht und ihr Schultern zucken, während ihre Schluchzer ihren Körper erbeben lassen. Sanft lege ich ihr meine Hände auf die Schultern.

„Hey, alles gut", sage ich, obwohl mir klar ist wie lahm das klingen muss – schließlich ist allen Anschein nach gar nichts auch nur annähernd gut.

„Ach Kim. Es ist alles so schrecklich."

„Ich versteh nicht ganz. Was ist denn passiert? Ist etwas mit ..." Ich lasse das Ende des Satzes offen.

Mia scheint um Fassung zu ringen.

„Sie ist drinnen, komm rein."

Gemeinsam betreten wir das Haus und Mia führt mich ins Wohnzimmer, welches wie immer vollgestellt ist mit allen möglichen Staffeleien, Leinwänden, Farbgläsern und Tonfiguren. Aus irgendeinem Grund beruhigt mich diese Tatsache und gibt mir etwas Halt – bis mein Blick auf Abby fällt. Sie hockt in sich zusammengesackt auf dem Patchwork-Sofa, das Gesicht ebenso von Tränen verquollen wie Mias. Ich betrachte sie schnell und oberflächig, doch kann ich glücklicherweise keine äußeren Verletzungen ausmachen. Damit wäre diese Sorge schon einmal abgehakt. In meinem Kopf hatte ich mich schon auf das Schlimmste eingestellt, doch das hier widerlegt meine Vermutungen. Umso mehr drängt sich mir die Frage auf, was eigentlich passiert ist.

Mia setzt sich neben ihre Frau und legt einen Arm um sie, während ich unruhig auf dem passenden Sessel gegenüber Platz nehme. Erwartungsvoll blicke ich sie nun an.

„Du erinnerst dich doch noch an Rafael Mazzone, oder?

„Ja, unser Schülerpraktikant von letzter Woche."

Rafael Mazzone hat sein Schülerpraktikum bei uns am Präsidium in der letzten Woche ausgeführt und war dabei Mias Abteilung zugefallen.

„Er ist tot!" Mia schlug sich die Hand vor den Mund, während ich versuche, die Information zu verarbeiten.

Bilder seines dunklen Wuschelkopfes tauchen vor meinem inneren Auge auf.

„Er ist tot", wiederholt Mia: „Und ich bin schuld!"

Und dann beginnt sie, zu erzählen – ich wage es nicht, sie zu unterbrechen.

„Ich war mit Rafael auf einem kleinen Einsatz gewesen – nichts besonders spannendes, nur ein entlaufener Hund, der aus der Kanalisation geborgen werden musste. Aber ich dachte, für Rafael sei das spannender, als immer nur auf der Wache herumzuhängen. Deswegen sah ich es als ungefährlich, ihn mitzunehmen. Es lief auch alles gut, bis ich auf der Rückfahrt von einem Kollegen angefunkt wurde, der dringend Verstärkung brauchte. Also fuhr ich hin und – ich habe ihm gesagt, er soll im Auto warten, Kim, ich habe es ihm wirklich gesagt!"

Mias Stimme bricht erneut und geht in einem weiteren Schluchzen unter.

Ich lege ihr beruhigend meine Hand auf die Schulter und bedeute ihr mit einem Nicken, dass ich ihr natürlich glaube. Nach einem Moment erzählt sie weiter: „Es war der Tatort mit dieser schrecklichen Leiche, die wie ein Brathähnchen im Ofen inszeniert war."

Ich muss schwer schlucken, denn ich ahne schon, worauf diese Geschichte hinausläuft.

„Rafael muss sich dennoch aus dem Auto gestohlen haben, denn als ich zurückkam, war er nicht mehr drin. Ich habe nach ihm gesucht und ihn völlig verstört eine Straße weiter oben gefunden. Er war so fertig, dass ich nicht mal mit ihm schimpfen konnte, aber ich wusste ja nicht ... ich hätte ihn nie mitnehmen sollen!"

„Das ist nicht deine Schuld, Mia, du ..."

„Doch ist es! Genau aus diesem Grund – und aus natürlich vielen weiteren – dürfen Unbefugte nicht mit an Tatorte kommen. Ich hätte ihn vorher absetzten müssen."

Um ehrlich zu sein, hat Mia nicht ganz Unrecht. An sich hätte sie ihn nicht mitnehmen dürfen, trotz alledem weiß ich im Moment nicht, wie ich ihr klar machen soll, dass sein Tod dennoch nicht ihre Schuld ist.

Stattdessen frage ich: „Wie ist er denn dann ..." Ich schweige kurz, bevor ich eins und eins zusammenzähle: „Es war Selbstmord, oder?"

Ich weiß, wie fest sich manche Bilder von Leichen in den Kopf einbrennen können und einen nie wieder wirklich loslassen. Als Polizistin ist es selbst manchmal hart und grausam, doch wenn ich daran denke, wie ein Teenager so einen Schrecken verarbeiten muss, zieht sich in mir alles zusammen.

„Ja", antwortet mir Abby nun. Ihre Stimme ist leise und zittert leicht, doch sie schafft es, zu sprechen. „Vor etwa zwei Stunden bin ich aus meinem Atelier nach Hause gefahren. Der Regen war dicht und die Wolken dunkel, weswegen ich

Schwierigkeiten hatte, die Straße genauestens zu sehen. Alle Autos fuhren sehr langsam und vorsichtig, doch als ich die Brücke an der Hoover Street unterfuhr, klatschte plötzlich etwas sehr viel Größeres vor meinen Reifen nieder. Ich bremste natürlich sofort ab, aber da war es schon zu spät." Unwillkürlich denke ich an die Absperrung zurück, wegen der ich vorhin im Stau gestanden habe.

„Ich bin natürlich sofort ausgestiegen und da war eine riesige Blutlache, vermischt mit dem Regenwasser und Schmutz. Und inmitten dessen lag dieser junge, zerschmetterte Körper, völlig verdreht und unmenschlich verrenkt. Als ich sagte, mein Bremsen wäre schon zu spät, meinte ich, dass ich ihm einen Arm abgefahren habe. Blut und Fleisch hatten sich unter meinem Reifen festgeklebt und war so platt, wie wenn man eine Nacktschnecke zertrampelt. Aber das schlimmste war ..." Abby muss kurz Luft holen, bevor sie weitersprechen kann und diesmal ist es Mia, die ihr sanft eine Hand auf den Rücken legt.

„... das Schlimmste war, dass er noch gelebt hat. Er hat noch flach und abgehackt geatmet. Er wollte noch etwas sagen, doch aus seinem Mund gurgelte er nur Blut und Schleim. Ich habe sofort die Polizei und einen Krankenwagen gerufen, doch bis dahin war er schon tot."

„Man hat ihn dann als Rafael Mazzone identifiziert", beendet Mia die Geschichte, obwohl ich mir diesen Fakt natürlich auch hätte denken können.

Ich seufze hörbar niedergeschlagen aus. Das ist alles zu viel für die beiden. Eine gibt sich die Schuld am Tod, die andere hat den Jungen sterben sehen. Ich bin keine Therapeutin, ich kann den beiden nichts sagen, damit sie damit klarkommen können, doch ich kenne jemanden, der in dem Bereich mehr Erfahrung hat als ich. Ich zücke mein Handy und wähle Pavlovics Nummer. Sie ist zwar keine Seelsorgerin, aber als Psychologin weiß sie dennoch besser als ich, mit so einer Situation umzugehen – und außerdem ist sie kein fremdes Gesicht für die beiden.

***

Nachdem Pavlovic bei Mia und Abby eingetroffen ist und ich ihr die Situation erklärt habe, damit die anderen beiden es nicht erneut durchleben müssen, gebe ich die zwei in die Obhut der Psychologin. Mia und Abby würden noch oft an diesen *Vorfall* denken, wahrscheinlich sogar ein Leben lang. Sowas vergisst man nicht einfach so. Ich denke an Colin. Auch das würde ich niemals vergessen können. Jedes Detail hat sich in mein Hirn eingebrannt. Jedes Detail ist präsent und droht regelmäßig damit, mich in die Vergangenheit zu befördern. Ein solches Erlebnis wird man nicht los. Man kann höchstens lernen, damit umzugehen und daran arbeiten, dass es irgendwann nicht mehr ganz so doll weh tut, wie es jetzt der Fall ist. Doch eins kann ich aus eigener Erfahrung sagen: *Verschwinden wird dieser Schmerz nie!*
„Noah?", frage ich besorgt mit einem Bericht der forensischen Handschriftenuntersuchung aus der Kriminaltechnik in der Hand. In diesem Schreiben steht, dass – wie ich befürchtet habe - die verschiedenen Einträge im

Tagebuch tatsächlich von den Opfern selbst geschrieben worden sind.

*Was für ein Psychopath zwingt seine Opfer, bevor er sie foltert und auf kreative Weise umbringt, das Ganze noch handschriftlich festzuhalten? Und wie müssen sich die Opfer fühlen, wenn sie merken, dass das, was sie zuvor aufgeschrieben haben, Wirklichkeit wird?*

Noah, dem ich zuerst die Untersuchungsergebnisse der Kriminalistik und dann den Brief, den ich aus Mias Fall erhalten habe, zeige, steht er mit offenem Mund da und in seinem Blick spiegelt sich etwas wider, das ich nicht klar zuordnen kann. Angst, Besorgnis und Unglauben.

„Was ist denn?" Er schaut mich an, ohne jedoch jegliche Anstalt zu machen, mir zu antworten. „Was ist denn?", wiederhole ich mich, nachdem mir Google Maps nicht wirklich bei der Suche geholfen hat – bis auf den Aspekt, dass ich jetzt weiß, dass es nicht weit von hier das Lokal *Noodle Dragon* gibt, in dem man tatsächlich nur Nudelgerichte bestellen kann. Ich habe dann doch auf Noah gewartet, der die Beschreibung nicht mal ganz fertiggelesen hat und schon eine Eingebung zeigte.

„Ich glaube, ich weiß, wo das ist", sagt Noah mit leicht zitternder Stimme. Ich fasse ihn sanft am Arm.

„Wo?"

„Ballstreet 12 ...", versucht er, zu antworten, doch wird dabei immer leiser, sodass alles danach in der Stille untergeht.

„Was ist denn los?" Ich streiche ihm behutsam über die Wange. Er zuckt zusammen, als hätte ich ihm einen Schuh übergezogen. Zumindest scheint er jetzt wieder in der Realität angekommen zu sein.

„Ich kenne ein großes Gebäude, das unter Denkmalschutz steht, in dem früher viele Kinder gelebt haben und auch die Tapete mit elefantengrauen Karos findet man da drin, sowie außen eine graue Eingangstür und die goldene Zwölf, die kaum zu übersehen ist."

„Woher kennst du das Gebäude? Was war es früher?", frage ich zurückhaltend, um Noah, der gerade so aussieht, als würde ihn der Schock seines Lebens ereilen, nicht mit meiner Neugierde zu überfordern.

„Es ist ein altes Waisenhaus beziehungsweise Kinderheim, das vor ungefähr zwanzig Jahren geschlossen wurde und nun nicht mehr genutzt wird", erklärt er nun so sachlich, als wäre nie etwas gewesen.

„Und woher weißt du das?", hake ich vorsichtig nach. Er schaut weg, nur um mir im nächsten Moment tief in die Augen zu sehen. Sein Blick ist traurig. Noah atmet tief durch, richtet sich zu seiner vollen Größe auf und antwortet dennoch etwas verunsichert: „Weil ich dort aufgewachsen bin. Meine Eltern haben mich als Säugling abgegeben. Elf Jahre später wurde ich endlich adoptiert. Die Kinder kamen und gingen, genauso wie die Betreuer. Keiner war so lange dort wie ich. Das Einzige, was immer da war, war die Tapete. Die Tapete mit den elefantengrauen Karos. Ich weiß nicht, wie oft ich stundenlang im Schneidersitz vor der Wand gesessen habe, um auf die Karos zu starren.

\*\*\*

Der weiße Flur und das Desinfektionsmittel, dessen Geruch hier überall in der Luft hängt, lassen einen nicht vergessen, dass man sich in einem Krankenhaus befindet. Immerhin ist das Desinfektionsmittel mal eine gelungene Abwechslung für meine Nase, die in letzter Zeit viel zu oft ekligen Gerüchen ausgesetzt war.

„Hier sind bestimmt schon viele Menschen gestorben", sagt Mia, die mit einem Blumenstrauß neben mir herläuft und bekanntlich kein Fan von Krankenhäusern ist, da sie seit klein auf eine Abneigung gegen das Kranksein und das ewige Warten in Notaufnahmen hat. Das ist vermutlich ihrer Mutter zu verschulden, die Mia bei jedem kleinen Niesen zum Arzt oder direkt ins Krankenhaus geschleift hatte.

„Reiß dich zusammen. Wir besuchen Tucker und er ist nicht gestorben. Also freu dich und setz dein miamäßiges Lächeln auf."

Nachdem wir zweimal mit dem Aufzug in einen falschen Stock gefahren sind, landen wir doch endlich im vierten Geschoss und müssen nur noch das richtige Zimmer finden.

*Klopf. Klopf.*

„Herein?", ertönt eine Stimme aus dem Inneren. Ich öffne langsam die helle Tür und blicke direkt in das Gesicht eines lächelnden Tuckers. Gefolgt von Mia trete ich ein und drücke ihm einen Kuss auf die Wange, ehe ich ihm die riesige Tafel seiner Lieblingsschokolade überreiche und Mia ihm den Blumenstrauß.

„Danke, Leute. Das wäre nicht nötig gewesen. Setzt euch doch", fordert er uns auf und verweist auf die Stühle, die neben seinem Bett stehen. Während Mia redet, inspiziere ich das Zimmer, in dem Tucker quasi wohnt. In der Ecke steht ein Holztisch, an den gerade so vier Personen passen. Obendrauf steht ein Strauß Blumen, der alles hier wesentlich freundlicher und gemütlicher wirken lässt. Der Rest ist eigentlich, so weit ich sehen kann, weiß. Tuckers dicke Decke hat einen bunt linierten Überzug und die Vorhänge an den Fenstern ebenso, aber ansonsten ist alles in einem monotonen Weißton gehalten, der beim genaueren Hingucken irgendwie, wie ein trauriges Grau wirkt.

„Wie geht's dir?", beginne ich ein Gespräch.

„Eigentlich ganz gut. Nicht mehr lange und ich bin wie neu." Er zeigt auf seinen linken Arm, der in einer Schlinge auf seiner Brust liegt. „Ich kann schon wieder greifen. Nur hochheben funktioniert noch nicht so, wie ich es gerne hätte. Der Idiot von der Tankstelle hat echt gut getroffen. Beinahe hätten sie meinen Arm nicht retten können." Ich ziehe scharf die Luft ein. Das hätte bedeutet, dass Tucker aus dem Polizeidienst entlassen worden wäre und ich weiß nicht, ob er das verkraftet hätte. Er lebt für seine Arbeit und ich habe selten jemanden erlebt, der so mit Leidenschaft an die Sache herangeht wie er.

„Und mein Kopf ist auch fast wieder perfekt."

„Der Verlust bei ein paar Hirnzellen fällt bei Minus vier halt auch nicht mehr auf", lacht Mia und Tucker und ich steigen gleich mit ein.

„Immerhin hat er eine gute Ausrede, Mia", kontere ich lachend.

„Und wie läuft es so bei euch?", fragt Tucker neugierig.

„Wir haben einen krassen Fall", beginne ich zu erzählen. „Wir haben einen Mörder – na ja, eigentlich haben wir ihn noch nicht, aber wir sind auch noch relativ weit am Anfang der Ermittlung. Der Typ bringt Menschen um ..."

„Das haben Mörder an sich, Kim", unterbricht Tucker grunzend.

„Wow. Lass mich doch ausreden. Er bringt die Menschen nämlich nicht nur auf eine Weise um, in der er sich selbst als Künstler sieht, sondern lässt seine Opfer, aller Wahrscheinlichkeit vorher noch in einem Tagebuch ihren Tod festhalten. Dazu hinterlässt er immer lila Briefchen mit Hinweisen."

„Was?! Ist ja krank! Und ich verpasse das Spektakel." Schon merkwürdig. Ich hoffe, dass wir diesen Psychopathen endlich finden und bin gar kein Fan von diesen dämlichen Briefen und Tucker würde wahrscheinlich alles darum geben, mit dabei zu sein.

„Und weißt du, was das Beste an dem Fall ist?", meldet sich Mia von der anderen Bettseite zu Wort. Erwartungsvoll schüttelt Tucker seinen Kopf, was ihm offensichtlich Schmerzen bereitet. Er verzieht das Gesicht, hält inne und fasst sich mit der Hand an den Nacken.

Mia wartet, bis Tucker wieder aufnahmefähig ist und fährt fort: „Unsere Kim arbeitet mit Noah an dem Fall."

„Noah?", hakt er nach.

„Ja, der vom Grillen. Sie saßen die ganze Zeit zusammen und haben geredet."

„Ach so. Der hübsche? Mit den krass blauen Augen?"

„Ja genau der."

Tucker zieht aufreizend die Brauen hoch und pfeift, was es mir nicht weniger unangenehm macht. Ich laufe rot an wie eine Tomate und blicke peinlich berührt zu Boden.

„Sie hat sich sogar schon mit ihm getroffen und sich eindeutig in ihn verknallt", spricht Mia weiter, wobei sie vergessen zu haben scheint, dass ich ebenfalls anwesend bin.

Mein Tomatenrot verdunkelt sich weiter in ein Kirschrot.

„Das stimmt gar nicht", reagiere ich trotzig.

„Oh man, Kim. Ich sehe es sogar, ohne Noah zu kennen. Dein Kopf explodiert gleich." Ich werfe ihm einen finsteren Blick zu.

„Ist doch voll okay. Du solltest wirklich lernen, Gefühle zuzulassen. Daran ist doch nichts schlimmes", lächelt Tucker.

„Ja, ja. Das hat Mia auch schon gesagt."

„Na siehst du. Aber jetzt erzähl mir, was da läuft. Ich brauche Infos. Hier ist es so langweilig!"

„Da gibt es nichts zu erzählen."

„Kim, wenn du verknallt bist, gibt es eine Menge zu erzählen. Ich kenne dich. Willst du das ich Mia frage, was da zwischen euch läuft?"

„Ihr nervt. Beide. Ich komme dich nie wieder besuchen."

„Ist auch nicht nötig. In ein paar Wochen bin ich eh wieder draußen. Also hau jetzt raus."

„Gut. Er ist nett ..."

„Nett? Kim, ich brauche Details", fordert er.

„Er bedeutet mir viel?"

„Also darüber müssen wir nochmal sprechen. Aber es ist immerhin mehr, als ich erwartet habe. Hast du gut gemacht", lobt Tucker mich und ich wünsche mir, niemals hier aufgetaucht zu sein.

„Ihr seid wirklich doof. Alle beide."

„Das hast du schon gesagt", erinnert mich Tucker lächelnd.

\*\*\*

16:02 Uhr.

Obwohl ich schon fast renne, bemühe ich mich noch einen Zahn zuzulegen. Fünf Minuten Verspätung wären jetzt zwar kein Weltuntergang, jedoch zählt der erste Eindruck und ich möchte nicht, dass die Kinder direkt ein falsches Bild von mir vor Augen haben. Dabei mache ich mir eher weniger Sorgen um Nicky, mehr um Elena. Aus eigener Erfahrung weiß ich, wie Mädchen ticken, vor allem in so einem schwierigen Alter wie sechzehn. Noah hat schon ein paar Mal davon erzählt, wie anstrengend es momentan mit einer pubertierenden großen Tochter ist, die kein Interesse an der Familie oder ihren Aufgaben im Haushalt zeigt, sondern viel lieber mit ihren Freunden abhängt und um die Häuser zieht. Das hat mir natürlich dann große Hoffnungen gemacht, als Noah unbedingt wollte, dass ich mit ihm und seinen Kinder Eis essen gehe, was ich ihm leider nicht abschlagen konnte.

*Hätte ich es nur mal getan!*

Ich biege um die nächste Ecke, sodass ich nun endlich das Schild mit der großen Eiswaffel sehen kann. Je näher ich darauf zukomme, desto mehr packt mich die Angst und versucht mich, in die unendlich große Schlucht der Panik zu ziehen.

*Kim, es sind nur Kinder. Jetzt hab dich mal gefälligst nicht so.
Ist ja fast schon peinlich.*
Ich drossle mein Tempo, um nicht auch noch völlig verschwitzt und außer Atem anzukommen.

Ich bin selbst dran schuld. Wäre ich früher bei Tucker los, wäre ich jetzt nicht zu spät, aber es war einfach so unfassbar schön, wieder einmal mit Mia und Tucker zusammenzusitzen und einfach über belangloses Zeugs zu quatschen.

„Tut mir leid", sage ich, als ich die drei endlich erreicht habe.

„Hi. Da bist du ja", antwortet Noah. „Elena, Nicky, das ist Kim, von der ich euch schon erzählt habe.

„Hallo", japst Nicky freundlich. Anders als seine große Schwester, die nicht mal zu bemerken scheint, dass jemand dazu gekommen ist, weil ihr Gesicht auf ihrem Handybildschirm festgeklebt scheint. Noah stößt sie mit dem Ellbogen an und signalisiert ihr, auch etwas zu erwidern. Doch statt einem „Hallo" kommt nur ein: „Aua. Lass mich in Ruhe."

„Die ist immer so, wenn sie nicht mit ihren Freunden unterwegs ist. Ignorier sie einfach", erklärt mir Noahs Sohn, ehe er mich an die Hand nimmt und Richtung Eingangstür der Eisdiele zieht. „Kommt ihr endlich", fragt er hinter sich.

„Ich möchte jetzt wirklich ganz dringend mein Eis haben."

Mit einem breiten Lächeln im Gesicht folge ich ihm, seine Hand nicht loslassend und antworte: „Weißt du denn schon, was du haben willst?"

„Ja. Ein Pinocchio-Eis. Nein, stimmt gar nicht. Biene Maja. Oder lieber Spaghetti? Aber Spaghetti hatte ich letztens schon. Aber das war mit Gummibärchen. Heute könnte ich eins mit Smarties essen."

„Dann nehme ich, denke ich, Biene Maja. Das hört sich gut an", entgegne ich.

„Auja. Dann will ich auch Biene Maja, Willi haben die nämlich leider nicht. Weil ansonsten würde ich Willi nehmen. Den mag ich nämlich lieber als Maja. Wen magst du lieber? Maja oder Willi?"

Ich überlege kurz, ehe ich antworte, dass ich Maja lieber möge, was bei Nicky allerdings nicht auf ganz so große Begeisterung trifft. Als er jedoch feststellt, dass ich ein Mädchen bin - genauso wie Biene Maja - ist es wieder in Ordnung.

Noah, der neben mir Platz genommen hat, wirft erneut einen besorgten Blick zu seiner Tochter, die immer noch auf ihr Display starrt.

„Elena, könntest du jetzt bitte mal dein Handy weglegen? Wir sind verabredet."

„Nein! Du bist verabredet. Ich musste mitkommen, ohne die Wahl zu haben, nein sagen zu können."

„Elena, bitte", versucht er es weiter.

„Ich schreibe gerade mit meinen Freunden ..."

„Papa?"

„Was ist denn, mein Schatz?", geht Noah erschöpft auf Nicky ein, nachdem er es aufgibt, Elena aus dem Bann des Bildschirms zu ziehen.

„Nimmst du auch Biene Maja?"

„Das weiß ich noch nicht. Lass mich erstmal gucken, was es hier so gibt."

„Es gibt Biene Maja. Und wenn du Biene Maja nimmst, haben wir schon fast einen Schwarm. So heißt es, wenn viele Bienen zusammen sind. Das habe ich in der Schule gelernt."

„Wow. Na, dann nehme ich wohl eine Biene Maja."

Wir bestellen und die freundliche Bedienung bringt uns kurz darauf, dreimal das Biene Maja Eis. Elena, die immer noch zu beschäftigt ist, um einen von uns eines Blickes zu würdigen, hat sich nichts bestellt. Sie schiebt ihren Stuhl zurück und fragt: „Kann ich bitte gehen? Das hier ist total öde und Sophie will sich mit mir treffen."

Sie schaut hoch und erst jetzt sehe ich, dass Elena die gleichen blauen Augen wie ihr Vater hat. Noah seufzt, nickt dann aber und Elena verschwindet.

*Das lief ja mal mega gut*, denke ich, lächle jedoch, als Noah meine Hand entschuldigend drückt, die neben meinem Eis auf dem Tisch liegt.

***

Wieder zu Hause streife ich mir die Schuhe von den Füßen, lasse die Wohnungstür hinter mir ins Schloss fallen und plumpse auf das Sofa. Ich atme hörbar die angestaute Luft aus und schließe kurz die Augen, während das späte Sonnenlicht des Nachmittags das Wohnzimmer in einen goldenen See taucht. Das Treffen in der Eisdiele ist so semi-gut verlaufen. Zwar war der kleine Nicky ein echt süßes - und vor allem lebhaftes, wenn ich an den verschütteten Saft auf dem Boden denke, den er in seinem Eifer vom Tisch gefegt hat, – Kerlchen, doch ging mir nicht Elenas Dessinteresse und die Abschätzung in ihrem Blick aus dem Kopf, als sie mich angesehen hat. Nachdem sie weg war, hat sich Noah noch mehrmals für ihr Verhalten entschuldigt und versucht, vom Thema, welches ihm wohl ebenso unangenehm war wie mir, abzulenken. Denkt sie vielleicht, ich möchte ihre Mutter ersetzen? Der Gedanke schießt mir ohne Vorwarnung durch den Kopf und löst ein schmerzhaftes Ziehen in meinem Bauch aus. Was wenn sie mich hasst? Was wenn sich Noah für sie entscheidet, schließlich sind ihm die Gefühle seiner Kinder so wichtig: Was würde dann aus mir werden? *Jetzt mach dich nicht lächerlich*, sagt die rationalere Stimme in mir. Das erste Treffen verlief etwas holprig, aber wir würden es wieder versuchen und irgendwie werde ich es schaffen, dass sie mich akzeptiert. Trotz meines eigenen Aufputschversuchs will der Kloß in meinem Hals nicht gänzlich verschwinden. Etwas Weiches streift mein Handgelenk und ich höre das beruhigende Schnurren von Mimi.

*Wenigstens eine, die mich gerade etwas aufheitern kann*, denke ich. Mit einem eleganten Satz springt sie neben mich auf das Sofa und ich kraule das weiche Fell hinter ihrem Ohr, was ihr erneut ein zufriedenes Schnurren entlockt. Ich lächle.

„Was würde ich nur ohne dich tun", flüstere ich zaghaft und ihre tiefen grünen Augen begegnen meinem Blick. Dann legt sie den Kopf schief und scheint auf etwas zu warten. Ich runzle die Stirn.

„Was ist los, Hübsche?"

Plötzlich schreckt mich ein vertrautes Summen auf.

Man sagt Katzen ja oft eine besondere Wahrnehmung voraus – Starren ins Leere, Spüren undefinierbarer Präsenzen. An diesen paranormalen Quatsch habe ich noch nie geglaubt, aber wer weiß? Vielleicht hat Mimi den Anruf schon gespürt, bevor er überhaupt eintraf.

Ich durchwühle meine Handtasche, um die Quelle der Störung zu lokalisieren und fische schließlich mein Handy hervor. Beim Anblick des Displays macht mein Herz einen kleinen Satz. Ein Name wird mir angezeigt und darunter die Symbole, ob ich den Anruf annehmen oder wegdrücken soll. Ich tippe auf den grünen Hörer und halte mir das Gerät an mein Ohr.

„Hey", begrüßt mich Noahs warme Stimme, bevor ich mich melden kann. „Ist alles gut bei dir?"

„Ähm ja klar, bei dir?", frage ich etwas unbeholfen.

„Alles bestens." Schweigen. Nach einer Weile räuspert er sich und rückt schließlich mit dem Grund heraus, warum er anruft: „Ich hatte eigentlich eher so aus Intuition angerufen. Vielleicht wollte ich mich auch einfach nochmal wegen vorhin entschuldigen."

„Hey, ich habe dir doch bestimmt schon hundert Mal gesagt, dass alles in Ordnung ist", beschwichtige ich ihn sanft.

„Ja, aber ... es tut mir einfach leid, wenn du dich jetzt irgendwie schlecht fühlen solltest." Es ist erstaunlich wie einfach Noah meine Gefühle in den letzten fünf Minuten benannt hat und direkt zu ahnen scheint, wie es mir geht.

„Elena ist eben ein Teenager", fährt er fort. „Sie vermisst gerade in dieser Zeit einfach besonders ihre Mutter, schlimmer als sonst, denke ich. Aber das wollte ich dir vorhin während Nickys Anwesenheit in der Eisdiele nicht erklären."

Daher weht also der Wind. Vielleicht bin ich für Elena gar keine Gefahr, sondern sie wünscht sich bloß eine weibliche erfahrene Hand, die ihr in dieser Zeit den Weg weist. Ich erinnere mich an meine eigene Jugend und wie wichtig es für ein Mädchen ist, eine Mutter zum Reden zu haben, gerade bei Themen, über die man einfach nicht mit seinem Vater sprechen will. Auf einmal tut mir das Mädchen, welches viel zu früh ihre Mutter verloren hat, furchtbar leid.

„Oh." Das ist alles, was ich hervorbringen kann.

„Weißt du, als Marion starb, war Nicky noch zu klein, um alles mitzubekommen, aber Elena war gerade zehn geworden. Es muss schwer für sie gewesen sein. Für uns alle", fügt er leise hinzu, sodass ich den letzten Satz fast überhört hätte.

Mir war klar, dass Noah schon einmal eine Frau gehabt und sie anschließend wieder verloren hatte. Aber bisher ist sie immer nur ein Schatten der Vergangenheit gewesen, ohne Namen, ohne Gesicht, ohne Identität. Jetzt erst wird mir das gesamte Ausmaß dessen bewusst, was dieser Familie widerfahren ist.

*Marion*, denke ich. *Ihr Name war Marion.*

Instinktiv fasse ich an meinen Anhänger, den mir meine Großmutter kurz vor ihrem Tod gegeben hat. Erst seit kurzer Zeit – um genau zu sein, seitdem ich Noah kenne – trage ich die Kette regelmäßig. Dass ich sie verlieren könnte, war und ist immer noch meine größte Angst.

*Aber was bringt sie mir, wenn ich sie nicht trage?*

Meine Oma hätte bestimmt gewollt, dass ich sie immer bei mir trage, sodass sie mich beschützen kann.

Ein Räuspern ertönt von der anderen Seite.

„Entschuldigung, ich wollte dich damit nicht belästigen. Ich dachte nur, du solltest vielleicht darüber aufgeklärt sein und ... naja, ich sollte vielleicht langsam wieder auflegen und ...“

„Nein, schon in Ordnung“, unterbreche ich ihn. „Erzähl mir von ihr.“

Die Worte entschlüpfen meinem Mund, bevor ich überhaupt über sie nachdenken kann. Ich habe Noah noch nie so unsicher sprechen gehört – so verletzt. Ich will, dass er weiterspricht, ich will mehr über die Frau erfahren, die ihm so viel bedeutet hat. Dahinter stecken keine bösen Absichten, kein Ausreizen von Grenzen und alten Wunden, bloß aufrichtiges Interesse an der Geschichte einer Person. Wie bei Colin.

„Im Ernst?“, fragt Noah zögernd. In seiner Stimme höre ich den Drang, mit jemanden darüber sprechen zu können. Ich will dieser Jemand sein.

„Im Ernst“, antworte ich daher.

Noah beginnt zu erzählen: „Marion war umwerfend. Sie hatte diese Art an sich, jedem ein Lächeln zu entlocken. Sie war immer zu jedem freundlich. Selbst wenn die andere Person ein totales Arschloch war. Sie blieb stets optimistisch und sah in jeder Person immer irgendwie etwas Gutes. Wir lernten uns damals auf einem Festival kennen und waren seitdem unzertrennlich. Sie hatte ein blaues Trägerkleid und eine Sonnenblume im Haar getragen, das weiß ich noch ganz genau. Zwei Jahre später habe ich ihr dann den Antrag gemacht und kurz darauf folgte Elena. Sie war noch so winzig und schutzlos in der Welt, aber Marion hat ihr immer gesagt, sie würde die Stärkste von uns werden. Elena hat ihre Mutter so geliebt. Unsere Welt war perfekt. Später folgte Nicky und mit ihm dann auch die Diagnose. Sie hatte uns nichts davon erzählt. Ich glaube, sie wollte uns beschützen, indem sie uns unwissend ließ über den scheiß Krebs. Wir sollten uns keine Sorgen machen, sollten weiterhin Freude am Leben verspüren. Aber sie konnte es natürlich nicht ewig vor uns verheimlichen." Seine Stimme bricht und ich höre ihn langsam ausatmen. Ich gebe ihm Zeit zum Weitererzählen und schließlich fährt er fort: „Eines Abends im August – wir saßen gerade auf der Terrasse, Elena spielte mit ihrem kleinen Bruder im Garten, während die Sonne langsam unterging. Es war alles so friedvoll, so harmonisch. Und dann klappte sie plötzlich zusammen und fiel ins Gras. Ich bin direkt zu ihr gerannt. Sie sah überhaupt nicht gut aus. Wir sind sofort mit ihr in die Notaufnahme gefahren, die Kinder ängstlich auf der Rückbank und Marion, die immer wieder versprach, es würde alles gut werden. Zwei Tage später war sie tot." Jetzt brechen alle Dämme bei ihm und ich höre ihn am anderen Ende schluchzen. Unfähig etwas zu sagen, warte ich einfach nur ab, selbst den Tränen nahe. Ist das eine schlechte Idee gewesen? Ich wollte die Narben nicht wieder aufreißen. Er hat mir gerade mehr oder weniger sein ganzes Herz ausgeschüttet, wie sollte ich nun darauf reagieren?

„Kim?"

„Ja?" Seine Stimme klingt noch immer erstickt, doch er hat sich wieder einigermaßen gefasst.

„War es bescheuert von mir, dir von meiner ehemaligen Frau zu erzählen?"

„Nein. Sie klang wundervoll." Und das meine ich auch so. Da ist keine Eifersucht oder ein schlechtes Gewissen in mir. Nur der Wunsch, Noah in diesem Augenblick in den Arm nehmen zu können und ihm sein Leid zu nehmen.

„Das war sie", bestätigt er.

„Kim?", fragt er nach einer Weile Stille erneut. Seine Stimme ist ganz leise und vorsichtig.

„Ja?"

„Danke, dass du mir zugehört hast."

„Natürlich. Du kannst mir alles erzählen, wenn dir etwas auf der Seele liegt", verspreche ich ihm.

„Du bedeutest mir viel."

Vier Worte, doch sie schaffen es meinen Herzschlag zum Rasen zu bringen und mein Blut in Wallung zu versetzen. Auf einmal wird mir ganz heiß und ein angenehmes Kribbeln macht sich in meinem Bauch breit und vertreibt den vorherigen Kummer. Ich presse mir mein Handy fest ans Ohr, aus Angst die folgenden Worte sonst zu überhören:

„Du linderst den Schmerz."

Nachdem unser Telefonat geendet hat, liege ich erneut auf dem Sofa, Mimi an mich geschmiegt. Die Sonne ist nun vollständig untergegangen und so auch meine Befürchtungen ich wäre eine verschrobene Anomalie im Leben der Familie Jordan. Ich bin Noah wichtig! Mein Blick gleitet zu einem Bild von Colin und bleibt an diesem hängen. Im Halbdunkeln gesellt sich ein anderes Abbild dazu, eines von Marion in ihrem blauen Trägerkleid und mit der Sonnenblume im Haar. Ich weiß nicht, wie sie ausgesehen hat, doch ich kann mir das breite, offene Lächeln vorstellen, dass jedem entgegen blinkte.

Wir haben alle Geister unserer Vergangenheit ...

\*\*\*

Liebes Tagebuch,

Der Haushalt konnte wirklich anstrengend sein. Vor allem wenn man ihn komplett alleine stemmen musste. Der vertraute Geruch des Alkohols stieg mir in die Nase. Verdammt! Er war wieder da, aber ich war noch nicht fertig mit der Wäsche. Das würde wohl Ärger geben, dachte ich und legte einen Zahn zu, in der Hoffnung, es doch noch zu schaffen, bevor er die Tür aufschlagen und irgendwas lallen würde, was nur er verstand.

„Du bischt ja inner noch nischt fertisch, du Mischtmensch", schrie er und ich hatte Mühe, ihn richtig zu verstehen. Wie jedes Mal entschuldigte ich mich und wie jedes Mal ignorierte er es.

„Du bischt so lahm, da krieche ich es selbst scheller hin." Er stieß mich von der Waschmaschine weg und warf die nasse Wäsche einzeln auf den dreckigen Kellerboden, während ich mich bereits trockener Wäsche widmete und diese schon mal zusammenlegte. Es war ungewöhnlich, dass er mithalf, aber ich beschwerte mich nicht.

Kurze Zeit später spürte ich etwas um meinen Hals. Es war klamm und kalt und sorgte dafür, dass mir die Luft wegblieb. Ich wand mich, trat an alle Seiten, doch vergebens. Verzweifelt rang ich nach Luft und versuchte, die Leine, die er aus verschiedenen Wäscheteilen geknotet hatte, loszuwerden, doch er zog immer fester zu, sodass ich keine Chance hatte. Die Benommenheit, die sich wie ein Schleier langsam über mich legte, drohte mich nun zu übermannen. Dafür, dass er wieder einmal hackedicht zurückgekehrt war, hatte er noch ziemlich viel Kraft in den Armen. Meine Augen waren vom Schreck und der Angst geweitet, als ich mein letztes bisschen Bewusstsein verlor. Mein Körper erschlaffte und mein Mörder ließ meinen leblosen Körper auf den Boden knallen, ohne sich auch nur das geringste darum zu kümmern. Er öffnete den Kühlschrank gegenüber der Waschmaschine, nahm sich ein Bier und ging nach oben.

# Kapitel 6

„Das gibt es doch nicht", stöhnt Noah, als er naserümpfend in das alte Gebäude tritt. Die Streifenpolizisten, die uns hierher begleitet haben, haben alle Hände damit zu tun, die Junkies, die hier ihr Lager errichtet haben, hinauszubegleiten, sodass Noah und ich uns einmal in Ruhe alles ansehen können.

Der Geruch ist bestialisch und tötet mit der Ähnlichkeit zu faulenden Eiern sämtliche meiner Geruchszellen. Wir nehmen die Treppe, die in den ersten Stock führt, und testen Schritt für Schritt die Haltbarkeit der alten, knarzenden Treppenstufen, die auf mich keinen vertrauenserweckenden Eindruck machen.

Während Noah systematisch anfängt, die Räume zu durchsuchen, folge ich einem Seil, welches aus Wäscheteilen geknotet wurde, in das vierte Zimmer auf dem Gang.

Ein erstickter Schrei entrinnt meiner Kehle. Hastig drehe ich mich um und rufe mit zittriger Stimme Noah herbei, der sofort angelaufen kommt. Auch er muss schlucken, als er diese Szene betrachtet:

Ein Kopf, um dessen Hals der Strick aus Wäsche gebunden ist, sieht uns mit weit aufgerissenen Augen an, in denen die Panik förmlich noch zu spüren ist. Der herrenlose Kopf thront auf einer blutverschmierten Waschmaschine, an der die Extremitäten befestigt sind. Die Arme sind an die Seite der Maschine genagelt, die Beine liegen halb untendrunter, sodass sich auf dem Boden eine zähe Flüssigkeit aus gematschter Haut und Blut ausgebreitet hat. Noch widerlicher wird es bei dem Anblick der Waschmaschine an sich: Sie ist angeschlossen und läuft im Schleudergang. Bei jedem Trommelgeräusch klatscht ein wabbliges etwas gegen das Türchen, von dem ich ausgehen würde, dass es die Innereien und Organe des Opfers sind.

Ich würge und ziehe mich erneut aus dem Zimmer zurück. Noah fasst meine Schulter und drückt so fest zu, dass meine Panik ein bisschen weniger wird und eine Welle der Ruhe meinen Körper erfasst. Dankend lächle ich kurz, ehe Noah mich hinausbegleitet.

Vor dem heruntergekommenen Bauwerk, das früher mal ein renommiertes Kinderheim gewesen ist, herrscht reges Treiben. Noch immer sind die Kollegen damit beschäftigt, Obdachlose und Junkies einzufangen, die bis zu unserer Ankunft noch in dem Haus saßen und sich teilweise Drogen verabreicht haben.

„Foster! Stimmt es, dass Sie eine weitere Leiche gefunden haben? Haben Sie schon Ideen, wer das gewesen sein könnte? Was denken Sie, wie viele Leichen werden Sie noch finden? Ist es richtig, dass das Opfer diesmal in einer Waschmaschine lag?"

Ich rolle mit den Augen. *Wiktor Konstantin*. Der rasende Reporter, der mich hindert, meine Arbeit mit so wenig Stress wie möglich zu erledigen und mit dem ich schon mehrere unschöne Zusammenstöße in meiner Laufbahn hatte. Stalking und Nachstellen ist nur eine seiner unverfrorenen Arten, Sachen in Erfahrung zu bringen.

„Was machen Sie hier?", frage ich.

„Ein Exklusivinterview ergattern. Was denken Sie denn?"

„Ich denke, dass Sie sich nicht an polizeiliche Anordnungen halten und die Absperrungen mit dem gelben Flatterband wohl versehentlich übersehen haben, um an Informationen heranzukommen, die Sie von mir nicht bekommen werden. Warten Sie auf die Pressemitteilung und wenden Sie sich an den Pressesprecher der örtlichen Polizeidienststelle. Von mir aus belästigen Sie auch meinen Chef, aber lassen Sie mich in Frieden."

„Also wollen Sie mir nichts verraten und dafür ins Fernsehen kommen?", fragt er weiter hartnäckig nach.

„Nein! Und jetzt verschwinden Sie, sonst nehme ich Sie fest wegen Widerstand gegen die Staatsgewalt und weil Sie uns an der Arbeit hindern."

„So sehr kann ich Sie ja gar nicht stören. Viel zu arbeiten scheinen Sie nämlich nicht. Vermutlich hätten Sie sonst schon den Täter."

„Das reicht jetzt!"

„Kim, ist gut. Ich übernehme das hier", mischt sich Noah von der Seite ein, der bisher nur angespannt gelauscht hat. „Geh du darüber und ich regle das mit dem Reporter."

Der Reporter, der zwei Köpfe kleiner ist als Noah und neben ihm wie ein Gartenzwerg wirkt, geht ehrfürchtig ein paar Schritte rückwärts, als Noah ihm immer näherkommt. Ohne sich nach hinten umzuschauen, ob der Weg frei ist, läuft Wiktor Konstantin in seinen Kameramann, der ein paar Meter hinter ihm steht, um auch bloß die genaue Szenerie auf Video zu haben. Als die Presseleute dann endlich hinter der Absperrung stehen, raunt Noah noch den Beamten, die sich zwei Schritte weiter links befinden, zu, dass sie auf die zwei Herrschaften besonders achtgeben sollen, bevor sie ein weiteres Mal entwischen und in dem Bereich aufkreuzen, in dem sie nichts verloren haben.

Ich informiere die Spurensicherung, die in ihren Autos auf dem ungepflegten Rasen, der kreuz und quer vor dem Backsteingebäude wächst, auf unser Zeichen warten, darüber, dass sie mit ihrer Arbeit beginnen können.

Während Noah ihnen den Weg zu unserem waschechten Meister Propper zeigt, setze ich mich in einen der Streifenwagen zu einem Mann mittleren Alters, den ein Kollege in Gewahrsam genommen hat wegen Gewalt gegen Polizeibeamte.

„Hallo. Ich bin Foster und werde Ihnen jetzt ein paar Fragen stellen. Sie müssen nicht kooperieren, aber es wäre von Vorteil für Sie. Waren Sie heute in den letzten paar Stunden oben in dem Stockwerk?"

„Wieso willst du das wissen, Süße?", antwortet er mit einem schelmischen Grinsen in seinem Gesicht, was seine unhöfliche Visage nicht freundlicher wirken lässt. Die dicke, braune Jacke, die er trägt, stinkt, als hätte jemand darauf uriniert oder gekotzt. Vielleicht auch beides. Sein Haar hängt ihm strähnig ins Gesicht und seine gelben Zähne, die noch nicht weg gefault sind, kommen zum Vorschein und schlagen mir seinen warmen, fauligen Atem in die Augen, die dadurch fast anfangen, zu tränen.

*Reiß dich zusammen, Kim.*

„Waren Sie da oben, ja oder nein?"

„Was bekomme ich von dir, wenn ich es sage?"

„Ich glaube nicht, dass Sie in der Position sind, Forderungen zu stellen. Entweder Sie beantworten meine Fragen, was ein gutes Licht auf Sie werfen würde, oder Sie tun es nicht und ich gehe wieder", sage ich und wende mich Richtung Schiebetür des Autos, die ich nicht zugemacht habe, sodass es so wirkt, als würde ich aussteigen wollen.

„Na gut. Warte." Ich drehe mich um und er fährt fort: „Ich gehe da kaum hoch. Niemand von uns. Die Treppe ist extrem alt und wir haben unten genug Platz."

„Haben Sie jemanden gesehen, der in den letzten Stunden da oben war."

„Ich war ehrlich gesagt mit etwas anderem beschäftigt", sagt er lustvoll und beginnt, seine Hüften auf dem Sitz zu kreisen.

„Mit dir hätte ich natürlich mehr Spaß gehabt, Zuckerpuppe", fügt er noch hinzu. Angewidert und schon auf irgendeiner Ebene verstört steige ich aus und ziehe die Tür schwungvoll hinter mir zu. Ich schüttle mich in der Hoffnung, den Ekel, den ich im Moment verspüre, loszuwerden, was leider nicht funktioniert. Aus dem Inneren des Autos vernehme ich ein schäbiges Lachen, drehe mich jedoch nicht um, sondern laufe zur Eingangstür, um mit Noah, der gerade wieder hinaustritt, zu warten, dass die Spurensicherung fertig ist und wir uns oben noch einmal umschauen können.

Nachdem die Kriminaltechnik oben gewesen ist und uns ein Zeichen gibt, gehen wir erneut hinauf. Die Waschmaschine wurde angehalten, sodass sich die Rechtsmedizin nun ihrem Inhalt widmen kann. Während sie mit ihrer Arbeit beschäftigt sind, sehen wir uns nochmal im Zimmer um, ob uns nicht irgendwas anderes auffällt. Nachdem ich die ersten vier Räume - nach unserer blutigen Waschküche – in Augenschein genommen habe, gelange ich in einen Raum, der eine meiner Erinnerungen ans Licht zieht. Ich ziehe mein Diensthandy aus der Hosentasche an meinem Oberschenkel heraus und öffne das Bild, das ich von der Beschreibung dieses Hauses gemacht habe. Sie könnte zwar ausführlicher sein, reicht mir aber, um eins und eins zusammenzählen. Das hier ist der Raum, von dem in dem Brief gesprochen wird. Es ist das einzige Zimmer mit einer elefantengrauen Tapete, auf der ein wenig dunklere Rauten alt und träge nebeneinander liegen. Dieser Raum hat jeglichen Glanz verloren und man hört förmlich verzweifelte Kinderstimmen und das Weinen ihrer Unzufriedenheit. Sogar ihre Tränen kann man spüren, wenn man nur lange genug an diesem Ort verweilt. *Tropf. Tropf.* Ich blicke nach oben Richtung Decke und weiche gleichermaßen erschrocken wie angewidert einen Schritt an die Seite. Sofort fahre ich mir mit meinem Handrücken über das Gesicht. Es waren keine Tränen verzweifelter, kleiner Kinder, sondern Blut einer verdammten Taube, die oben mit ihren Flügeln an einen der Dachbalken gebunden wurde, sodass es so aussieht, als würde sie ihre Flügel über den Raum spannen, obwohl das Vogelvieh im Vergleich zum Raum schon eher mickrig wirkt. An ihrem Fuß hängt ein lila Brief ...

„Kim?" Der junge Mann aus der Rechtsmedizin gibt mir nicht nur den Brief, den die Taube an sich geklebt hatte und der jetzt endlich so untersucht worden ist, dass ich ihn öffnen kann, sondern auch eine zweimal eingetütete Akte. Durch die ganze Folie kann ich leider nicht lesen, was auf der Akte draufsteht oder worüber sie handelt, aber das ist erstmal sowieso nicht so wichtig für mich. Interessanter ist der Brief, den ich öffne und wie immer ein weißes Papierchen herausziehe: JORDAN.

***

Genervt schaue ich auf mein Display. Ungünstiger hätte der Anruf wirklich nicht kommen können.

„Noah, warte", hauche ich an seinen Lippen, enttäuscht darüber, unterbrochen zu werden. Ich nehme den Anruf an und bereue diese Tat schon im nächsten Augenblick.

„Guten Abend, Kim, ich weiß, Sie haben eigentlich schon Feierabend, aber würde es Ihnen was ausmachen, nochmal herzukommen?"

Als Noah, der noch immer so dicht bei mir ist, dass er das Gespräch mithören kann, obwohl es nicht auf Lautsprecher ist, meinen Namen hört, spannt er sich am ganzen Körper an, was ich mit einem unbequemen Zucken quittiere.

„Worum geht es denn überhaupt?", frage ich, hauptsächlich damit Noah sich beruhigt. Er hasst diesen Kauz von Chef, dessen Zeit bei uns auf dem Revier auf unbestimmte Zeit verlängert worden ist. Ich werde mich also an die Anrede „Kim" gewöhnen müssen.

„Einer der Junkies, die wir in Gewahrsam genommen haben, …"

Noah fuchtelt wild mit seinen Armen durch die Gegend, was mir wahrscheinlich symbolisieren soll, dass der Chef niemanden in Gewahrsam genommen hat, sondern die Beamten, die vor Ort waren, zu denen Noah und ich ebenfalls zählen. „... hat wohl vor Ort mit Ihnen gesprochen. Er meinte gerade, er habe Informationen für uns, möchte diese jedoch nur mit Ihnen teilen." Ich denke kurz nach, ehe mir der ekelerregende Widerling ins Gedächtnis springt, der in meinem Mundraum einen Geschmack von bitterer Galle verursacht.

*Na super! Ich scheine eine Anziehungskraft zu haben, die auf Menschen wirkt, die ich persönlich total abstoßend finde.*

„Ist okay,", antworte ich, „Bringen Sie ihn schon mal in Verhörraum 2. Ich bin gleich da." Ohne auf eine Erwiderung der anderen Seite zu warten, lege ich auf, um mich menschentauglich zu machen. Ich streife mir schnell eine blaue Jeans und einen hellrosafarbenen Kaschmirpulli, den ich vor Jahren mal von Mia geschenkt bekommen habe, über, ehe ich meine Schlüssel und Geldbörse zusammensuche. Währenddessen sitzt Noah weiterhin auf dem Bett und schaut mir zu.

„Du fährst jetzt auf die Arbeit, um mit einem Junkie zu sprechen, mit dem du heute schon mal gesprochen hast?", fragt er, während ich meinen Schrank öffne, um meine Tasche rauszuholen.

„Ja. Ich habe ihn am Tatort schon gefragt, als du drinnen warst, ob er etwas weiß. Aber zu dem Zeitpunkt meinte er, dass dort niemand hochgeht."

„Sonst noch was?"

Ich beiße mir unschlüssig auf die Unterlippe. Noah würde durchdrehen, wenn ich ihm sage, wie sich der Typ mir gegenüber verhalten hat. Also schüttle ich bloß den Kopf und fahre mit meiner Tätigkeit fort.

„Ich komme mit", verkündet Noah hinter mir, als ich dabei bin, mir meine Sneaker zu schnüren.

„Das brauchst du nicht. Du hast Feierabend", werfe ich ein.

„Du auch. Außerdem habe ich eh nichts zu tun, wenn du weg bist. Also kann ich auch mitkommen und mich nützlich machen."

Wohlwissend, dass ich ihm diesen Gedanken nicht nehmen kann, zieht er die Tür hinter sich zu und läuft mir zum Auto, das vor dem Haus auf dem Parkplatz steht, hinterher.

„Was macht der denn hier", fragt die Schmalzlocke, als wir durch die Tür treten. „Haben Sie nicht Feierabend, Jordan?"

„Hat sie doch auch", sagt Noah und zeigt dabei auf mich.

„Wo ist er?", unterbreche ich den stillen Machtkampf zwischen den beiden Männern, die sich wie zwei Hähne bei einem Hahnenkampf gegenüberstehen. Nur sollte die Situation hier nicht durch diese Feindseligkeiten eskalieren. Bevor mein Chef antworten kann, bin ich schon losgelaufen und gehe den Weg Richtung Verhörraum 2. Ich öffne die Tür und da sitzt er. Völlig verschwitzt, immer noch nicht geduscht, mit Flecken, die seine Kleidung zieren.

„Da bist du ja endlich. Hast dir ganz schön Zeit gelassen." Schon wieder bildet sich ein schelmisches Lächeln in seinem Gesicht und schon wieder stelle ich fest, dass es ihn kein bisschen freundlicher wirken lässt. Ich lehne mich hinter den Tisch, der im Verhörraum steht, an die Wand, um einen möglichst großen Abstand zu Mike Thompson zu bekommen, dem Perversling aus dem Auto, der gerade just in diesem Moment breitbeinig vor mir sitzt und so tut, als würde ihm die Welt gehören – und ich.

„Sie haben Informationen?", frage ich, statt auf seine Bemerkung einzugehen.

*Gut, Kim, weiter so*, ermuntere ich mich.

„Ja. Aber was krieg ich dafür?", fragt er wie vorher auch schon am Tatort.

„Ich denke immer noch nicht, dass Sie in der Position sind, Forderungen zu stellen", sage ich nun selbstbewusster, da ich hier eindeutig die besseren Karten habe und befürchte, dass er sich keinen Zwang antun würde, mich weiter mit dieser Art anzusprechen, die einfach widerlich ist.

„Du kannst doch wenigstens dein Oberteil ausziehen, damit ich was zu gucken habe, während ich dir sage, was ich weiß. Das wäre eine Win-win-Situation."

„Nein, das tue ich nicht, aber ich kann gleich wieder gehen ..."

„Nein!", ruft er verzweifelt. „Ich sage ja schon, was ich weiß. Da war immer so ein Mann."

„Geht es vielleicht ein bisschen genauer?"

„Geht es vielleicht ein bisschen weniger bekleidet?" Ich schaue Mike Thompson tief in die Augen. Diesen Ausdruck, den sie widerspiegeln, kenne ich bereits aus den Augen meines Chefs, was mich innerlich würgen lässt. „Na gut. Er war meistens normal gekleidet, Jeans, Pulli und Jacke und kam halt alle paar Stunden ins Haus und lief nach oben."

„War es einer aus Ihrer Gruppe? Kannten Sie ihn?“

„Nein und nein.“

„Können Sie uns sonst noch was sagen?

„Ja, eine Menge sogar.“

„Hau´n Sie raus“, entgegen ich skeptisch.

„Du trägst immer noch deinen Pulli, der mir meine wohlverdiente Sicht versperrt. Das war nicht Teil der Abmachung.“

Ich verdrehe meine Augen so fest, dass mir ein Schmerz durch den Kopf fährt. Ich verlasse angewidert den Raum und laufe in einen Noah, der direkt vor der Tür steht und vor Wut seine Hände so fest zu Fäusten geballt hat, dass seine Knöchel weiß hervortreten. Seine Augenbrauen sind so tief ins Gesicht gezogen, dass seine blauen Augen fast dahinter verschwinden.

„Noah, komm“, sage ich ruhig und versuche, ihn hinter mir her zu ziehen. Doch er starrt völlig paralysiert auf die Tür hinter mir, auf dessen anderen Seite sich der Widerling befindet, der mich extra hier herbestellt hat, um mich zu schikanieren. Ein Knurren tritt über seine zusammengepressten Lippen.

„Noah“, sage ich erneut, diesmal noch eine Spur sanfter als vorhin und lege ihm meine Handinnenflächen an die Wange, sodass er gezwungen wird, mich anzusehen. „Es ist alles gut. Ich möchte jetzt aber nach Hause. Fährst du mich bitte?“

Immer noch wütend greift er meine Hand und lässt sich widerwillig von mir hinterher ziehen. Mein Chef, der auf der anderen Seite des Spiegelfensters steht, kommt aus dem kleinen Überwachungsraum.

„Haben Sie alles mitgehört?", frage ich ihn und nicke in Richtung Verhörraum.

„Ja. Danke, dass Sie nochmal gekommen sind. Schönen Feierabend", verabschiedet er sich und geht in das Zimmer, aus dem ich herausgekommen bin.

***

Noah Peters. Das waren die Worte, die auf der gelblichen Akte draufstehen und die ich zum zehnten Mal lese.

*Öffnen oder nicht?*

Auch das frage ich mich mittlerweile zum zehnten Mal. Noah hat merkwürdig reagiert, als er am Tatort den Namen auf der Akte gelesen hat. Jedoch kam ich nicht mehr dazu, ihn zu fragen, weil so viel gleichzeitig passierte.

*Noah Peters.*

*Noah Jordan.*

Der Vorname passt. Aber es gibt so viele Noahs. Seit 2007 ist der Name in den Statistiken der Beliebtheit stetig steigend. Seit 2014 gehört er sogar unter die Top Ten und ist zwischen 2010 und 2021 ungefähr 63.800-mal vergeben worden. Das sind ganz schön viele Noahs, die alle mit Nachnamen Peters heißen könnten. *Kim, jetzt öffne endlich diese gottverdammten Akte. Selbst wenn es sich um Noah handeln sollte, ist es dein beschissener Job zu schauen, inwiefern sie etwas mit dem Opfer und dem Mord in dem früheren Waisenhaus zu tun hat.*

Nur widerwillig gebe ich meiner inneren Stimme Recht und schlage die erste Seite auf und blättere die Akte durch.

Geburtsurkunde, ärztliche Bescheinigungen und die Adoptionsurkunde, auf welcher vermerkt ist, dass Noah Peters nicht länger Peters, sondern ab dann Jordan heißt. *Also doch.* Ich blättere ein paar Seiten durch, bis mir plötzlich Fotos auf den Schoß fallen. Ich nehme sie hoch und sehe darauf abgebildet einen kleinen Jungen, schätzungsweise so um die neun Jahre, dessen stechendblaue Augen wenig hoffnungsvoll in die Kamera blicken. Im Hintergrund spielen andere Kinder in einem Sandkasten und rennen durch die Gegend. Auf der nächsten Seite ist ein handschriftlicher Brief abgedruckt:

Mittwoch, 21.06.1989

Noah hat sich noch immer nicht gut im Heim wieder eingelebt, nachdem ihn seine Pflegefamilie wieder abgegeben hat. Er wirkt an manchen Tagen verstört und spricht mit niemanden, isst nichts und strahlt generell eine gewisse Teilnahmelosigkeit aus, die meistens ein paar Tage bis auch eine Woche dauern kann. Es ist schwer, ihn zu motivieren oder in Gesellschaft anderer Kinder zu geben.

Wir haben nun endlich eine weitere Familie, die sich Noah annehmen würde, doch bin ich nicht sehr zuversichtlich, dass es dort besser laufen wird. Vielleicht sollten wir seine Therapiestunden doch erhöhen und demnächst auch mal anfangen, über weitere Alternativen zu sprechen. Denn solange Noah, nicht endlich anfängt, zu interagieren und sich auf andere Menschen einzulassen, ist er in dieser

Institution, die, nebenbei bemerkt, mehr als voll ist, kaum noch zu tragen.

Ich blättere weiter und lese die nächsten Briefe ebenfalls:

Montag, 07.12.1992

Mal wieder gab es einen Vorfall mit Noah, wobei ich eher „wegen Noah" sagen sollte. Entweder ist er abwesend, geistig irgendwo anders oder provoziert die Kinder um sich herum. Seine Entwicklung verläuft leider absolut nicht optimal und ich bitte wirklich darum, den Jungen endlich in ein Heim für schwererziehbare Kinder zu stecken. Das Personal ist überfordert mit seinen Launen und auch die anderen Kinder wissen nicht recht mit ihm umzugehen. Wir haben eine gewisse Verpflichtung – auch den anderen Kindern gegenüber – weshalb ich nächste Woche noch einmal eine Versetzung Noahs beantragen werde.

Freitag, 15.07.1994

Es ist wirklich verwunderlich, wie sich ein Kind mit so einem unkontrollierbaren Wesen nun so gut fangen konnte. Ich habe Noah heute bei seiner neuen Pflegefamilie besucht. Sie sprachen sogar davon, ihn zu adoptieren. Er sah gepflegt aus und hat sich mit den zwei leiblichen Kindern der Familie Jordan gut verstanden. Die Beziehung zwischen ihnen wirkte offen und vertrauensvoll. Es würde uns alle wirklich sehr freuen, wenn Noah endlich adoptiert würde. Natürlich umso erfreulicher, dass er endlich umgänglich scheint. In zwei Wochen ist unser nächster Termin und da entscheidet sich dann, ob eine Adoption in die Wege geleitet wird.

Ein wenig bestürzt über diese traurige Kindheit blättere ich ein paar Seiten weiter und mein Gesicht erhellt sich.

„Oh", entdecke ich einen weiteren Teil, der weder süße Fotos von Noah noch Briefe von einer unbekannten weiteren Person enthält.

Psychologisches Verhaltensprofil steht in kursiven Lettern auf der Kopfzeile des Dokuments. Das Profil ist auf zwei Seiten aufgeteilt und in jedem Absatz sind neongelbe Schlüsselwörter markiert: aggressives Verhalten, instrumentelle Aggression, dominierend, emotionale Unempfindsamkeit, Furchtlosigkeit, Empathielosigkeit, manipulatives Verhalten.

Auch Miss Pavlovic, die ich sicherheitshalber mal dazu geholt habe, blickt sehr verwundert über meinen Fund.

„Ob das so stimmt, sei mal dahingestellt, aber ist es nicht auffällig, dass diese ganzen Begriffe gelblich markiert worden sind? Ich würde Noah so nicht einschätzen. Es wirkt irgendwie so gestellt", wende ich mich an meine Kollegin, die mit solchen Profilen und Analysen mehr Erfahrung hat als ich.

„Es kann aber sein, dass das Waisenhaus oder die Pflege- und Adoptivfamilien das haben wollten und der zuständige Sachbearbeiter, der Noah damals betreut hat, dieses Verhaltensprofil angeordnet hat. Die Markierungen sind nichts Ungewöhnliches. Ich markiere in meinen Analysen auch Schlüsselwörter, die beispielsweise für psychopathisches Verhalten stehen oder ausschlaggebend sind. Es ist ja nicht so, dass jemand nur diese Wörter unter Noahs Namen geschrieben hat. Jedoch würde ich trotzdem nicht allzu viel auf diese Akte geben. Soweit ich mitbekommen habe, habt ihr sie gerade von einem Tatort mitgebracht, oder?"

Ich nicke.

„Dann kann das an sich jeder geschrieben haben. Ich würde es auf jeden Fall nochmal in die Kriminalistik geben. Das könnte sonst jeder so fingiert haben."

Ich nicke erneut, ehe Pavlovic meinen Schreibtisch wieder verlässt und ich mich von meinem Gedankenstrudel mitreißen lasse.

*Natürlich kann das alles fingiert sein – es ist wahrscheinlich auch alles fingiert. Da hing schließlich eine Taube vom Dachbalken herunter. Unser Täter überlässt nichts dem Zufall. Aber warum geht alles so krass gegen Noah?*

Der Spalt in mir wird immer größer. Entweder alle Indizien sprechen für ihn, weil er es ist oder jemand will ihm etwas anhängen, weil die Indizien schon stark in seine Richtung gehen. Andererseits könnte man Noah auch auf andere Weise was anhängen, was nicht so aufwendig und trotzdem zielführend wäre. Das würde aber alles nicht zum Täterprofil von Pavlovic passen, dass vor einigen Tagen angefertigt worden ist. Das einzige, was dazu passt, ist das vermeintliche Verhaltensprofil Noahs, das gefunden wurde. *Müsste es dazu aber nicht noch eine richtige Akte geben?* Ich meine, die Akte von Noah kann ja nicht einfach so dort aufgetaucht sein. Entweder hat sie jemand geholt oder kopiert. Für beides gäbe es vielleicht Kameraaufzeichnungen, Zeugen oder sonstiges Beweismaterial. Man kann ja nicht einfach so irgendwo reinspazieren und mit irgendeiner Akte wieder hinausspazieren.

***

Ein Gefühl der Übelkeit überkommt mich, als ich in den Raum eintrete. Ich habe zwar selbst diese Besprechung einberufen, jedoch nicht damit gerechnet, dass die Tafel mit den Bildern der Opfer direkt so hingestellt würde, dass sie sich ein jedem präsentiert, der an der Tür vorbeiläuft. Als Leiterin dieser Besprechung wähle ich als erste Amtshandlung, dieses Board in die hintere Ecke zu schieben. So kann man es immer noch gut erkennen, wenn man in dem Besprechungsraum sitzt, aber den Menschen, die einfach nur an diesem Zimmer vorbeilaufen, erübrigt sich der Anblick der grauenvollen Bilder.
Ich setze mich an den Kopf des großen Tisches, der die Mitte des Zimmers ausfüllt und Platz für ein Dutzend Personen hat. Während ich noch einmal meine Liste überfliege mit den Themen, die ich gern besprechen würde, trudeln die ersten Kollegen, die ich informiert habe, herein. Mia und Noah nehmen jeweils rechts und links von mir Platz.
Es lässt meinen Herzschlag kurz aussetzen, als Noah „versehentlich" mit seinem Bein an meinem entlangstreift. Ich blicke ihn an, was Beweis genug sein sollte, dass es alles

andere als aus Versehen war, wenn man sein Funkeln in den Augen beurteilt.

Sanders, der wie immer mit heruntergezogenen Mundwinkeln den Raum betritt und für eine unangenehme negative Stimmung sorgt, die nicht einmal sein grässlicher Schnauzer wett machen kann, setzt sich still an einen Platz nach hinten, gefolgt von Dajana Pavlovic, die sich ihm gegenübersetzt.

„Schmitz und Kuti kommen gleich noch. Sie holen, glaube ich, noch Donuts", sagt Pavlovic, nachdem sie sich hingesetzt und ihren Stuhl zurechtgerückt hat.

Kuti heißt eigentlich Anikulapo-Kuti und ist in Nigeria aufgewachsen, was sehr cool ist, weil er ziemlich viele Geschichten und Weisheiten auf Lager hat, die er, besonders nachdem er seine Familie dort besucht hat, jedem an den Kopf knallt und manchmal helfen sie tatsächlich. Er ist mir sehr sympathisch und wir sind eigentlich ganz gute Freunde.

Ich nicke und überlege währenddessen, was wir schon mal machen könnten, ohne dass sie etwas verpassen, entscheide mich dann aber doch dazu, noch auf die zwei Kollegen zu warten. Sie sind mit dem Fall noch nicht vertraut, können aber hoffentlich etwas Konstruktives zu unseren Ermittlungen beitragen.

Die Zeit, die wir mit warten verbringen, wird produktiv genutzt, um sich über Klatsch und Tratsch und die Familie zu unterhalten. Dabei läuft das Ganze absolut überhaupt nicht zivilisiert ab, sondern kreuz und quer und jeder mal mit jedem, sodass der Schallpegel auch unbedingt ganz oben bleibt.

Noah und Mia haben nun beschlossen, wieder über Abby und Noahs Kinder zu reden, von denen Noah Mia natürlich auch das Bild aus seiner Brieftasche zeigt, dass er immer und überall dabeihat. Es ist schon eine Weile her, dass Mia Noahs Kinder das letzte Mal gesehen hat, obwohl sie ihn länger kennt als ich. Noah, Mia, Abby und noch ein paar andere Leute aus Abbys Freundeskreis von der Arbeit treffen sich, wenn es dazu kommt, meistens abends. Daher kam Noah zu solchen Verabredungen eher allein als mit seinen Kindern.

Kurt Sanders und Dajana Pavlovic, die nun doch etwas nähergekommen sind, als sie sich noch mit Mia unterhalten haben, halten plötzlich inne und schauen sich tief in die Augen. Nicht sicher, wie ich damit umgehen soll, stehe ich auf und hole einen Kasten Wasser aus dem Zimmer nebenan. Als ich wieder zurückkomme, herrscht ein noch wilderes Chaos als vorher. Alle sind aufgesprungen und applaudieren. Die Kollegen sind mit einer Stärkung zurück. Donuts, Streuselkuchen und Mini-Muffins werden auf dem Tisch verteilt.

„Können wir dann jetzt anfangen?", frage ich mit erhobener Stimme, damit ich die Vorherrschaft des Tohuwabohus übertrumpfe und in das Bewusstsein meiner Kollegen eindringe. Ein einstimmiges Nicken sorgt für Ruhe. Als dann auch endlich alle sitzen, fahre ich fort. Damit die Kollegen Schmitz und Kuti erstmal einen groben Überblick haben, fange ich ganz vorne an.

„Wir haben bisher also sechs Leichen, die alle eindeutig diesem Fall zugeordnet werden konnten und alle in ein

Tagebuch geschrieben wurden?", hakt die Kollegin Schmitz nach, als ich meinen Monolog der Ereigniskette beendet habe.

„Ja. Janine Mann, unser Schulskelett, Harold Finke, Baseballtyp ohne Hüfte, Silas Bassett, der Partydichter, Samuel Kling, der Koch einer Vier-Sterne-Küche, der als Brathähnchen angerichtet wurde, Milla Angel, die Schlägerbraut und jetzt kürzlich identifiziert Nicolas Wellerstein, unser Meister Propper aus dem einstigen Waisenhaus", führe ich nochmals aus und zeige dabei auf die Bilder, die an die Tafel in der Ecke gepinnt sind und die jeweils einmal ein Bild der Leiche zeigen und ein Foto, wie die Opfer noch zu Lebzeiten ausgesehen haben, welche wir von den Familienangehörigen für die Ermittlungen bekommen haben.

„Zu allen Leichen sind wir entweder durch Hinweise am vorherigen Tatort gekommen oder durch mysteriöse lila Briefe, die nicht nur an den Tatorten, sondern auch auf dem Revier aufgetaucht sind."

„Dajana, könntest du bitte kurz nochmal etwas zu deinen Ergebnissen sagen, die du aus dem Tagebuch gezogen hast?"

„Klar. Aus dem Tagebuch geht meiner Meinung nach relativ gut hervor, dass es sich um einen Mann mittleren Alters handelt, der groß ist und eine muskulöse Statur aufweist. Zudem werden immer wieder stechendblaue Augen erwähnt, was der Täter wahrscheinlich als eine Art Markenzeichen oder Wiedererkennungswert verwendet. Seine Morde sind aller Wahrscheinlichkeit nach eine Art Rachefeldzug an einer Person aus seiner Kindheit. Durch verschiedene Aspekte, die etwas langwierig zu erklären und zu erläutern wären, lässt sich auf die Vaterfigur des Täters schließen, die Alkoholiker gewesen sein müsste oder immer noch ist. Der Täter spielt ganz klar mit euch, indem er euch Briefe zukommen lässt, die euch zum nächsten Opfer führen. Das stellt eine Art Machtverhalten dar. Er möchte unbedingt die Oberhand haben und auch behalten und dass ihr nach seiner Pfeife tanzt und nicht andersrum. Auch dieses Verhalten lässt sich auf ein Kindheitstrauma zurückführen. Ich gehe von häuslicher Gewalt schon im Kindesalter aus. Auch denke ich, dass er keine Mutter hatte. Sein *„Jagdverhalten"* wäre sonst anders. Das habe ich Kim schon ausführlich erklärt. All meine Ergebnisse habe ich auch nochmal mit einem Kollegen durchgesprochen. Auch er sieht die Sache so wie ich und hatte keine weiteren Ergänzungen."

„Danke Dajana. Dazu erstmal noch Fragen?"

Die Beteiligten schütteln den Kopf, daher mache ich weiter:

„Die Rechtsmedizin und die Kriminalistik sind leider nicht anwesend, die sind gerade noch mit einem anderen Fall beschäftigt. Die Abteilungen sind momentan etwas unterbesetzt, aber sie haben mir ihre Berichte zukommen lassen: An keinem der Tatorte gab es eine verwendbare DNA-Spur. Der Täter scheint darauf zu achten, nichts zu hinterlassen. In der Leiche von Mias Fall – der Koch, der zum Brathähnchen wurde – wurde menschliches „Hackfleisch" festgestellt, was anscheinend aber nicht seins war. Nähere Untersuchungen haben nichts weiter ergeben. Die DNA ist uns nicht bekannt und es wurden auch in anderen Datenbanken keine Übereinstimmungen gefunden. Ich gehe mal schwer davon aus, dass wir noch weitere Leichen finden werden, immerhin haben wir noch nicht alle aus dem Tagebuch und wahrscheinlich kann das Fleisch dann einer dieser Leichen zugeordnet werden."

Wieder ein einstimmiges Nicken, als ich in die Runde schaue.

„Langsam müssen wir uns auch an die Presse wenden. Es waren schon einige Reporter hier und auch von den Tatorten wird immer wieder berichtet. Ich befürchte, die lassen sich nicht mehr lange hinhalten."

„Ich wurde jetzt auch schon ein paar Mal angesprochen", sagt Sanders mürrisch von der anderen Tischseite.

„Wir müssen gut überlegen, was wir erzählen. Ich will nichts an die Öffentlichkeit geben, was dem Täter in die Hände spielt."

„Ihr habt mehrere Möglichkeiten aus meiner Sicht", fängt Pavlovic an. „Ihr könntet weniger sagen, als ihr wisst, sodass der Täter denkt, er müsse nachhelfen, wodurch er auf euch zukommen würde ..."

„Aber woher wissen wir, ob er davon erfährt?", wirft Kuti ein.

„Das wird er. Da bin ich mir zu 100% sicher. Er hat euch im Blick und will nichts verpassen. Es ist immerhin sein Spiel. Die andere Möglichkeit wäre, so viel zu sagen, dass er sich hintergangen fühlt. Ihn dumm dastehen zu lassen, würde ihn in Rage versetzen. Damit bringt ihr sein Machtspielchen durcheinander. Der Haken daran ist, wir wissen nicht, wie er reagieren würde. Ob er sich bedeckt hält, weitere Menschen umbringt oder sich sogar an euch rächen will. Es wäre auf jeden Fall ein Risiko und ich weiß nicht, ob wir das zu diesem Zeitpunkt in Kauf nehmen sollten."

„Die lila Briefe möchte ich gern unter Verschluss halten. Ich habe keine Lust auf Menschen, denen zu langweilig ist und die das aus Spaß dann nachahmen. Dann bringen uns diese Dinger auch nichts mehr."

„Ja, das sehe ich genauso", stimmt Noah mir zu.

„Soll ich etwas vorbereiten und dir dann zum drüberlesen geben?", bietet Mia an.

„Gerne. Setz dich aber bitte mit Dajana zusammen, damit wir möglichst gezielt auch unseren Mörder erreichen."

„Jetzt haben wir nur noch ein Problem", meldet sich Noah links neben mir zu Wort. „An dem letzten Tatort wurde mein Name mit ins Spiel gebracht. Die Kollegen von der Streife haben eine Akte gefunden, die der Adoptionsakte aus meiner Kindheit entspricht."

„Du bist adoptiert?", fragt Mia gegenüber und ein Murmeln erfüllt den Raum.

„Ja, bin ich. Ich weiß nicht, wie ihr das seht, dass meine Akte dort lag ..."

„Es war doch ein Waisenhaus, in dem die Akte gefunden wurde. Da waren doch bestimmt noch andere davon", wirft Schmitz ein.

„Nein, es war nur die eine da."

„Aber wie aussagekräftig kann das denn bitte sein. Ich meine das war eine inoffizielle Junkie-Unterkunft. Die können da sonst was haben verschwinden lassen", steigt nun auch Kuti in die Debatte mit ein.

„Sehe ich genauso. Außerdem hat der eine Junkie etwas von einem Typen gesagt, der da immer herumgelaufen ist, jedoch nicht zu der Gruppe der Obdachlosen gehörte. Dementsprechend kann dieser Tatort fingiert worden sein mit der Akte. Vielleicht möchte er den Verdacht von sich auf Noah umlenken, damit wir misstrauisch werden und so den Fall vernachlässigen." Mit ihrer Meinung landet Dajana Pavlovic einen Volltreffer bei den Kollegen und auch bei mir.

„Also beschließen wir, die Sache im Auge zu behalten, Noah aber trotzdem weiter dabei zu lassen?", frage ich in die Runde.

„Alles andere wären voreilige Schlüsse. Außerdem ist Noah nie allein an einem Tatort, sodass er Beweise verschwinden lassen könnte."

„Alles klar. Dann bleibt dieses Detail auch vorerst unter Verschluss. Aber, Noah, sobald der Fall zu nah an dich herankommt, muss ich dich leider abziehen. Immerhin ermitteln wir jetzt auch in Richtung deiner Vergangenheit und werden deine leiblichen Eltern befragen müssen. Ich erwarte Professionalität und Gefühlsabgrenzung. Alles klar?"

„Verstanden. Ich helfe, wo ich kann", erwidert er dankbar.

***

# Pressekonferenz zum Nachlesen

Von: Wiktor Konstantin

In einer Pressekonferenz beantwortet die Polizei Fragen zu Toten, die innerhalb der letzten Woche die Stadt beunruhigten.

Wie die Vertreter der Polizei am Mittwoch bei einer Pressekonferenz bekannt gegeben haben, ist noch keiner für die Reihe an Morden belangt worden. Es steht der dringende Tatverdacht des Mordes in mehreren Fällen im Raum. Wie die Polizei bestätigt, gibt es keinen Zweifel daran, dass die Morde allesamt einem Täter zugeschrieben werden können.

Angaben zu den Opfern werden vorerst nicht veröffentlicht und auch der Stand der derzeitigen Ermittlungen bleibt der Öffentlichkeit verwehrt.

Der Chef der örtlichen Polizeidienststelle sagt nicht viel: „Die Ermittlungen kommen gut voran und die zuständigen Beamten, Kim Foster und Noah Jordan, haben den Fall unter Kontrolle und leisten gute Arbeit, die sich am Ende auch auszahlen wird", so Mitchell Brown, dem die Beamten unterstehen.

***

Das glaube ich nicht. Damit hätte ich niemals gerechnet. Zu eingespannt, um in der Mittagspause irgendwo hinzufahren, um Essen zu bestellen oder etwas zum Essen zu holen, habe ich mich heute entschlossen, in der Cafeteria, die zurzeit auch als Mensa fungiert, da die Umbauarbeiten nur schleppend vorankommen, zu Mittag zu essen. Als ich den Speisesaal betrete, fliegt mir nicht nur der Geruch des Kantinenessens ins Gesicht, sondern auch die knallrote Haarfarbe Pavlovics, zu der ich mich gerne gesetzt hätte.

Es ist ein grauenhafter Schnauzer, der mich davon abhält und von dem ich am wenigsten erwartet hätte, ihn hier anzutreffen.

Kurt Sanders sitzt Dajana Pavlovic gegenüber. Sie mit einem gefüllten Teller aus der Polizeiküche, er mit einem traurig belegtem Käsebrötchen, von denen er auch schon mal eines am Tatort gegessen hat.

Obwohl er diese Speise immer wieder als *traurig* bezeichnet, scheint es doch das einzige zu sein, was er isst. Auch ungewohnt, was ich noch nie gesehen habe und auch dachte, es niemals zu sehen, ist das verspielte Lächeln um Sanders Mundwinkel, mit dem er offensichtlich unsere jüngere Kollegin aus der Psychologie beeindruckt. Bevor es noch unangenehmer wird und die beiden merken, dass ich sie seit meinem Eintreffen hier anstarre und das auch noch so auffällig, dass ich mitten im Raum stehe, gehe ich an die Theke. Ich entscheide mich – was hätte man erwartet – für Nudeln mit Tomatensoße, die ich mir an einen einsamen Tisch in der hinteren Ecke mitnehme. Von hier aus sehe ich meine Kollegen zwar immer noch, aber es ist nicht mehr ganz so auffällig.

„Was machen Sie denn hier?", richtet sich eine Frage an mich und ich drehe mich erschrocken um.

„Guten Tag, Herr Kollege. Ich esse – offensichtlich."

„Pardon. Selbstverständlich tun Sie dies. Ich darf mich doch gewiss zu Ihnen gesellen?"

Ich nicke widerwillig, weil ich eigentlich gar keinen Nerv für den Kollegen aus der Rechtsmedizin habe.

„Und wie läuft's mit den Leichen?"

„Gar nicht mehr", antwortet er verwirrt. „Die sind tot, daher ist nichts mehr mit Laufen."

„So habe ich das auch nicht gemeint. Ich meinte eher im übertragenen Sinne. Was macht Ihre Arbeit?"

„Tote Menschen. Das Wissen Sie doch eigentlich. Geht es Ihnen gut?"

„Ja, verzeihen Sie, dass ich gefragt habe", sage ich resigniert und bete still, dass ich gerettet werde.

„Darf ich Ihnen etwas erzählen, Foster?"

„Ich befürchte, ich kann Sie nicht abhalten."

Das Grinsen in dem Gesicht meines Gegenübers wird breit und ganz euphorisch fängt er an: „Ich arbeite ja noch an anderen Fällen, also auch anderen Leichen. Und heute habe ich eine reinbekommen, bei der ich Fingerabdrücke nehmen musste. Ich habe also die Haut der Fingerspitzen von der Toten abgeschnitten und mir über meine eigenen gezogen, um so an die Abdrücke zu kommen. Davon träume ich, seit ich klein bin."

„Seit Sie klein sind? Seit Sie klein sind, wollen Sie sich tote Haut überziehen?", frage ich entgeistert.

„Ja."

Traurig schiebe ich meine Nudeln ein Stück von mir weg, weil dieser Mensch es doch tatsächlich geschafft hat, mir den Appetit auf Nudeln zu ruinieren. Ich hätte niemals gedacht, dass sowas möglich wäre. Ich ziehe mein Handy aus der Hosentasche und tippe ganz ruhig eine Nachricht, während Josh Wilson mir noch mehr über seine Kindheitsträume erzählt.

Hey,

Kannst du bitte ganz schnell kommen? Es gibt gleich Tote ···
Bin in der Cafeteria. Rette mich!
Es ist Wilson!!!

Kaum habe ich die Nachricht abgeschickt, öffnet sich die Tür zum Speisesaal und ein knallroter Noah, der sich keuchend auf den Beinen hält, sucht mit seinem Blick die Tische ab, bis er mich endlich sieht und anvisiert.

„Wilson, da ist jemand im Foyer, der hat ganz viele Fragen zu Leichenwachs. Kannst du ihm die beantworten oder soll ich lieber ...“

„Kein Problem. Ich habe viele Antworten. Sie entschuldigen mich?“, wendet er sich mir zu, während er sein Tablett schnappt und den Raum eilig verlässt. Noah lässt sich auf seinen Platz sinken und lächelt mich verschmitzt an.

„Bin ich jetzt dein Ritter in glänzender Rüstung?“

„Ja, danke.“

„Nudeln? Wirklich? Isst du irgendwann auch mal was anderes?“

„Nein, warum sollte ich? Nudeln sind vielfältig. Es gibt Penne, Fusilli, Maccheroni, Spaghetti, ..."

„Alles klar ... Moment, sind das dort nicht Sanders und Pavlovic?", fragt Noah, als er seinen Blick durch den Raum schweifen lässt. Ich nicke und ziehe meinen Teller wieder näher, sodass ich endlich meine Spaghetti mit Tomatensoße essen kann.

Die zwei Turteltäubchen ein paar Tische weiter liegen sich derweil in den Armen, ihre Gesichter dicht beieinander.

„Was sich da wohl entwickelt?", spricht Noah meine Gedanken aus.

\*\*\*

„Du kannst nicht mitkommen, Süße. Ich bin gleich wieder da", sage ich mit kindlicher Stimme zu Mimi, die an der Haustür um meine Beine tänzelt und dabei miaut. „Ich mach nur kurz die Wäsche. Das ist für uns beide nützlich ... Ich kann etwas sauberes anziehen und du hast wieder etwas, worauf du deine ganzen Haaren verteilen kannst. Win-Win."

„Miau", schnurrt sie, lässt dann aber doch ab und verschwindet ins Wohnzimmer. Mit dem Wäschekorb unter meinen Arm geklemmt mache ich mich auf den Weg in den Keller, wo meine Waschmaschine steht. Noch immer kann ich nicht normal an Waschmaschinen denken, ohne unsere letzte Leiche präsent zu haben, die sich in mein Hirngewebe eingebrannt hat.

Als ich unten angekommen bin, hole ich zunächst die saubere Wäsche aus der Maschine und schalte eine neue

Ladung meiner dreckigen Wäsche ein. Ein Gefühl überkommt mich, welches mich denken lässt, dass ich nicht allein bin. Angespannt schaue ich mich um, ohne jedoch jemanden zu entdecken.

„Hallo?", frage ich in die Stille.

*Kim, da ist niemand. Du bist paranoid, jetzt chill mal und mach einfach deine Aufgabe weiter,* bläue ich mir selbst ein.

Nachdem ich fertig bin, nehme ich den Korb, der nun mit sauberen Textilien gefüllt ist, unter meinen Arm, um den Inhalt in meiner Wohnung zu falten. Das Gefühl, dass ich beobachtet werde, lässt sich nicht abschütteln, weshalb ich die Waschküche zügig verlasse und immer zwei Treppenstufen auf einmal nehme. Völlig außer Atem bremse ich, als sich ein riesiger Schatten in meinen Weg stellt. Nicht schnell genug komme ich zum Stehen und pralle voller Wucht gegen einen mit Muskeln übersäten Oberkörper. Der Korb gleitet aus meinem Arm und bevor ich die Treppe rückwärts herunterfalle, hält mich eine Hand am Handgelenk fest und zieht mich nach oben.

„Kim!"

Erst als ich mich gefangen habe und wieder mit beiden Beinen fest auf dem Boden stehe, realisiere ich, dass diese Person Noah ist.

„Du hast mich erschreckt", rufe ich verärgert.

„Ich habe dich gesucht. Du hast nicht geöffnet."

„Ich war im Keller."

Ich drehe mich um und sehe am Fuße der Treppe den Wäschekorb liegen, die saubere Wäsche auf dem Boden verteilt. Noah, der hinter mir die Treppe heruntergelaufen

ist, hilft beim Einsammeln der verschiedenen Teile und trägt mir den Korb kavaliersmäßig zur Wohnung nach oben. „Danke", sage ich, während ich die Tür aufschließe und ihn hineinbitte. „Weswegen bist du eigentlich gekommen?"
„Ich wollte dich sehen. Reicht das nicht?"
„Haben wir uns nicht gerade eben erst gesehen?"
„Ich kann halt nicht genug von dir kriegen?", schleimt er und stellt dabei den Wäschekorb auf das Sofa.

Noah und ich spazieren durch den Wald. Hand in Hand, sodass sich heimlich eine Sehnsucht einschleicht, die aus ganzem Herzen etwas Festes mit diesem Mann haben möchte. An einem Bach im Wald, nahe meiner Wohnung, halten wir an und setzen uns zwischen die vielen, schön duftenden Blumen. Es dämmert schon, was die Stimmung perfekt macht. Die leichte Brise, die über unsere Haut fährt, sorgt für ein angenehmes Rascheln der Blätter, die fröhlich gegeneinanderschlagen. Die Vögel, die in der Luft zu erkennen sind, spielen fangen und lassen sich von der Luft tragen. Ich denke an das, was noch passieren würde und verarbeite den ganzen, stressigen Tag. Diesen entspannenden Abend habe ich echt nötig und ich bin froh, dass Noah nochmal vorbeigeschaut hat. Ich lass es mir gut gehen und genieße die Nähe zu ihm. Wir beobachten die Rehe auf der anderen Seite des Baches und unterhalten uns über die Banalitäten des Lebens. Als es dunkel wird, stehen wir auf und schlendern langsam weiter. Im dunklen Wald zu laufen ist ein bisschen angsteinflößend, vor allem, weil ich die Dunkelheit hasse. Ich fühle mich in der unendlichen Tiefe des pechschwarzen Nichts so allein. Man sieht nichts und das Gefühl überkommt jemandem, dass sie einen verschluckt. Aber ich habe ja Noah an meiner Seite, der mich spüren lässt, dass ich weder allein bin noch jemals sein werde. Ich brauche mich also überhaupt nicht fürchten.

Bei mir zuhause angekommen gucken wir noch einen Film, den ich mir aussuchen darf, ohne dass es Noah erlaubt ist, ein Veto einzulegen. Wir sitzen auf der Couch und essen Popcorn. Es ist so verdammt schön, dass ich einfach anfangen könnte zu weinen. Neben dem leckeren Popcorn nehme ich auch Noahs Aftershave wahr. Es ist neu und riecht himmlisch. Ich schmiege mich an ihn und will ihn nie mehr loslassen. Dieses Glücksgefühl hatte ich lang nicht mehr. Noah schiebt seinen Arm vorsichtig um meinen Rücken und drückt meinen Oberkörper an seinen. Ich lege meinen Kopf auf seiner Schulter und er legt seinen Kopf auf meinen. Das ist wieder einer dieser Momente, bei dem man die Zeit anhalten möchte und sich wünscht, dass er für immer bleibt.

Eine Nachricht, die mein Handy zum Beben bringt, lässt mich hochfahren, sodass Mimi, die gerade eben noch gemütlich auf meinem Schoß lag, sich aufgeschreckt auf die andere Seite der Couch legt. Ich greife nach dem störenden Apparat, der den Moment meiner Zweisamkeit mit Noah unterbricht, und runzle die Stirn. Ich schaue erst zu Noah, der neben mir seelenruhig Mimi streichelt, dann auf mein Handy zurück und anschließend wieder zu Noah. Ich entsperre mein mobiles Endgerät und öffne die Nachricht:

Hey,

was machst du gerade? Ich muss die ganze Zeit an dich denken ...♡

Hast du Lust, morgen wieder zu früh zur Arbeit zu kommen? Das letzte Mal hat es sich gelohnt ;)

„Noah? Wo ist dein Handy?", frage ich noch immer verwirrt.

„In meiner Hosentasche. Wieso?", antwortet er, während er es hervorzieht und mir hinhält.

„Ich habe gerade eben eine Nachricht von dir bekommen, obwohl du es nicht in der Hand hattest. Und jetzt komm nicht mit schlechtem Internet oder Empfang und so was. Ich habe lange gekämpft, um hier endlich gutes Wlan zu haben."

„Was steht denn drin?"

Ich halte ihm das Gerät unter die Nase. Er lässt von Mimi ab und dreht sich zu mir herum. Sein Blick verhärtet sich für einen so kurzen Moment, dass ich es nicht bemerkt hätte, hätte ich ihn nicht ganz genau angesehen. Doch schnell ziert ein Lächeln sein Gesicht, was auch seine Augen zum Schmunzeln bringt.

„Ach so, diese Nachricht. Die hatte ich schon ganz vergessen, verdammt. Okay, du hast mich erwischt. Ich wollte dich veräppeln, aber du hast nicht so reagiert, wie ich es mir vorgestellt habe."

„Was?"

„Wusstest du, dass man Nachrichten jetzt terminieren kann?"

„Bedeutet was genau?", hake ich verunsichert nach.

„Hier", zeigt er und nimmt das Handy, welches ich ihm noch immer entgegen gehalten habe. „Mal sehen ;)", tippt er und drückt lange auf den Button zum Absenden der Nachricht. Ein Auswahlfeld ploppt auf, bei welchem ich Datum und Uhrzeit einstellen kann, wann diese Nachricht abgesendet werden soll. Noah stellt das heutige Datum ein und die Zeit für in einer Minute, ehe er auf *„Bestätigung"* drückt. Gespannt warten wir, unsere Augen auf den Bildschirm geklebt, unsere Gesichter ganz dicht beieinander. Die Nachricht taucht plötzlich im Chat auf und ich schaue auf die Uhr.

„Voll cool", sage ich und lege das Gerät an die Seite. „Und was gedenkst du, morgen früh mit mir zu tun, wenn ich früher zur Arbeit komme?"

„Arbeiten selbstverständlich", antwortet er scheinheilig, doch das Grinsen in seinem Gesicht verrät mir etwas anderes.

✳✳✳

„Hey, Dajana", rufe ich und winke meiner rothaarigen Freundin zu, damit sie mich sieht. Kaum nimmt sie mich wahr, steuert sie auch schon auf mich zu und setzt sich zu mir an den Tisch.

„Ich hatte eigentlich Angst, ich wäre zu früh ..."

„Ich auch", lache ich und bestelle uns zwei Latte Macchiato. Während wir auf unsere Bestellung warten, reden wir über belangloses Zeug. Zum Beispiel erkundigt sich Pavlovic über

Mimi, die immer total aufgekratzt ist, wenn Dajana kommt. Manchmal habe ich Angst, dass sie sie viel lieber mag als mich und wahrscheinlich stimmt das sogar. Mimi hätte keine Scheu, mit Dajana mitzugehen.

„Also alles wie immer mit dem kleinen Racker", antwortet Pavlovic, nachdem ich ihr von Mimis letzter desaströsen Aktion erzählt habe.

*Dabei stand eine meiner Vasen, in der vertrocknete Blumen standen, weil ich es irgendwie nie hinkriege, dafür zu sorgen, dass Pflanzen in meiner Gegenwart überleben, auf der Fensterbank – Mimi nebendran. Und obwohl ich sie böse angeschaut habe, hat sie ganz frech ihre Pfote genommen und die Vase Richtung Abgrund geschoben.*

*„Mimi, lass das", habe ich sie gewarnt und für einen kurzen Moment hat sie ihre Pfote zurückgezogen. Doch keine Sekunde später schiebt sie das Teil wieder Richtung Boden entlang.*

*„Mimi, ich warne dich." Sie hat es drauf angelegt und während ich sie drohend ansah, schob sie die Vase weiter, sodass sie fiel und zu Bruch ging. Ganz gechillt saß sie neben dem Fenster und begann sich die Pfote der Sünde zu lecken, ohne sich dafür zu interessieren, was sie soeben getan hatte.*

„Ja, scheint so." Wir lachen.

„Und was läuft da zwischen dir und Noah? Ich habe bisher nur Klatsch und Tratsch aus der Gerüchteküche mitbekommen. Aber du weißt ja selbst, wie wenig man den Kollegen bei sowas trauen kann ... Mia meinte etwas von *Hochzeitsglocken*?"

„Diese Frau ...! Langsam werde ich echt wahnsinnig."

„Ich dachte mir schon, dass das von ihr etwas zu weit gedacht ist, aber wir kennen Mia ja."

„Noah und ich sind zusammen, denke ich."

„Denkst du?"

„Wir haben im Moment nicht wirklich Zeit für ein langes, tiefgehendes Gespräch. Wir ermitteln rund um die Uhr und außerdem hat Noah auch noch Kinder, um die er sich kümmern muss."

„Das stimmt natürlich. Da ist es wahrscheinlich recht schwer, mal genug Zeit füreinander zu finden."

Ich nicke.

„Und was läuft zwischen dir und Sanders?", frage ich und nippe von meinem heißen Getränk, das ich in der Hand halte, sodass die Wärme der Tasse meine Hände durchflutet.

„Es ist kompliziert. Zum einen ist er älter als ich, womit ich persönlich kein Problem habe, auch wenn es 17 Jahre sind, aber seine Tochter findet das nicht ganz so gut. Sie ist auch nur fünf Jahre jünger als ich. Wir liegen wirklich dicht beisammen, aber was soll ich tun? Ich liebe Kurt!"

„Okay. Das ist auch keine leichte Situation. Aber wenn du ihn wirklich liebst, was du gerade sehr klar gesagt hast, würde ich nicht aufgeben. Was sagt denn Sanders dazu?"

„Zu dem Altersunterschied?"

„Ja und zu dem Verhalten seiner Tochter."

„Er versteht sie zwar irgendwo, findet jedoch, dass sie uns nicht verstehen will und dass es schade ist, aber immer noch unser Leben. Sie ist alt genug und muss – ob sie will oder nicht – damit zurechtkommen."

„Also steht er zu dir, oder?"

„Ja", sagt sie und auf einmal wird das Lächeln, das ihre Mundwinkel ziert, unschlagbar riesig.

„Ich hätte niemals gedacht, dass Sanders sich in jemanden verlieben könnte oder jemand in ihn", gestehe ich.

„Er ist total anders, wenn er nicht im Dienst ist: Offen, liebenswert, gutmütig, ... Aber genug davon. Wie ist Noah denn so privat?"

„Oh Mann! In sowas bin ich gar nicht gut ... Er ist nett und ich kriege ein Flattern im Bauch und ein Ziehen in der Brust, wenn ich ihn sehe. Der Blick, mit dem er mich ansieht ..."

„Ich glaube, du bist ziemlich verknallt", schmunzelt Dajana und ich laufe rot an. „Nichts für das man sich schämen muss."

***

Noah klingelt. Es dauert ganze dreimal, bis sich endlich jemand auf der anderen Seite der Sprechanlage meldet.

„Ja?", krächzt die Stimme eines erwachsenen Mannes in den Sprecher. „Was is'?"

Wir stehen unten an der Eingangstür eines Hochhauses, mitten in einem Viertel, dass ich wohl nur als die heruntergekommenste und übelste Lokalität, in der ich je war, bezeichnen kann. Hochhäuser sprießen hier, wie Bäume, aus der Erde, grau auf grau. Von den Fassaden bröckelt der Putz, Mauern sind mit Graffiti oder schlimmeren beschmiert, die Straßen verdreckt mit Müll jeglicher Art und in jeder Ecke verkriechen sich die Obdachlosen. Dieser Ort ist der Inbegriff der Trostlosigkeit, in dem nur Menschen leben konnten, die entweder mit ihrem eigenen Leben abgeschlossen haben oder in die Armut gestürzt sind – freiwillig, so kann ich es mir nur erklären, zog hier jedenfalls niemand her. Und in diesem Loch sollte Noahs Vater wohnen?

„Hallo, Herr Peters. Hier ist Noah ... Noah Peters."

Seine Stimme klingt angespannt und ich vernehme einen unsicheren Unterton, als ob Noah es selbst nicht fassen kann, hier an diesem Ort seinem leiblichen Vater gegenüberzutreten.

Daraufhin folgt erst einmal einige Sekunden Stille, in denen nur das Rauschen der Sprechanlage zu hören ist, dann ein: „Na, wenn das so ist, dann verpiss dich!" Mit diesen Worten wird der Hörer auf der anderen Seite mit einem Krachen aufgelegt.

Unschlüssig, wie ich reagieren soll, stehe ich neben Noah und lege ihm eine Hand auf die Schulter. Er seufzt nur.

„Tja, das war der Versuch, den meine diplomatische Seite vorgezogen hat. Jetzt heißt es wohl Taktik wechseln."

Erneut drückt er auf die Klingel, deren Klingelschild auf den Namen Peters verweist und erneut dauert es eine Weile, bis sich der Mann wieder meldet.

„Verdammte Scheiße, ich sagte doch, dass du dich verpissen sollst!", kläfft er abermals in den Hörer, doch diesmal ist Noah schneller, als dass sein Vater uns wieder abwimmeln kann.

„Herr Peters, ich bin nicht zum Quatschen hergekommen, sondern aus polizeilichen Anlässen. Wir haben einige Fragen an Sie und entweder lassen Sie uns hier und jetzt rein, beantworten alles und haben die ganze Scheiße hinter sich, oder ich sehe mich gezwungen mit einem richterlichen Beschluss wiederzukommen und dann wird die ganze Sache schon etwas unangenehmer für Sie. Also Sie haben die Wahl."

Seine Stimme schwillt, während er spricht, immer lauter und nachdem er geendet hat, bleibt erneut nur Stille zurück. Seine Worte hängen noch in der Luft, doch wir bekommen keine Antwort, der Hörer wurde schon aufgelegt.

„Fein." Noah knurrt, während er sich auf dem Absatz umdreht, um seine Drohung wahr zu machen, als das Sirren des Türöffners ertönt. Reflexartig greife ich nach der Tür und drücke sie auf. Sein Blick begegnet meinem und zusammen betreten wir das kühle Treppenhaus.

Die Wohnung von Joseph Peters will ich hier lieber nicht einer genaueren Beschreibung unterziehen. Nur so viel sei gesagt: die Couch, auf der wir sitzen, ist von ominösen Flecken besprenkelt und um uns herum herrscht das reinste Chaos aus leeren Bierflaschen und schmierigen Pizzakartons, wobei die Bierflaschen wahrscheinlich noch das harmlosere Elixier sind, das Noahs Vater zu sich nimmt, denn in der Luft hängt eine starke Fahne, die mich doch sehr an Whiskey erinnert.

Der Mann, der uns gegenübersitzt, trägt eine kurze, schlabbrige Hose und ein Tank-Top, welches über seinen Bauch spannt.

*Es muss einmal weiß gewesen sein*, stelle ich erschreckend fest.

Sein braunes Haar klebt ihm strähnig an der öligen Stirn und seine knollige Nase ist so rot und großporig, wie eine überreife Erdbeere.

Kurz gesagt: Alles an ihm widert mich an.

„N'also, was willste' jetzt fragen?", lallt er mit wahrscheinlich schon einigen Prozenten in seinem Blut und Kopf.

„Es geht um meine damalige Adoption", kommt Noah gleich zur Sache.

Es ist offensichtlich, dass er und sein Vater kein enges Verhältnis oder einen generell näheren Kontakt pflegen, und Noah möchte die gesamte Situation vermutlich so schnell wie möglich hinter sich bringen.

„Ich kann Ihnen nicht den Grund nennen, warum ich ausgerechnet jetzt damit anfange, an Dingen zu kratzen, die der Vergangenheit angehören, denn es ist wie gesagt eine polizeiliche Angelegenheit. Allerdings würden wir gerne etwas über den Ablauf von damals wissen und ob es zu irgendwelchen Problematiken kam."

„Problematik? PAH! Sie's tot, nennst du sowas Problematik?", spuckt er uns entgegen, wobei auch einige Speicheltropfen seinen Mund verlassen.

„Ich weiß ...", Noah stockt. Wie ich bereits in Erfahrung gebracht habe, war Noahs Mutter bei seiner Geburt gestorben und er selber, gerade einmal das Licht der Welt erblickt, von seinem trauernden Vater ein paar Tage später zur Adoption freigegeben worden.

*Armer Noah*, denke ich. *Eine Mutter, die er verloren hat und ein Vater, der ihn verließ.* Wenigstens seine Pflegefamilie hat ihn geliebt und großgezogen.

In dem gammeligen Zimmer ist eine Pause entstanden und beide Männer scheinen im Kopf mit ihren eigenen Dämonen zu kämpfen, bis sich Noah räuspert und erneut anzusetzen versucht:

„Ich weiß, dass es schwer für dich ... *Sie* sein musste, allerdings war es für mich auch nicht leicht zu wissen, dass mein Vater mich scheinbar nicht wollte und meine Mutter tot ist. Ich habe keinen von euch beiden jemals kennenlernen dürfen und wenn ich mich hier so umsehe, ist das vielleicht gar nicht mal das schlimmste Schicksal. Also wie wär's, Sie beantworten unsere Fragen und danach müssen wir einander hoffentlich nie wieder sehen."

Während er dies spricht, vernehme ich die Andeutung eines Zitterns in seiner Stimme. Kurz hat er seinen leiblichen Vater geduzt, allerdings scheint dies für Noah doch zu befremdlich und unpassend. An dieser Stelle bin ich versucht, die Befragung, wenn man es denn bis dato eine nennen kann, abzubrechen und einen anderen Kollegen hinzuschicken.

*Das hier wird viel zu emotional.*

Gerade als ich Noah signalisieren will, dass wir das gesamte Unterfangen beenden sollten, saugt sein Vater hörbar die Luft ein.

Erwartungsvoll sehen wir ihn beide an, bis er schließlich herauswürgt: „Erst hieß es ihre Werte sei'n stabil, dann hat ihr Herz plötzlich aufgehört zu schlagen." Seine Stimme ist nun leise und fast weinerlich, ganz im Kontrast zu seiner schroffen Art nur einige Minuten zuvor. Er sitzt nun zusammengesunken auf dem zerfledderten Sessel und das

Sprechen scheint ihm schwer zu fallen. „Meine Lydia ... hätte so gern ein Kind gehabt ... doch nun ist's aus."

Fast habe ich schon Mitleid mit ihm, doch ich verstehe noch immer nicht den Grund, warum er Noah hätte weggeben sollen, wenn er doch die einzige Verbindung zu seiner verstorbenen Frau darstellt. Zum wiederholten Mal legt sich betroffenes Schweigen über uns wie eine dicke Decke.

Doch als hätte der Mann meine Gedanken gelesen, speit er plötzlich aus: „Und das war alles deine Schuld!"

Anklagend zeigt er mit dem Finger auf Noah, der unmerklich bei den Worten zusammenzuckt. Seine Worte sind klar und deutlich, als hätte er nicht erst vor Sekunden noch einen alkoholischen Knoten in der Zunge gehabt. Auf einmal fixiert mich sein Blick, sodass ich unbehaglich auf dem Polster hin und her rutsche.

„Deine verdammte Existenz hat meine Lydia unter die Erde gebracht", redet er weiter, an Noah gerichtet.

„Wärst du doch nie geboren, du gottverdammtes Stück Sch..."

„Es reicht jetzt!" Meine Stimme schneidet durch seine Worte, bevor er sie beenden kann. Ich versuche, so sachlich und professionell wie möglich zu klingen, auch wenn es in mir brodelt.

„Die Befragung hat in diesem Zustand keinerlei Sinn und deswegen erkläre ich sie für beendet. Herr Peters, Sie müssen damit rechnen, dass sich die Behörden erneut an Sie wenden werden und Sie sich einer weiteren Befragung auf der Wache - in nüchternem Zustand - unterziehen müssen."

Ich nicke Noah zu, der mich dankbar ansieht und wir stehen beide auf, bereit zu gehen. Noahs Vater ist indessen wieder in seinen Sessel zusammengeknickt und stiert auf den schmutzigen Boden.

*Herrgott, wird hier denn nie sauber gemacht*, denke ich angeekelt.

Wir sind schon bei der Wohnungstür, als ich hinter mir ein leises Murmeln vernehme. Mit hochgezogenen Augenbrauen drehe ich mich um und frage: „Gibt es noch etwas anzumerken?"

Als Noahs Vater diesmal den Kopf hebt, bekomme ich eine Gänsehaut, seine Augen sind weit aufgerissen und starren mich direkt an, während sein Mund zu einem fürchterlichen Lachen verzogen ist.

„Immer wieder hab ich ihn gequält und sein Leben zur Hölle gemacht", spricht er in einem wahnhaften Ton.

„Hab alles getan ... das gleiche Gesicht ... fast die gleiche Person ..." Nun lacht er hysterisch. Unsicher sehe ich zu Noah herüber, doch der starrt nur seinen Vater an.

„Wir gehen jetzt!", verkünde ich, doch rühren tu ich mich keinen Millimeter.

„Wie genugtuend es doch wäre, wenn er nun dasselbe Schicksal erleidet ... Eine geliebte Person zu verlieren, verändert die Menschen."

Mit diesen Worten zieht er plötzlich eine Waffe hinter einem der Pizzakartons hervor und richtet sie genau auf meine Brust.

Adrenalin schießt durch meinen Körper, ich erinnere mich, was ich in meiner Ausbildungszeit gelernt habe, will nach meiner eigenen Waffe im Holster greifen ... da ertönt schon der Schuss. Es blitzt grell weiß hinter meinen Augen auf, sodass ich sie ruckartig zusammenkneife.

Alles scheint zu verschwimmen und ich versuche, mich meiner Situation bewusst zu werden, warte auf den Schmerz.

Doch er bleibt aus.

Langsam öffne ich wieder die Augen und sehe vor mir Joseph Peters, der Mann, der mich erschießen wollte, um seine Frau zu rächen und seinen Sohn zu foltern. Die Augen immer noch weit aufgerissen, den Mund zu einem Lachen verzerrt, die Hand, mit der Waffe, hängt schlaff an seiner Seite herunter. Auf seiner Brust breitet sich eine rote Lache aus.

Ich drehe mich zu Noah um. Er steht er in der Tür, die eigene Waffe gezogen, wie zu Stein erstarrt und sein Gesicht trägt den Ausdruck des Entsetzens.

***

*Nur noch ein bisschen*, denke ich und halte meine Augen geschlossen. Ein tiefer Seufzer entrinnt meiner Kehle. Ich schaudere bei dem Gedanken, was passieren wird, wenn dieser Moment verstreicht.

„Nur noch kurz", flüstere ich in sein Ohr in der Hoffnung, diesen kurzen Moment noch ein wenig aufrecht zu erhalten. Noah hat gerade eben seinen Vater erschossen. Das zu verarbeiten, würde nicht leicht werden.

Ich will mich gerade aus der Umarmung lösen, als Noah seine Hände verzweifelt an meine Hüfte klammert.

„Bitte geh nicht", fleht er und schaut mir niedergeschlagen in die Augen. Ich nicke nur und gebe mich einem weiteren Moment des schönen Gefühls hin, in seinen Armen zu liegen, fühle mich jedoch im gleichen Moment schuldig, dass ich sowas empfinde, während für Noah im Moment alles viel zu viel ist. Nicht nur, dass man seine Akte bei einem Opfer gefunden hat, was seinen Namen ins Spiel bringt, nein, er musste auch noch einen Schuss abfeuern, um *mich* zu beschützen, was seinem Vater das Leben gekostet hat.

„Es tut mir so leid", flüsterte ich gedämpft und eine Träne rollt mir nun doch über die Wange. Der Schock bricht wie eine Sturmflut über mich herein. Die Waffe blitzt vor meinem inneren Auge auf und ich erinnere mich an den Schuss, der ertönte und der mir das Leben gerettet hat. Noahs Schuss. Der Schuss auf seinen leiblichen Vater.

„Ich wollte nicht, dass sowas passiert, dass du sowas für mich machen musst."

„Hör auf, dich zu entschuldigen", sagt er mit fester Stimme und schärfer, als er beabsichtigt. Er packt mich an den Schultern und schaut mir tief in die Augen: „Ich würde es immer wieder tun! Er wollte dich umbringen wegen etwas, für das niemand irgendwas kann und niemand Schuld trägt. Du brauchst dich nicht schuldig fühlen. Es war meine Entscheidung. Und ich würde es immer wieder tun", wiederholt Noah sanfter, während er mir mit seinen Fingern über die Wange streicht und meine Haarsträhne, die sich aus dem Zopf gelöst haben muss, hinter mein Ohr steckt, ehe er mir die Träne aus dem Gesicht wischt. Ich senke den Blick und weitere Tränen finden ihren Weg auf mein T-Shirt. Wie kann ein Mensch, der das, was Noah gerade durchmacht, dabei so sanft und verständnisvoll bleiben? Es ist Wahnsinn ...

*Er würde es immer wieder tun*, hat er gesagt. Er würde sich immer wieder zwischen einen Irren und mich stellen, um mich zu beschützen. Er würde immer wieder die Waffe erheben, um mich zu beschützen, wenn es nötig ist. Er würde immer wieder seinen Vater erschießen, damit mir nichts geschieht.

Die Tränen sind kaum zu stoppen. Eine nach der anderen jagt über meine Wange. Noah weiß sich nicht anders zu helfen, als seine Lippen fest auf meine zu pressen. Ich erwidere den Kuss, der vor Verlangen nur so trieft. Meine Fingerspitzen berühren zögernd seine Schultern, fast schüchtern, doch mit jedem Moment mutiger. Meine Finger gleiten zu seinem Schlüsselbein und von dort über seine harte Brust.

Ein wenig später schaffe ich es endlich, mich zusammen zu reißen. Ich schiebe Noah vorsichtig zurück.

„Wir sind im Dienst", sage ich schweratmend. Er senkt seinen Blick und schaut auf den Boden. "Dir geht es nicht gut und du bist befangen. Ich frage Mia, ob sie mir bei dem Fall hilft, und du solltest dir dringend Urlaub nehmen, bis das alles geklärt ist." Durch seinen in den Fall verwickelten Namen und den Schuss auf seinen biologischen Vater würde er sowieso erstmal ein paar Tage freibekommen, bis der tödliche Schusswaffengebrauch untersucht werden konnte. Es müsste erst bewiesen werden, dass Noah aus Selbstschutz gehandelt hat, beziehungsweise um mich zu beschützen. Der Interessenskonflikt, dass das dabei verstorbene Opfer der Vater von Noah ist, der ihn zur Adoption freigegeben hatte, würde dabei nicht sonderlich von Vorteil sein. Ich schreibe mir auf meine innere To-Do-List, noch in den oberen Etagen für meine Aussage diesbezüglich vorbeizuschauen. Aber erst später, wenn Noah schon weg ist.

Noah dreht sich nickend um, im Begriff zu gehen. Ich erwische ihn an seinem Arm und stehe gleich wieder vor ihm.

„Noah? Bitte sieh mich an. Ich komme heute Abend bei dir vorbei und halte dich auf dem Laufenden. Wenn irgendwas sein sollte, melde dich bitte, ja?"

Bevor er auch nur irgendeine Reaktion zeigen kann, stelle ich mich auf meine Fußspitzen und gebe ihm einen letzten Kuss.

\*\*\*

Vorsichtig schiebe ich den Haufen Pizzakartons mit meinem Fuß beiseite, um zu schauen, was sich darunter befindet. Zu meinem Erstaunen sind es diesmal tatsächlich keine weiteren Pizzakartons, in denen man das undefinierbare, restliche Etwas nur einer Pizza zuordnen kann, weil es auf der Schachtel draufsteht. Es sind auch keine alten Bierdosen, Wodka-, Gin- oder Whiskeyflaschen, sondern Sachen, die vorher mal auf dem umgestoßenen Tisch nebendran gestanden haben müssen. Ich bücke mich und greife nach zwei Bilderrahmen.

Auf dem einen ist eine Frau drauf. Ihre helle, sonnengebräunte Haut passt zu ihren kakaobraunen Haaren und ihre stechendblauen Augen ziehen jeden Fokus auf ihr Gesicht. Sie ist wunderschön und die Ähnlichkeit zu Noah ist frappierend.

Das zweite Bild ist ein Hochzeitsfoto. Die Frau von dem anderen Bild, Noahs Mutter, Lydia, steht in einem eleganten weißen Kleid, das mit hauchzarten Rosasteinchen besetzt ist, vor einem mit Rosenranken verziertem Tor. Neben ihr steht Noahs Vater. Ein paar gute Jahre jünger als heute - beziehungsweise gestern - und noch ohne Bierbauch. Sein Haar ist ordentlich zurückgegelt und ein glückliches Lächeln in die Kamera zeichnet sein freundliches Gesicht. Der Tod seiner Frau muss ihn wirklich mitgenommen und aus dem Leben gerissen haben, wenn man das Bild mit seiner Erscheinung gestern vergleicht: *ungepflegt, verbittert, rachsüchtig.* Diese Attribute würde man dem jungen Mann des Fotos wohl kaum zuschreiben. Es ist traurig, was Trauer, Wut und Selbstmitleid mit Menschen anstellen können.

Neben einem weiteren Bilderrahmen liegt noch ein halbausgelaufener Füllfederhalter auf dem dreckigen Boden, der wahrscheinlich schon seit mehreren Wochen nicht sauber gemacht worden ist. Ich nehme den Füller hoch und betrachte ihn. Es ist ein hellblauer Metallfüller mit der Gravur *„Das Leben ist wie Worte, genauso vergänglich, dennoch haben sie die Möglichkeit, in Gedanken zu bleiben".*

Ich lege die Sachen, die ich noch in der Hand halte, zu den anderen Bilderrahmen auf die fleckige Couch und setze meine Tour durch die Wohnung fort. Als ich weiter hinten im Badezimmer stehe und mich frage, wann wohl das letzte Mal die Waschmaschine gelaufen sein mag, ertönt ein empörter Ruf aus dem Wohnzimmer.

„Mia?", rufe ich ihr entgegen und setze mich in ihre Richtung in Bewegung.

„Hast du das gesehen?", fragt sie aufgeregt und wedelt mit einem Bilderrahmen direkt in meinem Gesicht herum.

„Ja, das ist …"

„Ich weiß, wer das ist."

„Echt? Okay, die Ähnlichkeit ist aber auch wirklich nicht zu übersehen."

„Ähnlichkeit? Willst du mich verarschen? Warum ist in dieser Wohnung ein Bild von Noah im Teenagealter, wenn Noah seinen Vater doch gar nicht kannte und es laut Adoptionsakte auch keinen Kontakt gab? Woher kommt das Foto?"

Verwirrt nehme ich Mia, die nicht aufgehört hat mit dem Bilderrahmen vor meinem Gesicht herumzuwedeln, das Foto ab und schaue es an. Es ist das Bild, das ich mir gar nicht angesehen habe, weil ich mich nur auf den Füller konzentriert habe.

„Wie kann das sein?", frage ich.

„Das frage ich mich auch. Da wir uns nicht mehr bei Joseph Peters erkundigen können, bleibt uns nur noch Noah. Ich will ja nichts sagen, Süße, aber langsam wird es echt eng für ihn. Der Fall wendet sich immer mehr in seine Richtung."

„Ich weiß", sage ich zerknirscht, weil ich absolut keine Ahnung habe, was ich tun soll oder wie sich das alles jemals aufklären lässt, ohne Noah dabei zu belasten.

„Ich sehe ihn heute Abend wahrscheinlich. Ich werde ihn darauf ansprechen."

„Bist du dir sicher, dass du dich allein mit ihm treffen willst?"

„Willst du auf irgendwas anspielen?", frage ich entsetzt und auch irgendwie wütend. Hat sie mich nicht in der Abstellkammer auf dem Revier aufgebaut und mir versichert, dass Noah unschuldig sei, als ich die Kameraaufzeichnungen gesehen habe? Sie kennt ihn viel länger als ich, hat uns sogar mehr oder weniger verkuppelt und jetzt zweifelt sie an ihm? „Erstens ist Noah nicht der, den wir suchen und schon gar kein Mörder, zweitens würde Noah mir niemals etwas tun."

„Ich weiß, aber …"

„Kein Aber", schneide ich Mia das Wort scharf ab. „Noah ist unschuldig und ich werde es beweisen!"

***

Der schwarze Nebel in meinem Kopf beginnt sich zu lichten. Die Wirkung lässt nach. Ich öffne meine Augen, kann mich nicht erinnern, wo ich eigentlich bin. Ich trete die Decke von mir herunter und stehe auf, muss mich aber augenblicklich an einem Schrank abstützen, um nicht zu fallen. Der hässlich rotlackierte Schrank und der abgenutzte, grüne Teppich, die absolut nicht zusammenpassen, helfen mir auf die Sprünge, wo ich bin.

Ich stehe in T-Shirt und Unterhose in Noahs Schlafzimmer, weil er mich gestern Abend bei meinem psychischen Zustand, als ich ihm von den neusten Ermittlungsergebnissen erzählt habe, nicht mehr allein nach Hause fahren lassen wollte. Obwohl ich damit argumentiert habe, dass Mimi morgen gefüttert werden muss, habe ich ihn nicht dazu bewegen können, mich gehen zu lassen. Wahrscheinlich war es auch ein kleiner, aber doch sehr präsenter Teil in mir, der nicht nach Hause fahren wollte. Daher hat er mir sein Bett überlassen und ist selbst auf die Klappcouch gezogen. Mrs. Altenmeier, die ich um diese späte Uhrzeit tatsächlich noch erreicht habe, versprach mir, sich sehr gewissenhaft Mimi anzunehmen und ihr um Punkt sechs Uhr früh das Essen zu machen. Schließlich solle man eine Katze nicht warten lassen, wie sie immer sagt.

Vorsichtig, damit ich nicht hinfalle, taste ich mich nach vorne und gelange so Schritt für Schritt in die Küche. Aus dem Kühlschrank hole ich mir eine Wasserflasche und nehme mir ein gespültes Glas von der Spüle und trinke. Nach drei großen Schlucken mache ich die Flasche wieder zu und stelle sie zurück in den Kühlschrank. Bevor ich mich wieder ins Bett legen kann, klopft es. Ich drehe mich um, sehe niemanden und setze mich auf die Bettkante.

Es klopft erneut.

Ich blicke auf die Uhr, die auf Noahs Nachttisch thront: 02:37 Uhr. Langsam stehe ich wieder auf, um zu schauen, wer um diese Uhrzeit wohl an Noahs Haustür klopfen mag. Die Kinder sind bei ihren Großeltern und Noah scheint immer noch zu schlafen.

Ich schaue durch den Spion. Nichts. Kaum habe ich mich wieder von der Haustür abgewandt, klopft es ein drittes Mal. Ich schaue ein weiteres Mal durch den Spion.

Nichts.

*Bilde ich mir das nur ein? Ich sollte dringend mehr schlafen.*

Ich öffne die Tür und schaue mich sicherheitshalber trotzdem um, ehe ich laut die Luft einsauge.

*Oh mein Gott!*

Ich bücke mich und nehme den lilafarbenen Brief, der auf dem Schuhabtreter vor Noahs Wohnungstür liegt, in die Hand. Leise steige ich die Treppe hinunter, um zu schauen, ob ich noch jemanden finden kann, der den Brief vor die Tür gelegt haben könnte. Ich laufe bis zum Keller, ohne jemanden zu sehen, als ich oben Schritte höre.

*Verdammt!*

Nur mit Unterhose und T-Shirt bekleidet habe ich natürlich keine Waffe.

*„Konzentrier dich!"*, rufe ich mir ins Gedächtnis. Ich atme einmal tief ein und aus, bevor ich die Treppen langsam, immer darauf bedacht, an der Wand zu bleiben, wieder hochlaufe.

„Ach du heilige Scheiße, hast du mich erschreckt", stöhne ich auf, als mir Noah in einer blauen Jeans und einem dunkelblauen Hoodie die Treppe entgegenkommt.

„Kann ich nur zurückgeben. Was zur Hölle machst du um diese Uhrzeit hier draußen? Und dann auch noch so bekleidet", lacht er und schaut belustigt an mir herunter. Ich halte ihm den Brief unter die Nase.

„Oh je. Was steht drin?", fragt Noah besorgt.

„Ich habe noch nicht reingeschaut. Es hat geklopft, deswegen hatte ich die Hoffnung, dass der Bote hier noch irgendwo lauert.

„Warst du schon im Keller? Da kann man sich zwar gut verstecken, aber es führt kein Weg raus."

„Nein, als ich reingehen wollte, habe ich dich gehört und gedacht, du wärst ..."

Noah fängt an zu lachen.

„Na gut. Dann schau du mal in den oberen Stockwerken nach und ich im Keller. Ich kenne mich da unten besser aus als du."

Ich nicke und setze meine Bewegungen nach oben weiter fort.

Ohne ein Ergebnis komme ich wieder hinunter und setze mich in Noahs Küche.

„Wo warst du denn? Ich habe mir schon Sorgen gemacht."

„Ich habe niemanden gefunden", sage ich frustriert und lege den Brief auf den Küchentisch. Noah zuckt kaum merklich zusammen, als er den Brief sieht.

„Hast du jemanden gesehen", frage ich mit ein wenig Hoffnung, die durch Noahs Kopfschütteln zu Nichte gemacht wird.

„Was steht drin?", fragt er und setzt sich neben mich. Ich greife nach dem Umschlag, öffne ihn und ziehe wie sonst auch einen Zettel mit schnörkeliger Handschrift hervor:

„Das Leben ist wie Worte, genauso vergänglich, dennoch haben sie die Möglichkeit, in Gedanken zu bleiben."

Mit gerunzelter Stirn blicke ich zu Noah hoch.

„Wo hast du das gefunden?", hakt er erneut nach.

„Vor deiner Haustür auf dem Schuhabtreter. Deswegen habe ich ja im Treppenhaus geschaut, ob da noch jemand war", erkläre ich. „Woher weiß dieser Typ, wo du wohnst?"

„Ich habe keinen blassen Schimmer."

„Du solltest vorübergehend nicht hierbleiben und wenn das möglich ist, sollten Nicky und Elena noch eine Weile bei deinen Eltern bleiben."

„Sehe ich auch so. Ich werde mich gleich morgen früh darum kümmern. Bis dahin sollten wir erstmal ruhig bleiben."

„Weißt du, was uns dieser Brief mitteilen will? Ich habe das Gefühl, ich habe diesen Spruch irgendwo schon mal gehört, kann mich aber nicht erinnern."

„Ich habe keine Ahnung. Es klingt halt nach einem Spruch aus so einem Glückskeks."

„Verdammt!" Ich schlage mit der Faust auf den Tisch. „Er war so unglaublich nah und hatte wirklich die Dreistigkeit, an deiner Tür zu klopfen und ich habe ihn nicht mal erwischt. Wie zur Hölle macht er das?"

„Komm her." Elegant rutscht Noah von seinem Stuhl herunter und schließt mich in seine Arme. Ich schmiege mich an seinen grünen Katzenpulli, der leider alles andere drunter verschluckt, sodass seine Bauchmuskeln nur wahrnehmbar sind, wenn man mit den Fingern darüberstreicht.

„Ich habe so viele Fragen und bisher so wenige Antworten", nuschle ich an Noahs Schulter.

„Wir finden das heraus. Jetzt solltest du aber erstmal wieder schlafen gehen, damit du morgen fit bist. Wenn du dir jetzt den Kopf zerbrichst und wieder einmal kaum schläfst, ist das weder für dich noch für den Fall gut."

„Ich weiß. Danke!"

Er lächelt mich an. Ich stelle mich vor ihn und zieh mich hoch, sodass sich unsere Lippen berühren. Seine Finger bleiben in meinem Haar hängen, während sich meine Wange an seine andere Handfläche anschmiegt. Eine Weile bleiben wir so - küssend - in der Küche stehen, bis Noah seine Hand langsam zurückzieht und wir uns lösen.

„Du solltest jetzt wirklich ins Bett gehen, bevor du in ein paar Stunden wieder arbeiten musst."

Ich schlendere zurück ins Schlafzimmer und lege mich allein in dieses viel zu große Bett.

Unruhig wälze ich mich in dem Bett hin und her, unfähig, meine Augen zu schließen und einzuschlafen. Ich trete die Decke von mir und strecke mich vom Bett hinunter zu meiner Tasche hin. Ich hole eine kleine zierliche Medikamentenpackung heraus und öffne sie.

Zum zweiten Mal in dieser Woche werfe ich mir drei Pastillen ein, um die restlichen drei Stunden friedvoll schlafen zu können. Ich lege mich wieder in das Bett und lasse mich von dem schwarzen Nebel betören.

„Krieg das jetzt nicht in den falschen Hals, Süße, aber irgendwie siehst du gar nicht gut aus heute. Hast du nicht gut geschlafen?"

„Geht so. Ich habe das hier gefunden." Auch Mia halte ich den lila Brief von vergangener Nacht unter die Nase.

„Guten Morgen, Kim", ertönt eine muntere Stimme hinter mir. Mia schaut hoch und antwortet, obwohl sie gar nicht angesprochen wurde: „Guten Morgen, Chef."

Langsam drehe ich mich um. *Foster*, denke ich mir genervt in meinem Kopf. „Guten Morgen."

„Oh", zuckt mein Chef zusammen. *Ernsthaft?* „Ich will Sie nicht beleidigen, Kim. Jedoch sollten Sie mal dringend über Urlaub nachdenken. Nehmen Sie sich ruhig mal einen Tag frei, das Revier wird ohne Sie schon nicht untergehen."

„Ich mache Urlaub, sobald ich den Fall gelöst habe. Mir geht es gut. Danke", antworte ich recht monoton, nehme meine Tasse und laufe Richtung Teeküche, um mir einen weiteren Kaffee durch die Maschine zu jagen und weg von meinem Chef zu kommen. Während die Kaffeemaschine ihrer Arbeit nachgeht und das vertraute Zischen wie Meeresrauschen in meinem Ohr erklingt, fällt es mir plötzlich ein: *„Das Leben ist wie Worte, genauso vergänglich, dennoch hat es die Möglichkeit, in Gedanken zu bleiben."*

Es fällt mir wie Schuppen von den Augen.

Der Füller!

„Mia, wir müssen los. Sofort!", rufe ich, während ich aus der Teeküche stürme und meine Jacke hole. Mia lässt unseren Chef stehen wie ich meinen Kaffee und folgt mir.


In der Wohnung von Noahs Vater, Joseph Peters, angekommen, laufe ich an den Kollegen vorbei, die noch immer an dem Tatort beschäftigt sind. Die Wohnung sieht auf einmal so anders aus. Die Pizzakartons, Bier- und Wodkaflaschen sowie der ganze Müll wurden hinausgeräumt und der Boden ist tatsächlich als Boden zu erkennen und nicht nur eine Schicht aus getrockneten Flüssigkeiten, die man weder etwas zuordnen kann, noch will. Im Wohnzimmer bleibe ich stehen und schaue mich nach dem umgefallenen Tisch um. Gott sei Dank liegt dieser noch unberührt neben dem Sofa auf dem Boden und die Bilderrahmen mit dem Füller immer noch auf der befleckten Couch.

„Yes!"

„Hast du es gefunden?", fragt Mia, die nun auch - völlig außer Atem wegen der vielen Treppenstufen – im Apartment angekommen ist.

„Ja, ich habe ihn. Ich weiß nur noch nicht, was er bedeutet und wie er mit den Opfern in Verbindung steht." Ich ziehe ein zusammen geknautschtes Paar Handschuhe aus meiner Hose heraus und lasse den Füller in eine Tüte gleiten, die mir ein junger Streifenpolizist hinhält.

„Könntet ihr uns die Bilderrahmen bitte auch eintüten?", frage ich freundlich und stehe, ohne eine Antwort abzuwarten, auf und schaue mich erneut in der Wohnung um mit der Hoffnung, etwas zu finden, das die Teile in meinem Kopf zusammensetzt.

# Kapitel 7

Ein dunkles Flimmern am rechten Bildrand lässt mich genervt aufstöhnen. Die Einrichtung der neuen Sicherheitskameras im Präsidium macht mich diesen Nachmittag echt kirre.

Für technikversiertere Menschen wäre das vermutlich kein großes Problem, doch für mich stellen die ganzen Buttons auf dem Monitor eine echte Herausforderung dar. Eine Verfolgungsjagd dagegen wäre ein Klacks ... Mit ein paar willkürlichen Mausklicks versuche ich, die Aufnahme zu fixen, doch lasse dabei bloß den gesamten Bildschirm verpixeln. Was hat sich mein Chef nur dabei gedacht, ausgerechnet mir diese Aufgabe zuteil zu machen?

Klar, wir sind diesbezüglich momentan unterbesetzt, da zwei Mitarbeiterinnen, die sich sonst um die Videoüberwachung kümmern, in Elternzeit sind und ein dritter im Urlaub ist. Eigentlich hätte ich für heute auch schon Feierabend, doch sitze ich nun hier und stelle mein gesamtes Können auf die Probe. Gott sei Dank handelt es sich nur um unser eigenes Sicherheitssystem und glücklicherweise auch nur um die Kameras. Von denen wird im Präsidium so gut wie nie Gebrauch gemacht, daher reicht es, wenn die Feinheiten meine Kollegen übernehmen, sobald sie wieder da sind.

Ein scharfes Bild jedoch, wäre ein echter Erfolg für mich ... wäre dies das Sicherheitssystem einer Bank, hätte ich den Verbrechern wohl einen echten Gefallen getan.

Ein paar weitere Mausklicks und das Bild ist auf einmal ganz weg. Ich stoße einen kurzen Schrei aus und fluche vor mich hin, während ich die Monitore einfach nochmal neustarte.

Zum Glück hört mich heute keiner, da sich der Überwachungsraum fast im Keller befindet und außer mir niemand hier unten arbeitet.

Als der Bildschirm wieder aufleuchtet ist das Bild scharf und frei von allem Flimmern und Flackern. Glücklich darüber, dass sich das Problem anscheinend von selbst behoben hat, will ich mich schon bereit machen, den Dienst für heute zu beenden. Allerdings will ich sicherheitshalber vorher alle Kameraperspektiven durchgehen, um auch davon überzeugt zu sein, dass nun alles funktioniert.

Der Eingangsbereich und die Rezeption – *check*

Ich bleibe kurz an der Aufnahme hängen und beobachte die Menschen, die gerade zu ihrer Schicht kommen oder nach Hause gehen dürfen. Ich klicke mich weiter durch:

Flure der ersten Etage – *check*

Büroräume der ersten Etage – *check*

Fahrstuhl, inklusive Nahaufnahme meines Chefs, der ungeniert in die offene Handfläche niest – *check*

Teeküche – *check*

Ich klicke durch die einzelnen Büroräume der zweiten Etage und bemerke Mia, wie sie ihren verschütteten Kaffee versucht, vom Boden aufzuwischen. Ich kichere, offenbar macht das ganze doch mehr Spaß als ich vermutet habe.

Als nächstes erkenne ich mein eigenes Büro auf dem Bildschirm wieder ... und stocke bei dem Anblick, der sich vor mir auf dem Monitor Bild in Bild offenbart.

Die Festnahme ging ganz schnell. Ich kann immer noch nicht richtig greifen, was meine Augen eben gesehen haben, und mein Gehirn scheint sich zu weigern, den Verarbeitungsprozess einzuleiten.

Mia sitzt bei mir im Überwachungsraum und versucht ebenfalls zu verstehen, was gerade passiert ist. Mein Chef und die anderen Kollegen sind schon vor zehn Minuten wieder gegangen, nachdem ich ihnen die Aufnahme gezeigt habe. Doch mir reicht das nicht. Mein Verstand muss die Aufnahme immer und immer wieder abspielen, als wäre dies alles bloß ein schlechter Tagtraum und wenn ich mir das Video nur oft genug ansähe, würde ich schon aufwachen und merken, dass es dort nichts zu sehen gibt. Doch selbst nach der siebten Wiederholung gibt es noch eine ganze Menge zu sehen.

*Das Bild zeigt wieder meinen Schreibtisch. Davor steht ein Mann, den Rücken der Kamera zugedreht. Es hat einen Moment gedauert, bis ich erkannt habe, dass es Noah ist, der etwas an meinem Tisch zu untersuchen scheint. Zwei Minuten dauert es, bis er sich umdreht und den lila Briefumschlag in seiner Hand entblößt. Eilig schiebt er etwas wieder in ihn hinein, verschließt ihn und stopft ihn in seine Jackentasche, den Blick hektisch nach links und rechts huschend. Dann verschwindet er aus dem Bild.*

Mia neben mir lässt sich hörbar ausatmend in ihren Stuhl zurücksinken, eine neue Tasse Kaffee wird dabei auf ihren Knien balanciert, wie ein Schiff auf rauer See.

„Das ist ein Brocken was?"

„Mhm", lautet meine Antwort. Ich bin versucht, die Aufnahme ein weiteres Mal abzuspielen, doch Mia hält mich zurück.

„Das bringt doch nichts, Kim."

Eine lange Pause entsteht, in der keine von uns etwas sagt. Auch ich lehne mich schließlich erschöpft zurück und mache meinem Frust mittels eines lauten Stöhnens Luft. Ich bin müde und will nur noch nach Hause, doch die Vorstellung jetzt allein mit meinen Gedanken zu sein, hält mich davon ab, einfach aufzustehen und aus der Wache zu laufen.

„Ich versteh das einfach nicht", sage ich schließlich.

„Ich auch nicht", stimmt mir Mia zu. „Ich meine wir reden hier von Noah. Ich kann mir einfach nicht vorstellen, warum er sowas tun würde. Wobei ich lange genug bei der Polizei arbeite, um zu wissen, dass es immer diejenigen sind, die am unschuldigsten wirken. Der nette Nachbar, der fürsorgliche Onkel, die ..."

„Mia!"

„Entschuldigung, Kim", sagt sie nun in einem weichen Tonfall.

„Das nimmt dich ziemlich mit, nicht wahr?"

„Ja, das tut es. Ich habe einfach das Gefühl, dass heute etwas Falsches passiert ist. Auf welche Art auch immer."

Ich mache eine kurze Pause, ehe ich meine Gedanken weiter ausspreche. „Ich meine, Stalking? Und warum sollte er den Brief voller Bilder erst zu meinem Arbeitsplatz bringen, nur um sie dann wieder mitzunehmen? Das ergibt doch alles keinen Sinn!"

Wieder kommen die Bilder der Fotos in meinem Gedächtnis auf. *Bilder von mir beim Einkaufen, auf der Arbeit, selbst von mir zu Hause, durch das Küchenfenster geschossen, als ich gerade den Abwasch mache.*

Ein Schauer läuft mir den Rücken herunter. Die Erkenntnis auf Schritt und Tritt von jemandem verfolgt zu werden und das selbst nicht einmal zu merken, lässt in mir die Übelkeit aufkommen.

„Vielleicht hat er es sich ja doch noch einmal anders überlegt?", vermutet Mia

„Nein. Bevor er abgeführt wurde, behauptete er, der Brief hätte schon vorher dort gelegen und er wollte ihn nur an sich nehmen, damit ich nicht unvorbereitet auf die Fotos stoße. Wenn das stimmt, ..."

„Dann können wir es leider nicht beweisen, weil du die Kameras erst in dem Moment zum Laufen gebracht hast, als er den Brief schon hatte", unterbricht Mia mich.

„Ich weiß", seufze ich geschafft. „Ich habe nur das Gefühl ich hätte nicht sofort die Aufnahme melden, sondern Noah erst einmal direkt darauf ansprechen sollen."

Tatsächlich habe ich in dem Moment nicht groß nachgedacht, sondern wie aus Reflex Bericht erstattet, bevor Noah mit dem Tatmaterial das Präsidium verlassen hat. Da er noch wegen des Schusswechsels freigestellt ist, ich aber arbeite, wollte er mich abholen. Das behauptet er zumindest. Und dann sah er angeblich den Brief auf meinem Schreibtisch und anschließend die Bilder. *Ich wollte dich nur schützen, Kim.* Seine letzten Worte, bevor in Handschellen von seinen eigenen Kollegen abgeführt worden ist.

Die Polizistin in mir hat die Kontrolle übernommen und jegliche Emotionen beiseitegeschoben.

Doch nun bereue ich mein schnelles Handeln. Vielleicht hätte es sich ja alles aufgeklärt, doch nun war er natürlich schon längst abgeführt und die Gelegenheit allein mit ihm zu sprechen, wie eine Seifenblase zerplatzt.

„Red' kein Unsinn, du hast professionell reagiert und wenn er wirklich nichts mit dem Umschlag und den Fotos zu tun hat, wird sich das auch beweisen lassen. Wir sind schließlich Profis, okay?"

Beim letzten Satz zwinkert sie mir selbstbewusst zu und der Knoten in meinem Magen beginnt, sich langsam zu lösen. Ich lächle sie dankbar an, bevor ich mich verabschiede und nun doch endlich nach Hause gehe.

Auf dem Heimweg allerdings lässt mich das Gefühl nicht los, beobachtet zu werden. So sehr ich auch versuche die Paranoia abzuschütteln, gelingt es mir nicht. Es ist schon dunkel und ich kann nirgendwo jemanden ausmachen, der mich verfolgen könnte. Dennoch komme ich erst richtig zur Ruhe, als ich in mein Bett falle und mit geschlossenen Jalousien einschlafen kann.

*** 

Einige Tage später laufe ich durch die endlosen Regalreihen des Superstores und lasse meinen Blick über die Auslagen schweifen. Ich habe auf nichts davon wirklich Appetit, doch dieses Gefühl der Trägheit und Selbstzweifel begleiten mich nun schon seit Noahs Festnahme und ich trage sie mit wie einen klebrigen Kaugummi an meiner Schuhsohle.

Die geschmacklosen Verpackungen in ihren quietschbunten Farben helfen da auch nicht, meine Laune aufzuhellen. Selbst die flotte Popmusik, die aus den Ladenlautsprechern dringt, scheint sich über mich lustig zu machen. Ich fühle mich wie ein Fremdkörper – ein Fremdkörper, welcher die letzten Nächte aufgrund Paranoia und Selbstkritik kaum Schlaf gefunden hat und langsam an den eigenen Schuldgefühlen zu zerbrechen droht - ein Fremdkörper, der beginnt, den Anschluss an die Welt, die altbekannte Routine zu verlieren. Ich muss für die anderen wie ein wandelnder Leichnam aussehen, wenn sie mir denn Beachtung schenken würden. Doch keiner von ihnen sieht mir an diesem Nachmittag ins Gesicht, sie alle waren viel zu sehr mit ihren eigenen Leben beschäftigt und rauschen nur an mir vorbei. Ich entscheide mich schlussendlich für eine Packung billige Instant-Nudeln und einen Schokopudding. Die Bedeutung einer gesunden Ernährung habe ich mir schon vor längerer Zeit aus dem Gedächtnis gestrichen. Ich lege meine Einkäufe auf das Kassenband und warte bis die ältere Dame vor mir ihren Hamsterkauf aus Marmelade und Kohl bezahlt hat. Die Arbeit ohne Noah ist seither nur schleppend vorangegangen. Man hat den Brief und den dazugehörigen Umschlag auf Fingerabdrücke untersucht, allerdings nur Noahs eigene ausfindig machen können. Der Verantwortliche ist sehr geschickt damit umgegangen keine Beweise zu hinterlassen. Und nein, ich glaube nicht daran, dass dieser Täter Noah sein könnte. Etwas passt hier nicht ins Bild. Erst tauchen die

Leichen auf, die uns wie auf Schnitzeljagd durch die gesamte Stadt und Umgebung schicken. Dazu kommen die Tagebucheinträge, welche auf einige Opfer passen und auf ihren Tod schließen lassen, jedoch gibt es mehr Tagebucheinträge als Leichen, zumindest von denen, die uns bekannt sind. Bedeutet das, es würden noch mehr folgen? Dann ist da noch das Treffen mit Noahs Vater, der mich beinah das Leben gekostet hätte, wäre Noah nicht da gewesen und hätte, ohne zu zögern, seinen eigenen Vater erschossen. Er hat es getan, um mich zu beschützen. *Also warum mir den Briefumschlag mit den Fotos auf dem Schreibtisch präparieren?*

Meine Gedanken rasen wie wild durch die Ereignisse, als mich die Stimme der Kassiererin ins hier und jetzt zurück katapultiert.

„Vier achtzig macht das."

Sie mustert mich mit abschätzigem Blick.

*Also doch jemand, der mich heute wahrnimmt*, denke ich.

„Oh, ja", murmle ich in mich hinein und zücke mein Portemonnaie.

Auf dem Parkplatz vor dem Superstore mache ich mich daran, mein Auto in der Masse wiederzufinden, als mein Handy plötzlich vibriert. Ich schaue auf den Sperrbildschirm und sehe, dass es Mia ist, die mich anruft. Ich gehe ran und schon ertönt ihre aufgeregte Stimme des anderen Endes.

„Kim, Kim, Kim, hast du die Nachrichten gesehen?"

Ich bin von ihrem Ansturm so überrumpelt, dass ich kurz angebunden bin, ehe ich antworte: „Äh, nein. Wies…"

Sie lässt mich gar nicht erst ausreden, sondern spricht schon weiter, ihr Ton ist dabei beunruhigend dringlich und aufgekratzt.

„Dann mach sofort den Fernseher an. Es ist unglaublich. Ich habe erst meinen Augen nicht getraut, aber da ist es! Kim, hast du die Nachrichten an, von dem Unfall? Du musst dich beeilen, sonst ist es weg."

„Jetzt warte doch mal. Ich steh gerade auf dem Parkplatz vor dem Superstore. Wovon redest du da eigentlich?"

„Oh, shit. Okay, hör zu. Komm sofort ins Präsidium! Ich bring den Beweis mit", lautet ihre hektische Antwort und dann war die Leitung auf einmal tot.

Sie hat einfach aufgelegt.

Ich stehe da und kann nicht ganz nachvollziehen, was gerade passiert ist. Von was für einem Beweis hat sie da gesprochen? Sie hat so drängelnd geklungen, daher muss es etwas Wichtiges in unserem Fall sein. Es gibt nur einen Weg, dies mit Gewissheit herauszufinden. Also gehe ich zu meinem Wagen, setze mich hinter das Steuer und navigiere es Richtung Polizeiwache.

Die Sonne geht langsam unter und tränkt den Himmel in ein weiches Korallenrot, als ich vor dem Präsidium den Motor abstelle. Ich steige aus dem Auto und schreite auf den Eingang zu, wobei mein Körper einen langen Schatten auf den Betonboden und die Mauern wirft, welcher meinen Gang stumm begleitet. Das Foyer ist so gut wie menschenleer und ich gehe an Martin Bush, einem meiner Kollegen, mit dem ich im letzten Jahr im Fall des

Raubmordes eines Kasinobesitzers im südlichen Teil der Stadt ermittelt habe, vorbei. Und zwar mit Erfolg möchte ich an dieser Stelle erwähnen. Seither haben wir nicht mehr viel miteinander gearbeitet, doch kann man sich definitiv auf seine Einschätzung verlassen, wenn man an einer Stelle nicht weiterkommt, sowohl im Beruf als auch privat.

Ich grüße ihn dementsprechend beim Vorbeikommen und gehe meinen Weg weiter in Richtung der Aufzüge, als mich seine Stimme plötzlich zurückhält.

„Noch so spät am Arbeiten, Miss Foster?"

Ich drehe mich zu ihm um und lächle ihn freundlich an, wobei dies vermutlich etwas aufgesetzt aussieht, allerdings habe ich gerade auch nicht die entsprechende Kraft zum Small Talk.

„Ja, ich wurde noch einmal wegen des aktuellen Falls ins Präsidium einberufen", erkläre ich daher nur knapp und hoffe, es würde ihm als Antwort genügen, damit ich schnellstmöglich zu Mia kann.

Allerdings scheint Martin Bush noch nicht ganz zufrieden mit seinem Gesprächsanteil und fragt weiter: „Wie geht es Ihnen eigentlich nach dem ganzen Trubel? Sie sehen sehr erschöpft aus." Sein Blick wandert besorgt an mir herunter und wieder hoch in mein ausgemergeltes Gesicht. Ich seufze innerlich, ehe ich weiterspreche: „Es ist ...", ich suche nach dem passenden Wort, um meine Niedergeschlagenheit zu beschreiben, ohne dabei zu dramatisch zu klingen. „... kräftezerrend."

Er nickt verständnisvoll und seine Augen wirken durch die Brille auf seiner Nase wie blaue Murmeln. „Haben Sie schon einen Verdacht, wer der Adressat des Umschlages sein könnte?"

Ich stutze.

„Sie glauben nicht, dass es sich dabei um Noah, ähm Mr. Jordan, handelt?" Bisher schien der Fall bezüglich Noahs Schuld für meine Kollegen, außer für Mia vielleicht, als eindeutig, da es genug Beweise gibt, die zu ihm führen. Detective Bush zwinkert mir stattdessen verschwörerisch zu und meint: „Ich arbeite lange genug bei der Kriminalpolizei, um die Möglichkeiten logisch und vor allem realistisch abwägen zu können."

Dies stimmt in der Tat, er ist seinen eigenen Kollegen oftmals einen Schritt im Kopf voraus, manchmal sogar den Tätern selbst. „Sie glauben es ja schließlich auch nicht, Miss Foster", führt er weiter aus. Mit einem Blick auf die Uhr am Handgelenk meint er noch: „Denken Sie nicht zu kompliziert, sondern schauen Sie auf die Indizien, die genau vor Ihnen liegen. Oft ist es das Offensichtliche, das letztendlich die Wahrheit aufdeckt."

Mit diesen Worten dreht er sich zum Ausgang und verlässt das Gebäude, womit er mich ziemlich verdutzt im Gang stehen lässt.


Mia wartet auf mich in ihrem Büro, wobei sie eifrig auf ihre Tastatur hämmert, als ich eintrete.

„Da bist du ja endlich!", empfängt sie mich stürmisch und deutet mir an, auf dem Stuhl neben ihr Platz zu nehmen, ehe sie mir in die Augen schaut und schief grinst.

„Nun schieß schon los, du konntest es vor einer viertel Stunde gar nicht erst abwarten, mir zu erzählen, worum es geht."

„Wir haben den Beweis, dass dein Loverboy unschuldig ist", quietscht sie freudestrahlend.

Ich schaue sie entgeistert an. „Um Himmels Willen, bitte nenn Noah nie wieder so, verstanden?", rufe ich, wobei sich nun auch in mir ein aufgeregtes Kribbeln breitmacht.

*Ein Beweis?*

*Und dieser könnte darlegen, dass Noah doch unschuldig ist?* Erwartungsvoll blicke ich Mia an, welche nun einen Tab auf ihrem Bildschirm groß macht.

„Das hier sind die Nachrichten, beziehungsweise ein Ausschnitt aus den Nachrichten von vorhin, als ich dich angerufen habe. Ich habe gerade noch etwas Papierkram erledigt und sie ganz nebenbei laufen lassen, als diese Unfallmeldung kam. Ein Truck schien von der Straße abgekommen und ist in einen Garten gerast. Keine Verletzten zum Glück, doch ein Passant hat mich dabei ziemlich aufgeschreckt. Sie genau hin."

Ohne noch etwas zu erklären, startet Mia das Video und ich beobachte den Unfallort mit Argusaugen. Ein roter Truck liegt schräg in einem Wohngarten, die Tulpen hat der Fahrer auf seinem Ausrutscher mit aus dem Boden gerissen und überall liegen zermatschte Blüten wie gefallene Soldaten. Der Holzzaun war beim Aufschlag zerborsten und eine Kinderschaukel hängt nur noch an einer Kette. Die Aufräumarbeiten sind fleißig im Gange und der Sprecher erzählt etwas von Alkohol am Steuer. Plötzlich richtet sich mein Blick auf eine Person auf dem Gehweg vor der Unfallstelle. Ein breitschultriger, muskulöser Mann mit kurzgeschnittenem, braunem Haar steht dort und betrachtet das Geschehen, bevor er seinen Weg fortsetzt. Dabei läuft er auch an dem Nachrichtenteam vorbei und schaut direkt in die Kamera. Ich schlucke und Schweißperlen bilden sich an meinen Schläfen. Diese blauen Augen.

*Dasselbe Gesicht.*

*Oft ist es das Offensichtliche, das letztendlich die Wahrheit aufdeckt.*

Da kommt mir das Gespräch mit Noahs Vater wieder in den Sinn und was er, kurz bevor er auf mich schießen wollte, gesagt hat:

*Das gleiche Gesicht ... fast die gleiche Person.*

Ich habe damals geglaubt, er spricht von der Ähnlichkeit zwischen Noah und seiner verstorbenen Mutter, doch das stimmt nicht. Das ist es, was die gesamte Zeit nicht ins Bild gepasst hat.

„Mia!", rufe ich. „Es ist nicht Noah, es ist sein Zwilling!"

\*\*\*

Ich halte meinen Polizeiausweis hoch und schiebe noch schnell ein freundliches „Guten Tag" hinterher, ehe ich auch schon beginne: „Mein Name ist Kim Foster und das ist Mia Spencer. Wir sind hier, weil wir ein paar Informationen zu jemandem brauchen, der hier 1980 geboren worden ist."

„Das ist ja über 40 Jahre her", meint die Schwester am Schalter entgeistert, die noch recht jung und neu wirkt.

„36, um genau zu sein", mischt sich nun auch Mia ein.

„Können Sie uns jetzt weiterhelfen oder nicht?", frage ich ungeduldig, nachdem uns die Frau eine Weile kaugummikauend angestarrt hat.

„Ich weiß nicht. Fällt das nicht unter den Datenschutz oder sowas?"

Ich verdrehe die Augen.

*Oder sowas?*

*Die Zukunft von morgen*, denke ich und lege etwas genervt den Wisch der Richterin hin, der es uns erlaubt, die Akten von Noah Jordan, seinem Zwilling, der nirgendwo namentlich bekannt zu sein scheint und seiner Mutter anzusehen, sodass wir hoffentlich etwas erfahren, dass uns weiterbringen wird. Obwohl die Information, dass Noah einen Zwillingsbruder hat, schon ziemlich hilfreich ist und Noah endlich entlastet. Jetzt müssen wir nur noch beweisen, dass es auch wirklich der Zwillingsbruder war.

„Warten Sie kurz. Ich glaube, Martina hat damals schon hier gearbeitet. Sie ist nämlich schon uralt. Ich glaube 61 Jahre oder sowas." Die junge Krankenschwester geht mit ihrem Kaugummi im Mund schmatzend den Flur hinab und biegt ins Schwesternzimmer ab, aus dem sie kurze Zeit später mit einer Dame, die außer ein paar Falten um die Augen und den Mund nicht wirklich sehr alt aussieht, wieder herauskommt. Sie begrüßt uns freundlich und führt uns in eine Art Besprechungsraum, in dem wir ungestört reden können.

„Also", beginnt sie und lehnt sich auf ihrem Stuhl nach vorne, um einen Schluck Kaffee aus der Tasse, die vor ihr steht, zu nehmen. „Sie wollen also irgendwas wissen. Von mir?"

„Ja", antworte ich. „Wir brauchen ein paar Informationen zu Noah Jordan beziehungsweise zu seiner Geburt, dem Tod seiner Mutter, seinem Bruder und so weiter."

„Noah Jordan?"

„Oh, verzeihen Sie. Der Name seiner Mutter war Peters. Er müsste also damals Noah Peters geheißen haben, zu Jordan wurde es erst nach seiner Adoption."

„Ohh", seufzt die Schwester traurig und zieht scharf die Luft ein, als der Name Peters fällt.

„Also mit *Noah* Peters hatte ich jetzt nicht ganz so viel zu tun."

„Wir wollen wissen, wie seine Geburt verlaufen ist. Der Vater meinte, dass Noah seine Mutter umgebracht habe ..."

„Nein, so war das nicht. Es gab Komplikationen bei dem Notkaiserschnitt, aber damit hatte das Kind doch nichts zu tun. Soweit ich mich erinnere, lag Noah in der sogenannten Beckenendlage oder Steißlage genannt. Das heißt, dass der Hintern des Kindes nach unten liegt und nicht, wie normalerweise, der Kopf. Dazu hatte er eine Nabelschnurumschlingung, also die Nabelschnur lag um den Hals des Babys, was lebensbedrohlich ist und fatale Folgen für den Säugling haben kann, da die Sauerstoffzufuhr abgedrückt werden könnte. Deshalb hatte sich der Arzt für einen Notkaiserschnitt entschieden. Es kam zu Blutungen und die Ärzte waren nicht in der Lage, die Blutung rechtzeitig zu stoppen, meine ich."

„Warum erinnern Sie sich so genau daran? Das kommt doch sicherlich häufiger vor", fragt Mia skeptisch.

„Es war mein erster Notkaiserschnitt und es waren auch die ersten Kinder, die ich betreut habe. Ich war das erste Mal in einem OP und dann auch mit so einem großen Fall. Das vergisst man nicht so schnell. Die Details habe ich wahrscheinlich nur nicht mehr ganz so gut im Kopf."

„Kinder", hake ich nach und gehe so auf den Anfang ihrer Ausführungen ein. „Also haben Sie auch den Bruder betreut?"

„Ja, ich durfte auch ein Auge auf den Bruder richten. Es ist wirklich verblüffend, wie gleich Zwillinge aussehen können, wenn sie eineiig sind", schwärmt die ältere Dame weiter. „Es war mir nie so bewusst, aber es ist wirklich so, dass ein Ei dem anderen gleicht. Irgendwann hatte ich es raus, wer welches Baby war. Aber bis dahin konnten mir nur die Namensschilder auf den kleinen Bettchen helfen."

*Das ist es. Jemand, der genauso aussieht wie Noah: Die Person braucht sich überhaupt gar keine Gedanken machen, wenn sie irgendwo hinkommt, denn sie sieht aus wie der andere. In dem Fall wie Noah. Und das hätte auch beinahe funktioniert. Wir alle haben geglaubt, Noah sei es gewesen.*

Ich könnte innerlich platzen vor so viel Glück. Jetzt bin ich mir zu 100% sicher, dass es nicht Noah war und das bedeutet, dass er nicht länger im Gewahrsam bleiben muss.

„Hatten Sie danach noch Kontakt zum Vater oder dem Bruder? Und wie genau ist es mit der Adoption abgelaufen?"

„Der eine Junge – ich nehme mal an, das war dann Noah – wurde ohne Umschweife nach dem Tod der Mutter zur Adoption freigegeben. Der Vater wollte ihn nicht mal sehen. Er hat ihn als Mörder seiner Frau bezeichnet und gemeint, weil dieser *Bastard* lebe, musste seine Frau ihr Leben geben und er solle doch in der Gosse verrotten."

Bei diesen harten Worten muss ich Schlucken und bin sehr dankbar, dass Noah nicht da ist und sich das mitanhören muss. Schwer genug, dass er für etwas verantwortlich gemacht wird, wofür er keine Schuld trägt und von seinem Vater zur Adoption freigegeben wurde, den er Jahre später wegen seiner Rachsucht - für mich - umbringen musste. Nein, er soll auch noch in der Gosse verrotten? Als Baby?!

„Danach habe ich nur noch was von dem anderen Zwilling mitbekommen. Ich habe ihn ab und zu in der Notaufnahme angetroffen, als er völlig zerschlagen, mit gebrochenen Knochen ..."

Sofort kommen mir die Bilder aus der Fallakte von Milla Angel in den Kopf, die nur durch ihr Brustimplantat identifiziert werden konnte, da ihr Gesicht zur Unkenntlichkeit geschlagen worden ist.

„... oder mit Verbrennungen hier saß."

Das *Brathähnchen,* erinnere ich mich. Der Fall, weswegen sich Rafael Mazzone umgebracht hat.

„Einmal hatte er beim Kochen schauen wollen, ob die Herdplatte schon heiß war und hatte versehentlich die Hand dafür benutzt. Oder er hatte sich in der Schule mit anderen Jungs aus seiner Klasse um ein Mädchen geprügelt, ist vom Baum gefallen und so weiter. Ein ganz schön aktives und vor allem wildes Bürschlein damals", lacht Martina, als sie in ihren Erinnerungen schwelgt.

„Wie oft war er denn hier?"

„Zweimal im Monat auf jeden Fall."

„So oft?", fragt Mia überrascht. „War es denn nicht auffällig, wenn ein Kind so oft in der Notaufnahme ist?"

„Nun ja", setzt die Krankenschwester an, stockt dann aber, als ihr bewusst wird, worauf ich hinauswill. „Sie meinen doch nicht etwa ..."

„Doch, genau das meine ich", sage ich leise, da ich mich selbst nicht wirklich traue, die Worte über meine Lippen zu lassen. Es ist immer schwierig über Kindesmisshandlung zu sprechen, vor allem wenn man Kinder so nah in seinem Umfeld hat.

„Jetzt, wo Sie es sagen."

„War der Vater bei den Krankenhausaufenthalten jemals dabei?", frage ich weiter, obwohl ich die Antwort längst kenne.

„Nein. Er meinte immer, er müsse arbeiten."

„Sie haben nicht zufällig, aktuelle Kontaktdaten von ..."

*Oh Gott, bin ich dumm. Ich habe kein einziges Mal nach dem Namen gefragt, um ihn zu überprüfen.*

„Wie heißt der Bruder von Noah?"

Sie überlegt.

„Michael. Michael Peters und der Vater Joseph. Die Mutter hieß, glaube ich, Lynette oder Lydia. Vielleicht war es auch Lisa."

Ich nicke dankend und fordere noch die komplette Krankenakte von Michael Peters an, nachdem wir leider keine aktuelle Adresse oder Telefonnummer bekommen haben. Wenn meine Vermutung – und die von Dajana Pavlovic – richtig ist, lassen sich einige Parallelen zwischen der Folter im Tagebuch der Opfer und der Krankenakte von Michael finden.

Ich stehe auf und wende mich von Mia gefolgt zur Tür.

„Warum wollen Sie das alles eigentlich wissen?", fragt die Schwester, bevor wir den Raum verlassen haben.

„Joseph Peters ist gestern verstorben und wir wollten uns nur ein paar Eindrücken von früher holen, um etwas über seine Söhne zu erfahren", antworte ich, stets darauf bedacht, nicht zu viel zu sagen, mich aber auch an der Wahrheit entlangzuhangeln.

„Und warum kümmert sich die Kriminalpolizei um einen Verstorbenen? Wurde er ermordet?", fragt die Dame weiter, was mich ein bisschen nervt. Ich habe weder die Zeit noch die Geduld, ihr etwas vom Pferd zu erzählen, damit sie mich in Ruhe lässt.

„Wir versuchen herauszufinden, woran er gestorben ist und Verwandte von ihm zu kontaktieren. Reine Routine", sage ich so ruhig, wie es mir möglich ist, obwohl ich eigentlich schnell los möchte, um weiterzuarbeiten und Noah aus dem Gewahrsam zu holen.

„Ach so", erwidert sie, lässt sich jedoch anmerken, dass sie mir offensichtlich nicht glaubt. Es ist mir aber ziemlich egal. Ich grüße zum Abschied und begebe mich nach draußen.

Auf dem Weg, aus diesem weißen Labyrinth aus Desinfektionsmittel und Viren zu entkommen, lasse ich Mia an meinen Gedanken teilhaben: „Wenn das so stimmt, könnte Michael auf das Profil von Pavlovic passen. Das bedeutet dann aber auch, dass wir dringend Noahs Adoptionsakte überprüfen müssen. Ich glaube, zwei

Kollegen haben die Akte schon abgeholt, sie müsste also irgendwo auf dem Revier schon sein."

Mia, die mir hinterherdackelt, läuft fast in mich hinein, als ich abrupt vor dem Krankenhaus stehen bleibe. Ich atme die Luft einmal tief ein. Es ist klare Luft, ohne Desinfektionsmittel, die mein Körper durchströmt und mein Hirn mit Sauerstoff versorgt, sodass ich wieder klar denken kann.

„Ey, was geht denn bei dir?", meckert Mia ein wenig verärgert hinter mir, nachdem auch sie eine Vollbremsung hingelegt hat.

„Sorry. Tut mir leid", sage ich schnell.

Ich kann es kaum fassen. Noah ist wirklich unschuldig. Wenn Noahs Akte das psychologische Gutachten nicht bestätigt, dann war es Michael und wollte es Noah nur in die Schuhe schieben.

Klar, wusste ich schon die ganze Zeit, dass Noah niemanden umgebracht hat und mit dem allem nichts zu tun hat, aber sicher konnte ich nie wirklich sein. Es hat alles schon erschreckend gut zusammengepasst. Stellt sich nur die Frage, *warum?*

Warum sollte man so etwas tun? Und wie lange hat er wohl daran gefeilt und sich das ganze ausgedacht?

Es ist einfach nur krank.

„Denkst du an deinen Loverboy?", zieht Mia mich auf, als wir den Weg zum Auto wieder aufnehmen. Diesmal läuft sie neben mir und zieht aufreizend die Brauen hoch. Ich stoße ihr freundschaftlich meinen Ellbogen zwischen die Rippen, kann aber ein freudiges Quieken meinerseits nicht unterdrücken.

„Kann es sein, dass du bis über beide Ohren verliebt bist?"

„Ach Quatsch. Ich doch nicht. Ich freue mich nur, dass wir einen so großen Sprung nach vorne gemacht haben. Also du und ich. In unserem aktuellen Fall. Der nichts mit Noah, sondern einem …" Ich schaue auf meinen kleinen Notizblock, auf dem ich während des Gespräches fleißig mitgeschrieben habe. „… Michael zu tun hat. Michael Peters. Daran ist nichts verwerflich."

Sie lacht: „Am Verliebtsein ist auch nichts verwerflich. Es ist etwas Natürliches und Wunderschönes. Jetzt sei mal nicht so steif und mach dich locker. Es ist kaum zu übersehen, dass du auf Noah stehst."

Ich laufe mit einem Mal so rot an, dass man Sorge haben muss, dass ich mich nicht auf der Stelle in eine Tomate verwandle.

„Gar nicht wahr", lüge ich und meide dabei jeglichen Blickkontakt zu meiner Partnerin.

„Wie du meinst. Ich spreche nur das Offensichtliche aus. Falls es dir hilft, er steht mindestens mal genauso auf dich wie du auf ihn …"

„Woher …", setze ich an und starre ertappt in ihre Richtung.

„Ich weiß es einfach, Süße. Mach dich locker und vermassle es nicht. Ich zähle auf dich."

*Wow*, denke ich innerlich und nicke äußerlich. Gar kein Druck oder so. Obwohl ich mir wohl oder übel eingestehen muss, dass Mia recht hat. Ich stehe auf Noah und hab absolut keinen blassen Schimmer, wie ich das verheimlichen soll.

\*\*\*

„Was kritzelst du da eigentlich?", frage ich Mia, die neben mir im Auto sitzt. Sie lächelt geheimnisvoll und packt den kleinen Zettel gefaltet in ihre Jackentasche, die sie auf dem Schoß liegen hat, weil die Klimaanlage für eine angenehme Temperatur innerhalb des Autos sorgt.

„Planung", antwortet sie schließlich, lässt dieses Wort jedoch einfach in der Luft hängen.

„Was planst du denn, das so wichtig ist, dass du nicht mal dem Kartoffelmann winken konntest?"

Der Kartoffelmann ist ein aufblasbares Maskottchen eines Bauernvereins, der auf dem Feld steht und von dem Highway gut sichtbar ist. Noch nie hat Mia es versäumt, diesem Kartoffelmann, den sie liebevoll „Ernie" genannt hat, zuzuwinken.

„Sind wir schon vorbei?", fragt sie und schaut traurig aus dem Fenster.

„Ja, schon eine Weile."

„Nein. Was ist, wenn er mir das nie verzeiht? Wir können nicht nochmal zurückfahren, oder?"

„Nein! Spinnst du? Ich werde ganz sicher nicht für ein luftgefülltes Plastikding umdrehen, weil du nicht aufgepasst hast", erwidere ich auf ihre Frage.

„Du hättest mir ja auch Bescheid sagen können. Du wirst mir später dafür dankbar sein, dass ich etwas *gekritzelt* habe."

„Wie meinst du das denn jetzt?"

„Ich habe deine Hochzeit geplant. Bist du jetzt zufrieden?"

„WAS?!", rufe ich empört und muss aufpassen, mich weiterhin auf die Straße zu konzentrieren. „Bitte was hast du getan?"

„Ich glaube, du hast mich verstanden. Du hast mir vorhin quasi gestanden, dass du bis über beide Ohren in unseren Schönling verknallt bist. Ich gebe nur Starthilfen."

„Habe ich nicht die ganze Zeit gesagt, dass dem nicht so ist? Dass ich nicht in Noah verknallt bin?"

„Ich lese zwischen den Zeilen, Süße. Das weißt du doch. Deswegen bin ich auch deine beste Freundin. Ich weiß, was du denkst."

„Manchmal weiß ich echt nicht, was ich zu dir noch sagen soll. Du kannst doch nicht einfach anfangen, eine Hochzeit für mich zu planen. Ich weiß doch selbst nicht, wo wir genau stehen."

„Dann gib wenigstens zu, dass du dir ein Leben mit ihm erhoffst und ihn liebst."

„Du kannst so nerven. Ja, ich mag ihn. Bist du jetzt zufrieden?"

„Mögen ist zwar nicht lieben, aber es ist ein Anfang …"

„Mia … Ich weiß deine ambitionierte Art wirklich zu schätzen und bin dir auch sehr dankbar, dass du der Social-Butterfly von uns bist, aber du übertreibst es in letzter Zeit etwas. Ich weiß, du freust dich, aber das mit Noah und mir braucht Zeit und vor allem Platz."

„Wie?"

„Es ist wie ein kleiner Welpe, den du durch zu starkes Knuddeln, die Luft zum Atmen nimmst."

„Ist gut. Ich habe es verstanden", sagt sie geknickt Richtung Fenster.

Ich seufze. „Danke."

Eine Weile fahren wir stumm den Highway entlang. An den Seiten tauchen Bäume auf, die uns überragen und eine Sicht auf den Himmel und den Mond verwehren. Die Dämmerung geht hinter dem Wald verloren, sodass eine schwarze Dunkelheit uns umgibt, die lediglich durch die hellen Autoscheinwerfer gebrochen wird.

„Auch wenn ich noch sauer bin, bin ich auch neugierig. Wie stellst du es dir denn vor?"

Kaum habe ich meinen Fragesatz beendet, kramt Mia schon mit einem breiten Lächeln im Gesicht den Zettel, den sie vorhin noch so schnell da reingeworfen hat, wieder heraus und fängt an:

Hochzeitsplanung
-Brautkleid
-Torte
-Menü (Vorspeise, Hauptspeise, Dessert, Snacks)
-Trauzeugen, Brautjungfern, Blumenkinder
-Gäste
-Kirche, Standesamt, freie Trauung (kath. o. ev.)
-Eheringe
-Pfarrer, Priester
-Hochzeitsdatum (Alle wichtigen Leute Zeit??)

„Wow. Und das hast du alles in den zwanzig Minuten aufgeschrieben, nachdem wir beim Krankenhaus gestartet sind?"

„Ich hatte ja meine Gedanken als Vorlage."

„Ich wette, in Gedanken bist du weiter als diese Liste."

„Aber so was von:

*Die dezent rosa schimmernden Kristalle auf deinem wolkenweißen Kleid betonen deine Ohrringe, die perfekt zu deiner Frisur passen. Einzelne dünn gelockte Strähnen fallen so neben dein Gesicht, dass sie deine leicht geschminkten Wangen hervorheben. Die weißen Perlen, die dein Haar zieren, sieht man nur zur Hälfte. Dein Vater hakt sich bei dir ein. Die Welt um dich herum verblasst und du siehst nur Noah, deinen Verlobten, deinen zukünftigen Ehemann.*

*Du errötest leicht, aber das macht gar nichts, denn gleich bist du der glücklichste Mensch der Welt.*

Neben mir selbstverständlich.

Und Noah.

*Dein Vater übergibt deine Hand an Noah und stellt sich zurück zu deiner Mutter. Du schaust ihm tief in die Augen:*

*„Ich, Kim, nehme dich, Noah, …"*

„Okay. Das reicht mir. Danke für diese detaillierte Ausführung", unterbreche ich Mia, bevor es noch unangenehmer für mich wird.

Ehe sie noch weiter ausschweifen kann, erreicht uns ein Funkspruch, der uns in die Stadt zu einer Schlägerei lotst. Wir sind dafür eigentlich nicht verantwortlich, aber die, die momentan am schnellsten vor Ort sein können. Ich fahre von dem Highway hinunter und steuere das Fahrzeug zur Innenstadt.

Angekommen versuchen Mia und ich, die Situation zu beruhigen und die zwei Positionen zu trennen, die sich nicht nur körperlich, sondern auch verbal bis zum geht nicht mehr fertig machen. Drei junge Männer stehen in einem Kreis, der aus neugierigen Teenies gebildet wird, die Fäuste erhoben, bereit zum nächsten Schlag. Zwei der drei Typen scheinen zusammen zu gehören und geben sich gegenseitig Deckung, obwohl sie offensichtlich keine Chance gegen den Riesen haben, der es auf der Waage bestimmt auf die 95 Kilogramm bringt und von der Größe auch locker die 1,90m überschritten hat. Die beiden anderen, die mit ihrer schlaksigen Art wirklich denken, gegen den Bären, der ihnen gegenübersteht, anzukommen, sehen auch sonst nicht sehr helle aus. Die Bauchtasche, die der eine über die Schulter trägt und auf der die Marke „GUCCI" prangert, ist kaum ein Original, mehr eine billige Nachmache, die ihn wohl cool sein lässt. Auch der Junge nebendran, der sich mit seiner schwarzen Capi, die er falsch herumträgt, wie ein Gangster fühlt, macht sich eigentlich nur lächerlich.
Es war eine Herausforderung die zwei Parteien auseinanderzubringen, zumal alle dachten, sie können gewinnen und es sei cool, sich der Polizei zu widersetzen, aber auch weil sie sich nicht nur unter sich gekloppt haben, sondern auch weitere schaulustige Teenager, die nichts mit ihrer Prügelei im eigentlichen Sinne zu tun hatten, mit hinzuziehen versuchten.

„Was zur Hölle ist hier los?", frage ich den einen Jungen, der vor mir herum tänzelt und seinen Blick noch immer nicht von dem Typen lassen kann, dem er zuvor ein Veilchen verpasst hat. Mia hat sich diesem und seinen zwei Kumpels angenommen und befragt sie auf der anderen Straßenseite, um eine weitere Konfrontation erstmal zu verhindern. Ein paar andere Teenager tummeln sich neben dem zivilen Polizeiwagen, mit dem Mia und ich gekommen sind, um möglichst viel mitzubekommen.

„Der hat angefangen." Ich verdrehe die Augen.

„Das hat meine Frage nicht wirklich beantwortet. Warum hat er denn angefangen? Grundlos wird er das ja nicht gemacht haben."

„Doch. Ich weiß auch nicht, warum der das einfach macht."

„Aha. Sollen wir ihn mal fragen, warum er das gemacht hat?"

„Passt schon. Ich möchte jetzt einfach nur nach Hause", sagt er und wendet sich zum Gehen.

„Stopp. Nicht so schnell. Ausweis bitte."

„Hä?"

„Ich brauche Name, Alter und Adresse."

Widerwillig zieht er seinen Geldbeutel aus der Hosentasche und drückt mir seinen Ausweis in die Hand.

*Luke Frost, 16 Jahre alt.*

Die meisten Kids verlassen überstürzt den Ort des Geschehens, als die Verstärkung mit mehreren Streifenwagen kommt. Erst jetzt scheinen sie zu checken, dass das kein Spaß ist, sondern ernsthafte Konsequenzen nach sich ziehen wird.

Ich übergebe meinen Prügelknilch der Streife, die zur Ablösung kommt und ihn wahrscheinlich vorerst erstmal auf die Wache mitnimmt oder nach Hause fährt. Ich gehe zu den Kids hinüber, die sich immer noch hinter dem Wagen sammeln und erkenne unter den vielen jungen Gesichtern Elena, die sich ihre Hand auf ihr rechtes Auge presst.

„Hey, was machst du denn hier?", frage ich sie, was ihr sichtlich unangenehm scheint.

„Ich habe nichts damit zu tun", verteidigt sie sich schnell, nimmt dabei die Hand nicht vom Auge.

„Das habe ich auch nicht gedacht", versuche ich so sanft wie möglich zu sagen, um Elena nicht noch weiter zu verschrecken. Die Masse der Jugendlichen lichtet sich und Elena und ich stehen schließlich zu zweit unter der Laterne auf dem Bürgersteig. Mia, die mit dem einen Jungen hinten im Streifenwagen mitfährt, winkt mir zum Abschied, als der Streifenwagen an mir vorbeirollt und wendet.

„Es ist schon spät und es geht mich nichts an, aber solltest du nicht schon längst zuhause sein oder so?"

„Sie haben recht. Das geht Sie gar nichts an, Sie sind nicht meine Mutter!"

„Ich weiß und so habe ich das auch nicht gemeint. Ich war bloß in Sorge", sage ich noch immer ruhig, um ein wenig deeskalierend auf die Situation zu wirken.

„Das müssen Sie nicht. Ich kann mich schon allein um mich kümmern."

„Auch das weiß ich und ich wollte dich nicht bevormunden. Darf ich mir dein Auge bitte mal ansehen?"

„Wieso? Sind Sie jetzt auch noch Krankenschwester, oder was?"

„Elena, ich will dir nur helfen. Aber wenn du es nicht willst, kann ich nichts dagegen tun. Ich werde dich aber ganz sicher nicht hier allein auf der Straße zurücklassen."

„Meine Freunde sind nicht weit von hier ..."

„Das sehe ich leider anders. Darf ich mir jetzt bitte dein Auge ansehen?", dränge ich weiter, weil das, was unter ihrer Hand hervorschaut, gar nicht mal so gut aussieht.

Widerwillig und nicht sehr glücklich darüber, dass ich so penetrant an ihrem Wohlergehen interessiert bin, lässt sie ihre Hand sinken. Ihr Auge wird von einem roten unförmigen Kreis geziert und unmittelbar unter dem Auge und über den Wangenknochen zeichnet sich ein beinahe schon lilafarbener, dicker Streif, der dafür sorgt, dass um das Auge herum alles anschwillt. Auch in ihrem Auge direkt ist eine Einblutung der Bindehaut zu erkennen, die durch ein geplatztes Äderchen neben ihrem blauen Auge hervorgerufen wurde.

„Und?", fragt Elena ungeduldig.

„Es sieht nicht gut aus, aber wenn du es ein paar Tage kühlst, sollte es schnell wieder verschwinden."

„Toll. Und was sage ich meinen Großeltern? Die drehen durch, wenn sie das erfahren."

„Ich würde es mit der Wahrheit versuchen. Das ist langfristig gesehen, die bessere Entscheidung, als dir etwas auszudenken."

„Die bringen mich um und rufen meinen Vater an, der mich dann auch nochmal umbringt."

„Ich bin mir sicher, dass dein Vater und bestimmt auch deine Großeltern viel glücklicher darüber sind, dass dir nicht mehr passiert ist."

„Das sagen Sie. Sie kennen meinen Vater nicht so gut wie ich. Der findet meine Freunde eh nicht toll und wenn ich ihm dann noch sagen muss, dass ich in eine Schlägerei geraten bin, als ich mit meinen Freunden unterwegs war, obwohl ich um diese Uhrzeit gar nicht mehr hätte draußen sein sollen, dann ..."

„Jetzt beruhig dich erstmal. Wenn du willst, fahre ich dich nach Hause", biete ich an und freue mich, als sie zögernd nickt.

Elena setzt sich auf den Beifahrersitz des Autos, auf dem vorhin noch Mia gesessen hat. Eine Weile herrscht eine unangenehme Stille.

„Ich habe wirklich nichts damit zu tun. Bitte sagen Sie es nicht meinem Vater."

„Mach dir keine Sorgen. Das bleibt unter uns. Aber mal ehrlich, warum warst du da?"

„Meine Freunde – na ja, eigentlich sind es nicht mal wirklich Freunde – wollten da hin. Als Mutprobe sollten dann die Jungs so eine andere Gruppe provozieren. Ich habe ihnen gesagt, sie sollen es lassen, aber sie haben es trotzdem gemacht."

„Und wieso sind es nicht wirklich deine Freunde?", frage ich, während ich mich anschnalle und den Wagen langsam aus der Fußgängerzone manövriere.

Elena, die sich mir noch immer ein wenig schüchtern anvertraut, spricht weiter: „Ich bin eigentlich nur bei denen in der Gruppe, weil ich gute Noten habe und sie die Hausaufgaben abschreiben lasse. Wenn ich ihnen nicht dabei helfe, flieg ich raus."

„Aber warum lässt du dich so von denen behandeln?"

„Die Alternative wäre jede Pause allein auf der Bank sitzen und zuhören, wie sie sich über mich lustig machen", gesteht sie traurig.

Ein bisschen überfordert, wie ich helfen kann oder was für ein Rat jetzt angebracht wäre, fahre ich stillschweigend die Straße entlang.

„Ab der Ampel da vorne musst du mich navigieren. Ich kenne den Weg zu deinen Großeltern nicht."

„Ist mein Vater wirklich auf Dienstreise?", fragt Elena aus dem nichts, was mich so überrascht, dass ich versehentlich bremse. Ich schaue in den Rückspiegel. Gott sei Dank ist kein Auto weit und breit zu sehen, was ich dadurch gefährdet haben könnte. Ruhig fahre ich wieder an, während meine Gedanken im Kopf Autoscooter zu fahren scheinen.

„Das war wohl ein Nein", folgert Noahs Tochter, die anscheinend genauso einen messerscharfen Verstand hat wie ihr Vater.

„Wie kommst du darauf?"

„Dass mein Vater nicht auf Dienstreise ist?"

Ich nicke.

„Meine Oma verhält sich komisch und er hat sich nicht von uns verabschiedet. Das würde er uns niemals antun. Nicht, nachdem meine Mutter uns einfach verlassen hat. Sie müssen hier rechts."

„Du kannst gerne „du" sagen. Ich bin Kim", sage ich, weil ich nicht weiß, was ich auf die Mutter-Geschichte antworten soll.

„Okay, Kim. Die zweite dann gleich wieder links."

Ich setze den Blinker und biege rechts ab.

„Bist du eigentlich jetzt die feste Freundin meines Vaters?"

„Ich hoffe es", antworte ich ehrlich.

„Du bist die erste Frau seit Jahren, die er uns vorgestellt hat. Es tut mir leid, dass ich beim Eis essen so doof war. Ich wusste nicht, wie ich mit der Situation umgehen sollte und hatte Angst, dass du meine Mutter ersetzen willst."

„Und jetzt hast du keine Angst mehr?"

„Du bist eigentlich ganz cool und ich denke nicht, dass es deine Absicht ist, irgendwen ersetzen zu wollen."

„Danke."

„Aber was ist mit meiner ursprünglichen Frage?"

„Dein Vater will nicht, dass ihr euch Sorgen macht. Es geht ihm gut und er kommt bald wieder zu euch zurück. Mehr kann ich dir nicht sagen. Das musst du dann deinen Vater selbst fragen."

Sie nickt verständnisvoll, was mich merkwürdiger Weise mit einer Art Stolz füllt.

„Nach der Ampel musst du nochmal rechts und dann sind wir gleich da."

Wir steigen beide aus. Ich reiche Elena zum Abschied meine Karte, auf der meine Handynummer und E-Mail-Adresse draufsteht.

„Du kannst dich gerne melden, wenn irgendwas ist oder du jemanden zum Reden brauchst. Und noch was: Mach dich nicht kleiner, als du bist. Ich bin mir sicher, dass du nicht allein auf einer Bank sitzen würdest, wenn du dich von deinen falschen Freunden abgrenzt."

„Danke", lächelt sie, ehe sie das Haus ihrer Großeltern betritt.

***

Wie ein Puma im Gehege zur Fütterungszeit tigere ich vor dem Präsidium auf und ab. Ein weiterer Blick auf die Uhr zeigt mir, dass die Zeit wirklich stehen geblieben scheint. Fünfzehn Minuten sind vergangen, seit Mia mir mitgeteilt hat, dass Noah endlich wieder raus darf und nicht weiter als verdächtig gilt.

Kaum ist sie mit der Streife von der Schlägerei weggefahren, hat sie auf dem Revier die Kollegen gefunden, die die Akte geholt haben und sie durchgeblättert. Es gab zwei verschiedene Profile: einmal eins von vor der Adoption und einmal eins danach. Beide waren zwar unterschiedlich, das erste sprach für Depression und das zweite war ganz „normal", jedoch kommen beide nicht an das eines Psychopathen heran.

Dementsprechend ist das erste Verhaltensprofil, das wir von Noah gefunden haben, nicht aussagekräftig, weil es jeder in der Hand gehabt und verändert haben könnte. Alles andere, das gegen Noah spricht, sind nichtfeste Indizienbeweise, die mit den neuen Tatsachen - wie dem Zwillingsbruder - nicht länger transparent sind.

Das Flutlicht vor dem Seiteneingang des Reviers, das durch den Bewegungsmelder ausgelöst wird, leuchtet mir direkt ins Gesicht, als sich die Tür öffnet und blendet mich so sehr, dass ich nichts weiter erkenne, als dass es hell ist.

Mein Herz setzt einen Schlag aus, als ich endlich Noahs Gesicht vor meinem sehe. Nicht in der Lage meine Freude zurückzuhalten, falle ich ihm mit einem breiten Lächeln im Gesicht um den Hals.

„Scheint, als hätte mich jemand vermisst", lacht Noah und ich löse mich sofort von ihm, als mich ein Schauer aus Scham überkommt und mir bewusstwird, wie kindisch ich mich gerade verhalte. Immerhin war er nur ein paar Tage in Gewahrsam und ich weiß nicht mal sicher, ob wir fest zusammen sind oder so.

„So meinte ich das nicht", reagiert er und schließt mich wieder in seine Arme. Ich nehme seine Tasche und führe ihn zu meinem Auto. Ich halte ihm die Beifahrertür auf, warte, bis er eingestiegen ist, ehe ich seine Tasche auf die Rückbank verfrachte und mich hinter das Steuer setze.

„Essen? Schlafen? Kinder?"

„In dieser Reihenfolge", antwortet er, weshalb ich als erstes den Weg zu mir nach Hause einschlage.

Seinen zwei Kindern haben wir erstmal erzählt, dass er auf einer Art Geschäftsreise sei, damit sie sich keine Sorgen machen müssen. Außerdem war es Noah unangenehm, als mutmaßlicher Verbrecher vor seinen Kindern dazustehen.

Aufgrund der Uhrzeit entscheidet sich Noah schlussendlich, die Kinder, die im Moment immer noch bei seinen Eltern wohnen, erst morgen zu besuchen und nun erstmal was Ordentliches, keinen Kantinenfraß, den es im Gefängnis gab, zu essen und anschließend zu schlafen. Auch das macht er lieber in meiner Wohnung, da Michael seine Adresse zu haben scheint. Wobei er meine auch kennen müsste, wenn ich an die Bilder zurückdenke, die Noah vor mir verstecken wollte. Immerhin ist bei mir wenigstens noch kein Brief in lila vor der Tür aufgetaucht. Die Kinder, so ist es besprochen, bleiben vorerst bei Noahs Eltern, damit sie nicht in die Schusslinie Michaels versehentlich hineingeraten.

Angekommen stelle ich erstmal einen Topf mit Wasser auf. Auch wenn ich weiß, dass Noah kein krasser Nudel-Fan ist, was ich wirklich absolut, unter gar keinen Umständen nachvollziehen kann, geht es schnell und ist ein Gericht, dass ich sogar gut kann. Mimi, die mich seit unserer Ankunft hier vorwurfsvoll an miaut, fordert weiterhin ihr Nassfutter, nach dem sie sich sehnt, seit ich heute morgen das Haus verlassen habe. Mit jeder Sekunde, die ich damit verbringe, etwas anderes zu tun, wird es penetranter und vorwurfsvoller. Ich bücke mich also und öffne den Schrank neben dem Ofen, um eine Dose Nassfutter herauszuholen. „Mimi, ein bisschen Privatsphäre. Ist das zu viel verlangt?", frage ich meinen kleinen Stubentiger, der mir nun zwischen den Beinen herumläuft und schmust wie verrückt, damit ich ihr auch bloß genug Essen gebe. Dabei sollte klar sein, dass ich niemals die richtige Menge für meinen kleinen Vielfraß finden kann.

Während Mimi nun endlich friedlich schnurrend ihr Essen in der Ecke schlingt und ich die Spaghetti aus der Schublade neben dem Kühlschrank raushole, zieht Noah die Vorhänge zu, die eigentlich nur aus Dekorationsgründen an meinem Fenster hängen, was ich mit einem fragenden Blick quittiere. „Alles gut?", frage ich ihn. Er dreht sich zu mir um.

„Ich mache mir ein wenig Sorgen. Die Bilder aus dem Brief, zeigen dich beim Kochen, beim Fernsehen, Einkaufen, sogar auf der Arbeit. Das ist krank und es macht mich rasend, dass er dir so nah war."

„Mir geht es gut", sage ich, wobei das wahrscheinlich eher an mich selbst gerichtet war. Dieses permanente Gefühl, verfolgt und beobachtet zu werden, lässt sich einfach nicht abschütteln und ich bin es leid, immer auf der Hut zu sein.

„Daran zweifle ich", lächelt Noah liebevoll. „Physisch bist du vielleicht fit, obwohl ein bisschen mehr Schlaf dir auch mal ganz guttun würde. Ich glaube jedoch, dass es dich emotional mehr mitnimmt, als du dir eingestehen möchtest."

„Möglich. Aber du kannst ja jetzt wieder auf mich aufpassen", schleime ich, während ich die Nudeln ins kochende Wasser gebe. Ein Induktionsherd ist schon was Feines. Nudeln kochen damit so schnell.

Ich möchte übrigens nur kurz klarstellen, dass ich mir keinen Induktionsherd wegen Nudeln zugelegt habe und mich auch nicht nur von Nudeln ernähre. Gnocchi gehen selbstverständlich auch.

Noah lässt sich von meinen Worten und der Fassade mit dem Lächeln nicht aus dem Konzept bringen. Er geht auf mich zu und umarmt mich von hinten, während ich den Nudeln im Wasser zuschaue.

Die Tomatensoße nebendran, um die sich Noah eigentlich kümmern soll, blubbert fröhlich vor sich hin.

„Okay. Mir geht es nicht ganz so gut, wie ich es vorgebe. Und was hast du jetzt mit dieser Information vor? Ich habe Angst, allein zu sein. Sobald ich das Haus verlasse, habe ich das Gefühl, verfolgt und beobachtet zu werden. Die Paranoia, dass irgendwo jemand ein Auge auf mich wirft, der für eine Reihe von Morden verantwortlich ist, bringt mich fast um. Wir haben noch nicht alle Leichen aus dem Tagebuch gefunden und nur weil wir das Tagebuch haben, in dem alle Morde festgehalten worden sind, heißt es nicht, dass weitere nicht folgen können. Dir wurde als Kind so viel Schreckliches angetan und dein Vater ist ... war so ein Arschloch und das, obwohl er dich gar nicht kannte."

Eine Träne bahnt sich ihren Weg auf mein T-Shirt hinunter. Noah dreht mich zu sich um. Reflexartig lasse ich meinen Kopf nach vorne fallen, um meine Tränen zu verbergen.

„Kim ..."

Ich schließe meine Arme um seinen Bauch. Wir verharren in dieser Position und ich fühle mich einen Moment sicher und geborgen in seiner Umarmung. Einen Moment, muss ich nicht an die ganzen Opfer denken. Und einen Augenblick gibt es nur uns beide. Noah und mich.

„Fuck!", rufe ich, als ich höre, wie hinter mir das Nudelwasser überkocht. „Ach, verdammte Scheiße!"

Ich vernehme Noahs Lachen hinter mir und kann mir ein Schmunzeln nicht verkneifen. Daran erinnert, dass die Soße nicht anbrennen sollte, eilt Noah an den Topf neben mir, rührt brav mit dem Kochlöffel um und stellt den Herd herunter. Ich drücke ihm zwei Teller und Besteck in die Hand, sodass er schon mal den Tisch decken kann.

Nachdem ich die Nudeln abgeschüttet habe – ohne mich dabei zu verbrennen, worauf ich sehr stolz bin – bringe ich noch schnell zwei Topfuntersetzer zum Tisch, während Noah noch ein paar Gewürze in die Soße schüttet, um mir zu zeigen, wie toll er doch kochen kann.

„Heiß, heiß, heiß, heiß, heiß, heiß, heiß, heiß." Endlich erreiche ich mit dem Topf aus der Küche den heißersehnten Tisch, um die Nudeln endlich abzustellen. Wie immer habe ich, ohne wirklich nachzudenken, den Topf gegriffen. Jedes Mal denke ich, dass ich dieses kurze Stück auch ohne Topflappen schaffe, und jedes Mal werde ich enttäuscht und verbrenne mich doch.

Ich setze mich an den Esstisch und warte auf Noah. Nein, eigentlich warte ich nur auf die Soße. Diese zwei Minuten erstrecken sich in eine ganze Ewigkeit und das Gefühl, ich würde gleich verhungern, frisst mich innerlich auf.

Ich probiere schon mal ein paar Nudeln. Natürlich nicht, weil ich schon mit dem Essen anfangen will ... Selbstverständlich ist das eine Qualitätskontrolle, die vor jeder Mahlzeit durchzuführen ist. Wer weiß denn, ob sie gut sind?

Immerhin habe ich sie heute gar nicht gegen meinen Kühlschrank geworfen, um zu schauen, ob sie durch sind. *Boah!* Die schmecken so toll, dass ich gleich nochmal probieren muss. Und nochmal und nochmal.

„Kim, hör auf von den Nudeln zu naschen!", ruft Noah aus der Küche.

„Maff iff gar nifft", mampfe ich mit halbvollem Mund.

Ich stütze meinen Ellbogen auf den Tisch und lege meinen Kopf darauf, sodass ich Noah perfekt in seine Augen schauen kann. Er konzentriert sich auf sein Essen und seinen immer leerer werdenden Teller. Seine Augen sind wirklich faszinierend. So blau und so intensiv. Er schaut hoch. Direkt in meine Augen. Für einen kurzen Moment herrscht Stille. Man hört weder das Kauen von Noah noch das Kratzen der Gabel am Tellerboden. Es ist leise.

„Was ist?", unterbricht Noah diese Stille.

„Nichts. Wieso?"

„Weil du mich so anschaust ..."

„Okay. Dann schaue ich dich eben nicht mehr an."

Ich nehme meinen Teller, mein Besteck und mein Glas und laufe in die Küche. Ich räume mein Geschirr feinsäuberlich in die Spülmaschine ein, als Noah mir von hinten seines reicht: „Bitteschön."

Ohne mich umzudrehen, räume ich das restliche Geschirr ebenfalls ein. Er legt seine Hände um meine Hüfte und dreht mich zu sich herum. Während er das tut, schließe ich meine Augen. Ich spüre seinen Atem in meinem Gesicht. Es flattert in mir. Seine Lippen sind jetzt so nah, dass ich die Berührung schon fast spüre, obwohl sich unsere Lippen noch gar nicht berühren. Ich schlinge meine Arme um seinen Hals und hauche: „Ich kann dich nicht küssen."

„Wieso?", fragt er und zieht seinen Kopf dabei ein wenig zurück. Ich lockere meine Arme um seinen Nacken und fahre mit meinen Fingerspitzen durch sein Haar.

"Ich darf dich nicht angucken, du darfst mich nicht küssen", flüstere ich sanft.

„Mach die Augen auf."

„Dir ist klar, dass ich dich dann sehe?" Ich lächle spitzbübisch und öffne endlich meine Augen. Meine Gedanken ziehen ins Leere. Ich sehe Noah an und dann berühren sich unsere Lippen.

„Das reicht." Ich ziehe meine Lippen langsam zurück und quetsche mich an ihm vorbei aus der Küche, um die zurückgebliebenen Töpfe zu holen.

Noah, der sich das erste Mal in meiner Wohnung umschaut, begutachtet mit angestrengtem Blick mein Mobiliar, welches ich schön schlicht in schwarz und weiß gehalten habe, und die eingerahmten Fotos und Zeichnungen, die nicht nur an der Wand hängen, sondern auch auf jeden Schrank Staub fangen.

„Wer ist das?", fragt er neugierig, als er neben meinem Fernseher das Bild auf dem Schrank mit meinen liebsten Filmen, die ich sammle, seit ich 14 Jahre bin, hochnimmt und mit dem Zeigefinger die leichte Staubschicht, die sich gebildet hat, beiseiteschiebt.

Mein Herz macht einen kleinen Sprung, als ich sehe, welches Bild er in den Händen hält. Diese braunen unbekümmerten Locken, die voller Lebensfreude im Gesicht umher hüpfen in Kombination mit diesen braunen Kulleraugen, die mir bei jedem Anblick einen Stich ins Herz versetzen, überfordern mich für einen kurzen Moment.

*Auf dem Bild sitzt er auf einer blauen Schaukel, die im Wald sehr beliebt war. So lange haben wir gewartet, bis sie endlich frei wurde. Aber es war jede Sekunde wert. Er hat sich so gefreut, was sein Lächeln direkt in die Kamera festhält. Ich, die hinter der Kamera steht und ihn im Verborgenen anschubse, war in diesem Augenblick sogar gar nicht sauer, dass ich wieder einmal mit meinem kleinen, nervigen Bruder auf den Spielplatz gehen sollte. Mein Vater musste sich ausruhen von seiner Nachtschicht und meine Mutter wollte ungestört den Haushalt machen, weshalb ich dann mit der Nervensäge etwas Unternehmen sollte. Der Spielplatz war nicht weitgelegen von unserem damaligen Haus und hatte selbstverständlich nicht nur diese coole, blaue Schaukel, die allseits begehrt war, sondern auch eine weniger coole Rutsche, ein Klettergerüst und ein Karussell, bei dem das Andrehen jedoch so anstrengend war, dass die Kinder nur damit spielten, wenn einer der Väter sie anschubste. Ein weiteres Highlight war die Drachenzunge. So nannten wir den Tunnel, mit der Drehscheibe drin, der von außen, wie ein Drachenkopf aussah.*

Nun wird auch die kindliche Zeichnung, die nebendran steht, fachmännisch inspiziert.

*Zwei Strichmännchen stehen nebeneinander auf einer Wiese. Dabei ist die Wiese ein grüner Strich, an der Unterseite des Blattes und der Himmel ein blauer Strich gegenüber. Kleine Ms symbolisieren die Vögel, die am Himmel kreisen. Die zwei Blumen, die jeweils am Rand des Bildes gemalt wurden, sind beinahe größer als die Menschen und die Vögel tragen Sorge, damit nicht zu kollidieren. Das eine Strichmännchen ist ein Stück größer als das andere und trägt ein blaues Kleid. Das bin ich. Das Männchen nebendran trägt kein Kleid, sondern ist einfach nur ein Strichmännchen mit wilden braunen Locken auf dem Kopf. Das ist Colin.*
*Das Kind, das dieses Bild gezeichnet hat.*

„Der Junge ist Colin", antworte ich traurig. Noah schaut mich an, nicht wissend, wie er diese Information werten, verarbeiten oder mit ihr umgehen soll.

„Aha", entrinnt seiner Kehle, so ganz nach dem Motto: Gib mir noch weniger Informationen, dann weiß ich weniger als nichts. Trotzdem fragt er nicht weiter und stellt das Bild einfach wieder zurück.

„Er war mein Bruder", sage ich dann schließlich doch nach einer Weile.

„War?", fragt Noah mitfühlend und dreht sich in meine Richtung um. Ich stehe an die Küchenzeile gelehnt und schaue Noah stumm an. Er schaut weg, denkt schon, dass ich gar nicht mehr antworten würde, doch ich atme einmal tief durch, ehe ich fortfahre: „Ja. Er war sieben, ich sechzehn, als er ums Leben kam. Erschossen bei einem Amoklauf in seiner Schule", spreche ich den Vorfall langsam aus und versuche dabei, meine Tränen zurückzuhalten, was mir leider nicht so ganz gelingen mag.

„Ich habe es mit angesehen", fahre ich fort.

Geschockt schließt Noah seine Augen, was das Leid, das er fühlt, nicht zu verbergen in der Lage ist.

„Du hast gesehen, wie dein kleiner Bruder erschossen wurde?"

„Der Eingangsbereich seiner Schule war aus Glas, sodass man das Foyer von draußen sehen konnte. Es war mittags und ich sollte ihn abholen. Überall war Polizei und trotzdem habe ich es irgendwie geschafft, bis zum Haupteingang nach vorne zu dringen. Davor bin ich jedoch von zwei Polizeibeamten aufgehalten worden. Sie haben mich festgehalten, sodass ich der Szene hilflos ausgeliefert war. Colin stand vor den Stufen, die rausgeführt haben, der Schütze direkt vor ihm. Er wusste nicht, was los war und hat dem Schützen direkt ins Gesicht geblickt. Die Polizei hat nichts getan. Sie hatten Scharfschützen, aber der Mann stand so, dass man ihn nicht gut hätte treffen können. Er wusste, dass er nicht entkommen kann. Also hat er zuerst meinen Bruder und dann sich selbst erschossen. Die Scheiben waren auf einmal voller Blut und Colin für immer weg."

„Warum?", ist die einzige Reaktion, die Noah zustande bringt, ohne ebenfalls - so wie ich – loszuheulen.

„Warum der Mann in der Schule Kinder erschossen hat?", frage ich und antworte, als Noah nickt: „Die Kinder waren ihm in der Pause einfach zu laut. Er wohnte direkt neben der Schule und hasste Kinder, beharrte dennoch auf seinem

Recht, dort zu wohnen, weil sein Haus ja vor der Grundschule schon dort stand."

Betroffen kommt Noah zu mir hinter die Couch an die Küchenzeile gelaufen und legt seinen Arm erneut um mich und zerquetscht mich fast bei dem Versuch, mich zu trösten. „Darf ich dich auch etwas fragen?", flüstere ich, fast ängstlich, dass er mich zurückweisen könnte. Ich löse mich von ihm und tapse zu meinem Sofa, auf das ich mich langsam gleiten lasse und werfe Noah einen Blick zu, sich zu mir zu gesellen. Mimi kommt schnurrend angelaufen und legt sich auf meinen Schoß, sodass ich wie vorher abgesprochen und eingeübt, beginne sie zu streicheln.

„Immer", antwortet er, was mich traurig lächeln lässt.

„Wie war deine Kindheit? Ich habe die Akte gelesen und du scheinst es wirklich schwer gehabt zu haben. Was ist damals passiert, als du aus der Familie „Delfino" genommen wurdest?" Delfino hieß die Familie, bestehend aus zwei älteren Söhnen und einer jüngeren Tochter, die Noah wieder ins Heim gegeben haben. In dem Brief und den beigefügten Berichten steht, dass er danach „verstört", „abwesend" und „teilnahmelos" war. Mehr ist in der Akte zu den Delfinos nicht zu finden. Er hat zwei Jahre, von sieben bis neun, bei ihnen gelebt, ehe er wieder ins Heim abgeschoben worden ist.

Noah versteift sich bei dem Namen „Delfino" und sein Blick wird starr und ausdruckslos, was mich an die Beschreibung des teilnahmelosen kleinen Jungen erinnert, der in dem ersten Brief, den ich in der Akte gelesen habe, beschrieben wird.

„Noah?", frage ich, doch bekomme keinerlei Reaktion. „Es tut mir leid, du musst nicht antworten. War doof von mir, damit anzufangen, obwohl es mich ja eigentlich gar nichts angeht."

„Nein!", ruft er, was mich kurz erschreckt. „Ist okay. Ich habe da nur noch nie drüber gesprochen."

„Das musst du auch nicht ..."

„Doch, ich würde gerne. Es war eigentlich gar nicht so schlimm. Na ja, rückblickend zumindest. Für den kleinen Noah ohne Familie natürlich schon. Ich garantiere für keine Richtigkeit, da das alles die Erinnerungen eines Neunjährigen sind. Außerdem erinnere ich mich an furchtbar wenig, was wahrscheinlich auf eine dissoziative Amnesie zurückzuführen ist ... Das sagte mein ehemaliger Kindertherapeut mal, zu dem mich meine Adoptiveltern eine Zeit lang schickten. Mir ging es eigentlich immer gut, jedoch, dass mag heute nicht mehr ganz so gravierend sein, aber für mein neunjähriges Ich war es schon hart, wurde ich nie wirklich angenommen. Egal, in welchem Heim oder bei welcher Familie ich war, alle erinnerten mich stets daran, dass ich bloß ein Waise bin. Ein Kind, dessen Eltern ihn nicht haben wollten, der nicht mal im Heim gemocht wurde. Nie war ich gut genug. Ich habe in der Zeit angefangen, mich von den anderen abzuschotten, um nicht ständig an meine Fehler erinnert zu werden oder gar neue zu produzieren. Es war ein Schutzversuch ... Obwohl meine Gedanken nicht viel freundlicher waren, als der Rest der Menschheit - so war es mein Eindruck."

„Depressionen?"

„Und wie. Aber das hat damals keinen wirklich gejuckt, nicht mal den Therapeuten im Heim, zu dem ich verpflichtet worden bin, hinzugehen, aufgrund meines Verhaltens. Bei den Jordans ist es dann aber besser geworden. Sie haben mich zunächst auch zur Therapie geschickt, damit meine Depressionen besser werden und ich Vergangenes aufarbeiten konnte. Diese Menschen haben mich akzeptiert und auch ihre leiblichen Kinder mochten mich so, wie ich war. Sie sind meine richtige Familie geworden."

Damit beendet Noah seine Erzählung und setzt sich endlich zu mir auf die Couch, sodass ich mich an ihn kuscheln kann.

\*\*\*

In dieser Nacht schlafe ich sofort ein, werde dafür aber von schlechten Träumen geplagt.

*Ich sitze in einem dunklen Raum, die Fenster sind mit Brettern vernagelt und nur durch schmale Lücken im Holz sickert das Mondlicht ins Zimmer und erhellt dieses spärlich. Staubpartikel kreuzen dabei die Lichtstreifen wie winzige Sterne. Die Tapete an den Wänden ist heruntergekommen und dunkle Schimmelflecken zeichnen sich auf den kahlen Stellen des Putzes ab. Gegenüber von mir befindet sich eine alte Holztür, sonst ist der Raum komplett leer und einzig von einer anspannenden Stille bewohnt. Ich hocke auf dem nackten Boden in dieser düsteren Kulisse aus Geräuschlosigkeit und habe entsetzliche Angst. Die Art von Angst, die einem alle Muskeln anspannen und den Atem stocken lässt, die dafür sorgt, dass sich jedes noch so kleine Härchen auf der Haut wie elektrisiert aufstellt und ein Gefühl durch den Körper schickt, als stünde er vor einer gewaltigen Explosion, welche einen in tausende Fetzen reißen würde, wenn man sich auch nur einen Millimeter rührt.*

*Mit diesem Gefühl bemerke ich plötzlich, wie der Raum zu erbeben und zu erschüttern beginnt. Es startet ganz leicht, doch dann wird es immer heftiger. So muss sich ein Erdbeben anfühlen, welches die Menschen unter Tische kriechen lässt wie Insekten, um sich vor herabstürzenden Möbeln und Brocken zu schützen. Doch ich habe keinen Tisch und bin dem Getöse schutzlos ausgeliefert, als ich endlich realisiere, dass ich es bin, welche der Ursprung des Bebens ist, denn ich zittere so heftig, dass sich meine ganze Wahrnehmung zu verzerren scheint. Meine Zähne schlagen wie Hämmer aufeinander und die Wände rücken immer näher zu mir heran. Ich dränge mich, auf dem Boden rutschend, zu der Wand mit dem zugenagelten Fenster, nur weg von der Tür, denn wie es in Träumen oft so ist, weiß ich einfach, dass auf der anderen Seite jemand steht und auf mich lauert. Aber ich werde nicht zu der Quelle des Grauens hinausgehen, niemals. Da draußen wartet etwas Bedrohliches, etwas, was mich zu sich in die pechschwarze Dunkelheit ziehen und mein Leben wie mit einem Leichentuch bedecken will. Mühsam und immer noch schlotternd ziehe ich mich am Fenstersims hoch.*

Ich muss hier raus!

*Ich rüttle an den Brettern, was zur Folge hat, dass sich der Raum nur noch mehr bewegt und in Schwingung gerät, wie als hätte man eine Sprungfeder angestoßen, welche nun vor- und zurückschnallt. Die Angst legt sich wie eine Schlinge um meinen Hals und schnürt mir die Luft weg. Ein Knarzen hinter mir lässt mich innehalten. Das Etwas hat die Tür geöffnet und kommt mich holen! Das Sausen des Zimmers dröhnt in meinen Ohren, doch ich drehe mich auch nicht um, als ich höre, wie schlurfende Schritte immer näherkommen und ein röchelnder Laut mein Ohr streift. Panisch rüttele ich an den Brettern, doch obwohl sie aus morschem Holz bestehen, lassen sie sich nicht abreißen. Wie als erzürnte Antwort auf meinen Ausbruchversuch fängt der Raum an sich zu drehen, sodass mir übel wird und heiße Tränen meine Wangen hinabströmen.*

Raus! Raus! Raus!

*Auf einmal erstirbt das Wüten des Zimmers und der Lärm verebbt. Es ist wieder unheimlich still. Gleich würde etwas passieren, da bin ich mir sicher. Ich befinde mich im Auge des Sturms und warte auf die nächste Mauer des Schreckens. Die Hände immer noch an die Bretter gekrallt verharre ich in der Dunkelheit.*

*Dann ein erneutes Röcheln hinter mir. Es ist nun ganz nah und ich spüre den feuchten Atem in meinem Nacken. Ich will mich nicht umdrehen, auf gar keinen Fall! Doch mein Traum-Ich tut es dennoch. Langsam blicke ich in das Dunkel und erkenne eine noch dunklere Silhouette vor mir.*

*Modriger Atem schlägt mir entgegen und wieder wird mir schlecht. Mit einem erstickten Würgen erbreche ich mich auf den Boden und der saure Gestank meiner eigenen Kotze steigt mir scharf in die Nase. Ich frage mich plötzlich, ob man in Träumen eigentlich riechen kann, als ich wieder nach oben blicke und die schwarze Silhouette kein Schatten mehr ist, sondern das abscheuliche Gesicht einer Leiche. Ich kann das Geschlecht nicht zuordnen, so verstümmelt ist ihr verrottender Körper und ihre weiße ledrige Haut beginnt sich an einigen Stellen vom Knochen zu lösen. Verfilztes Haar, getrocknetes Blut und leere schwarze Augenhöhlen. Mehr erkenne ich nicht, denn just in diesem Moment greift eine knöcherne Hand nach meinem Genick. Ich drehe mich ruckartig um, schreiend, und will erneut das verbarrikadierte Fenster einreißen, als ich jedoch merke, dass die Bretter gar nicht mehr dort sind. Stattdessen sehe ich in einen tiefen Schlund, der mich an den scharlachroten Rachen eines Raubtiers erinnert, weit aufgerissen, um mich in einem einzigen Happen zu verschlingen. Und aus diesem Schlund erkenne ich bestürzt, wie mich ein Paar gleißend blaue Augen anstarrt.*

Keuchend fahre ich aus dem Bett hoch. Mein Atem geht schwer und mein Herz rast wie nach einem Marathon. Meine Bettdecke ist nass geschwitzt und auch mein Schlafanzug und meine Haare kleben mir unangenehm auf der Haut. Ich strampele die Decke fort und setze mich mit pochendem Herzen auf, welches sich nur langsam wieder zu beruhigen scheint. Hitze schießt mir in den Kopf und ich kann regelrecht spüren, wie er rot wird. Ich versuche langsam und gleichmäßig zu atmen, doch es dauert einen Moment, bis ich mich wieder gefangen habe.

*Was war das bitte für ein Traum gewesen?*

Ich schaue auf die Digitaluhr, deren Ziffern mir verkünden, dass es drei Uhr vierzehn in der Früh ist. Ich stöhne und lasse mich zurück in mein Kissen sinken, nur um genervt festzustellen, dass es viel zu durchschwitzt ist, als das ich darauf weiterschlafen will. Ich wechsle den kompletten Bettbezug, bevor ich selbst etwas Frisches zum Schlafen anziehe. Mit dem durchgeschwitzten Haufen an Textil in den Armen tapse ich leise durch das Wohnzimmer, kurz innehaltend, um zu prüfen, ob ich Noah aufgeweckt habe. Das ruhigatmende Knäuel aus Decken, welches sich auf meinem ausziehbaren Sofa einquartiert hat, verrät mir allerdings, dass er noch friedlich zu schlafen scheint. Im Badezimmer haue ich dann alles in den Wäschekorb. Als ich in den Spiegel schaue, sind meine Wangen immer noch leicht gerötet und meine Augen ganz verquollen.

*Habe ich wirklich im Schlaf geweint?*

Ich versuche, mich an die Einzelheiten zu erinnern, doch sie fangen schon an zu verblassen und lassen mir nur nebulöse Fragmente des Geschehens zurück. Ich seufze und mache mich auf den Rückweg in mein Bett, allerdings nicht ohne einen Abstecher in die unbeleuchtete Küche zu machen, um mir ein Glas Wasser zu holen, da mein Hals wie ausgetrocknet ist. Ich drehe gerade vorsichtig den Hahn an, als ich mit dem nackten Fuß auf etwas trete. Es ist flach und fühlt sich nach einem Stück Papier an. Ein Stück Küchenrolle vielleicht, denke ich, während ich mit einer Hand danach grabsche. Es ist kein Küchenpapier. Es ist ein ... Umschlag?

Panik blitzt in meinem Kopf auf und ich hätte beinah mein Glas fallen gelassen. Stocksteif stehe ich da und lausche in die Finsternis. Mein Traum kommt in mein Gedächtnis zurück – vor mir herrscht ein Tal aus Grautönen, während das Fenster in meinem Rücken einen langen Schatten von mir auf den Boden wirft. Bis auf Noahs gleichmäßige Atmung ist alles still.

*Verdammt, ich habe mir den Briefumschlag ja nicht einmal genauer angesehen, vielleicht ist es ja auch nur ein ganz herkömmlicher, der aus irgendwelchen meiner Unterlagen gerutscht ist,* denke ich und versuche, die Panik zu unterdrücken, die wie fauliges Abwasser in meiner Kehle ansteigt. Auf leisen Sohlen husche ich zum Lichtschalter über den Herdplatten, verharre jedoch einen Moment und schiele zum schlafenden Noah herüber, ehe ich ihn auch drücke. Das sonst so milde Licht erscheint mir nun gleißend hell und lässt mich meine Augen schmerzhaft zusammenkneifen. Ich brauche einen Moment, bevor ich sie wieder zu öffnen wage. Doch als ich meinen Blick erneut auf den Brief richte, werden meine schlimmsten Befürchtungen bestätigt. Es ist ein schlichter Briefumschlag, keine Adresse, kein Absender und ebenfalls keine Briefmarke. Das einzig auffällige ist seine teuflisch lila Färbung.

Wie gebannt starre ich ihn an, in der Hoffnung, ich würde jeden Moment aufwachen – ein Traum in einem Traum. Doch auch nachdem eine Minute vergangen ist, ist der Brief noch da und ich stehe immer noch mit einem halb gefüllten Wasserglas barfuß in der Küche, unfähig mich zu bewegen, als auf einmal jemand nach meiner Schulter greift.

Mit einem Aufschrei wirble ich herum und lasse diesmal das Glas tatsächlich fallen. Es zerspringt in hunderte Scherben und das Wasser ergießt sich auf meine nackten Füße.

„Nicht bewegen, sonst verletzt du dich noch", ruft Noah, welcher es war, der hinter mir aufgetaucht und nun selbst von der Situation erschrocken ist. Mit Hilfe eines Küchentuchs und eines Handfegers beseitigt er mein Chaos.

„T-Tut mir leid, dass ich dich geweckt habe", stammele ich, immer noch verwirrt von der Existenz des Briefumschlags in meiner Hand.

„Schon in Ordnung", versichert er mir und lächelt mir verschlafen zu.

Das Lächeln erstirbt allerdings, sobald sein Blick auf den lila Briefumschlag fällt.

„Wie kommt der hierher?", fragt er sichtlich beunruhigt.

„Er lag auf dem Küchenboden." Ich deute auf die Stelle, wo ich mit dem Fuß auf ihn getreten bin. Mein Blick fällt auf das gekippte Küchenfenster und mir wird schlagartig klar, wie der Umschlag in meine Wohnung kam. Jemand muss ihn durch den Schlitz gesteckt haben, wodurch er dann auf den Boden vor der Spüle gesegelt ist. Es ist fast schon zu einfach. Noah, meinem Blick folgend, hat vermutlich dieselbe Eingebung und schließt daraufhin das Fenster.

„Komische Uhrzeit für den Briefträger. Willst du deine Post nicht öffnen?", neckt er mich und ich schaue ihn säuerlich an.

„Ist ja nicht deine Wohnung, in der Mörder sich ihrer Korrespondenz entladen", zische ich, doch Noah hat seine Aufmerksamkeit nun ganz dem Brief zugewandt. Ich öffne ihn vorsichtig und ein kleiner Streifen Papier steckt zwischen den Seiten. Mit gespitzten Fingern pfrieme ich ihn heraus.

Beechwood Road 58

„Eine Adresse?" Noah nimmt mir den Zettel aus der Hand und begutachtet ihn von allen Seiten. Danach schaut er selbst noch mal im Umschlag nach, ob das auch ja alles war. War es.

„Beechwood Road 58", liest Noah laut vor. "Klingt ja fast schon wie eine Einladung."

„Ich weiß nicht, ob ich Gast sein möchte", kontere ich. „Diese Adresse soll uns doch nur dorthin locken, wo Michael uns haben will. Weil er weiß, dass wir ihr nachgehen werden – weil uns die Anhaltspunkte ausgehen ihn zu fassen."

Es fühlt sich komisch an, den Täter endlich mit einem Namen anreden zu können, als wäre er nun seltsam real geworden.

„Da hast du recht", stimmt mir Noah zu und lässt ein lautes Gähnen von sich. „Michael ist gerissen und wir müssen vorsichtig sein. Am besten bringen wir den Brief direkt ins Büro und suchen uns Unterstützung."

„Einverstanden." Nun gähne ich selbst und merke, wie die Müdigkeit an mir nagt. „Ich rufe Schmitz an, die müsste gerade auf der Wache sein und sage ihr, sie soll sich darum kümmern."

„Gute Nacht, Kim." Mit diesen Worten macht sich Noah zurück in sein improvisiertes Schlafgemach und auch ich gehe wieder in Richtung meines Schlafzimmers. Vor der Tür stocke ich jedoch.

„Ist alles in Ordnung?", fragt Noah.

Mein Traum kommt wieder zurück - der kahle Raum, die hektischen Bewegungen, die Panik und das Etwas, was auf mich gelauert hat.

Ich will nicht allein dort drin schlafen, wird mir schlagartig bewusst.

Unschlüssig, was ich tun soll, blicke ich Noah an und beiße mir auf die Unterlippe.

Ich kann ihn unmöglich um so etwas bitten, denke ich und leichte Röte ziert meine Wangen. Noah, der halb auf dem Sofa sitzt, neigt den Kopf leicht schräg, bevor er mit einem Seufzen aufsteht, sich sein Kissen schnappt und in meine Richtung kommt.

„Arme Kim", säuselt er grinsend. „Kann nicht mal mehr allein schlafen, ohne sich selbst zu verängstigen. Na, komm." Mit diesen Worten greift er nach meiner Hand und zieht mich ins Schlafzimmer. Zum zweiten Mal in dieser Nacht schlafe ich schnell ein, Noahs Arme um meine Taille geschlungen und sein warmer Atem an meinem Hals.

Diesmal allerdings bleiben die Alpträume aus.

\*\*\*

Kaum habe ich Noah von meiner Idee erzählt, klappt er mein Sofa, was vergangene Nacht doch nicht gebraucht wurde, zusammen, sodass mein Wohnzimmer wieder wie zuvor aussieht. Während Noah im Bad verschwindet, suche ich mir was zum Anziehen aus meinem Kleiderschrank. Schmitz hat mich heute Morgen schon einmal angerufen und gemeint, sie sei an dem Fall dran. Bevor sie mir Details zu dem Fall geben würde, solle ich doch erstmal meinen freien Vormittag genießen, ehe ich um 12 Uhr zum Schichtanfang mit Noah auf der Wache sein muss. Ein bisschen Zeit ohne Tote tut uns beiden gut, nach den Ereignissen der letzten Tage. Und mit Schmitz, Kuti und Mia ist ein gutes Team an dem Fall dran, dass mich bis zur Mittagszeit vertreten würde.

Nach einer gefühlten Ewigkeit, die ich mit der Frage verbracht habe, welche Farbe meine Hose haben soll und inwiefern sie passt, habe ich mich nun schlussendlich zu einer schwarzen Skinny Jeans entschieden, zu der ich mir ein weißes, luftige T-Shirt raussuche. Kaum habe ich es über den Kopf gezogen, vernehme ich eine rauchige Stimme gleich hinter mir: „Von mir aus kannst du das Oberteil auch weglassen." Ich schaue lachend an mir herunter. Ohne mich umzudrehen, sehe ich Noah durch den großen Spiegel, vor dem wir nun beide hintereinanderstehen. Er ist frisch geduscht und seine nassen Haare befeuchten sein hübsches Gesicht.

„Erklärst du dann deinen Kindern, warum ich nur im BH aufkreuze?" Nun ist es er, der lacht. Noah beugt sich leicht nach vorne und küsst zärtlich meine Schulter. „Auf jetzt. Du hast deinen Eltern gesagt, du holst die Kinder um neun Uhr zum Frühstück ab, also auf. Hopp hopp."

„Ist ja gut." Er greift meine Hand und zieht mich hinter sich aus meinem Schlafzimmer raus.


„Guten Morgen, Mutter", begrüßt Noah die Frau, die die Tür geöffnet hat, etwas steif.

Obwohl ich unbedingt im Wagen warten wollte, hat Noah kein Protest zugelassen und mich mit zur Haustür geschleift, nachdem er mir verkündet hat, dass wir die Kinder zum

Frühstück nicht mitnehmen, sondern hier essen. „Das ist Kim. Kim, das ist meine Mutter Elvira."

„Hi", sage ich und hebe zum Gruß meine Hand. „Freut mich, Sie kennenzulernen." Sie nickt freundlich, ehe sie uns hereinbittet. Als Noah und ich allein im Flur stehen und unsere Jacken aufhängen, lasse ich einen Teil meiner Verärgerung, jetzt so überrascht worden zu sein, freien Lauf. „Dein Ernst? Das ist gar nicht cool! Ich weiß nicht, wie ich mich verhalten soll und hatte keine Zeit mich vorzubereiten. Ich weiß doch gar nichts über deine Eltern."

„Dann ist das doch schon mal ein erster Gesprächsanfang ..."

„Noah, das ist nicht lustig. Ich fühle mich unwohl", raune ich ihm zu, während ich meine Jacke auf einen Kleiderbügel streife.

„Das wird schon. Mach dir keine Sorgen, meine Eltern werden dich mögen. Sei einfach, wie du sonst auch in meiner Gegenwart bist." *Erregt? Super Vorschlag!*

„Was denken deine Eltern, wer ich bin?"

„Wie wer du bist?"

„Wie unser Verhältnis, unsere Beziehung zueinandersteht. Kollegen, Freunde, Partner, ..."

„Sie wissen, dass wir mehr als Freunde sind. Zumindest denkt das meine Mutter."

*Mehr als Freunde? Noah, wirklich?*

Bevor ich weitere Rückfragen stellen kann, tritt ein Mann zu uns in den Flur, von dem ich behaupten würde, dass es Noahs Adoptivvater ist.

„Noah, hallo. Wie geht's dir?", fragt er und nimmt seinen Sohn in die Arme.

„Gut. Das ist Kim, meine Freundin", sagt er und lächelt mich spitzbübisch an.

Ich erwidere ein freundliches „Hallo" und folge den Herrschaften in das Esszimmer am Ende des Flurs. Mit einem anhaltenden mulmigen Gefühl, das sich von meiner Brust aus durch den ganzen Körper zieht, setze ich mich auf den Stuhl, auf den Noahs Mutter zeigt. Links von mir sitzt Elena, die mir ein freundliches Lächeln entgegenbringt, anders als beim Anfang unserer letzten Begegnung. Ihr Auge sieht schon gar nicht mehr so schlimm aus, ist jedoch auch noch nicht ganz verheilt. Nicky kommt hinter mir zum Esstisch gestürmt und fällt mir um den Hals.

„Kim! Ich habe dich schon so vermisst", verkündet er lauthals.

„Ich dich auch, Kleiner", gebe ich zurück.

„Nicky, setz dich auf deinen Platz, bitte", tadelt Noah seinen Sohn, nachdem auch er den Raum betritt und Nicky mich noch immer in seinen kleinen, süßen Ärmchen hält. Er lässt los und läuft einmal um den Tisch herum, bis er an dem Stuhl ankommt, der mir genau gegenüber liegt. Noah nimmt an der Kopfseite des Tisches Platz, sodass wir um die Tischecke nebeneinandersitzen. Ihm gegenüber befindet sich sein Vater, der auch gleich mit dem Frühstück beginnt. Der große Holztisch ist vollgeräumt mit verschiedensten Brötchen, Marmeladen, Aufstrichen, Cornflakes, zu den Nicky sofort greift und Obst, von dem sich Elena bedient. Noah, der seinen liebevollen Blick durch die Runde streifen lässt, verkrampft für einen kurzen Moment, als er an mir vorbei seine Tochter ansieht.

„Elena!", sagt er empört. „Was hast du getan?"

Ohne dass er seine Bemerkung weiterauszuführen braucht, fasst sie sich ins Gesicht, genau an die dunkelgefärbte Stelle, die ihr allem Anschein nach noch immer Schmerzen bereitet.

„Es ist nicht so schlimm", antwortet sie unsicher.

„Sie hat sich geprügelt", ruft Nicky von seinem Platz aus. Ein Bein, welches vorhin noch neben meinem stand, schnellt nach vorne und Nicky heult auf.

„Hör auf, mich zu treten, Elena", motzt er mit einer Schmolllippe im Gesicht.

„Hör auf, dich einzumischen, Zwerg", sagt Elena nun sauer.

„Kinder", mischt sich Elvira ein und versucht, die zwei Streithammel zu besänftigen.

„Wie gesagt, es ist nicht so schlimm", wiederholt sich Elena.

„Das war nicht meine Frage. Was ist passiert?", hakt Noah ein weiteres Mal nach.

Ich lege meine Gabel, mit der ich vorhin noch Erdbeeren gepiekt habe, neben meinen Teller ab und wende mich an Noah, nachdem Elena mir einen hilfesuchenden Blick zuwirft: „Sie ist in eine Schlägerei geraten, die zwei Jungs angezettelt haben und hat dort was abbekommen. Ich habe es mir direkt angeschaut und es sieht wirklich schlimmer aus, als es ist. In ein paar Tagen sollte man es schon gar nicht mehr sehen."

„Du wusstest davon?", fragt Noah schockiert.

Ich setze an, etwas zu sagen, stoppe dann aber doch, als mir bewusst wird, dass es nicht so läuft, wie ich mir das vorgestellt habe: Wieso schaut Noah denn mich jetzt so böse an? Ich habe seine Tochter doch gar nicht geschlagen. Im Gegenteil – ich habe die Jungs auseinandergezerrt.

„Papa, Kim hat mir nur geholfen und ich habe ihr gesagt, sie soll es nicht weitererzählen. Können wir vielleicht später darüber reden?"

„Ich denke wirklich, dass solltet ihr zu Hause besprechen, Junge", meldet sich Elviras Mann zu Wort.

Er nickt, ehe er Elena und mich scharf ansieht und sagt: „Aber dann will ich eine ausführliche Erklärung haben, von euch beiden."

Nach dem Essen bei Noahs Eltern, die trotz des kleinen Zwischenfalls mit Elenas Auge und meiner Nervosität sehr nett und aufgeschlossen waren, fährt Noah uns zu mir nach Hause.

„Wir fahren jetzt zu Kim, um sie abzusetzen und über den Vorfall zu sprechen und dann fahren wir drei nach Hause. Klar?" Die Kinder, die auf der Rückbank sitzen, welche ich durch den Rückspiegel gut im Blick habe, nicken still. Nicky sitzt in seinem Kindersitz, seinen Kuscheldinosaurier fest umklammert und den Blick auf die Straße gerichtet. Elena, die neben ihrem kleinen Bruder sitzt hat in ihrem einen Ohr einen Kopfhörer stecken und lauscht mit dem anderen der Anspannung, die nicht aus diesem Auto verpuffen mag. Ihr aggressiver Rap ist so laut, dass er bis zu mir nach vorne dringt. Auch sie starrt apathisch aus dem Fenster auf die Autos, an denen wir vorbeifahren.

„Jetzt hätte ich aber gerne Antworten, und zwar welche, die meine Fragen auch beantworten", sagt Noah, als wir bei mir in der Wohnung angekommen sind. Wir sitzen im Wohnzimmer, die Kinder auf der Couch, ich im Sessel nebendran und Noah steht mit verschränkten Armen davor. „Kim hat damit nichts zu tun. Ich war mit meinen Freunden unterwegs und dann haben sich so zwei Idioten angefangen zu ..."

„Sie hat „Idioten" gesagt", ruft Nicky entgeistert.

„Pssst", mach ich und deute Nicky zu mir herüberzukommen. Ich nehme ihn auf meinen Schoß und lasse Elena weitererzählen.

„Die haben sich angefangen zu prügeln und ich stand zu dicht dran und habe den Ellbogen, von dem einen ins Gesicht bekommen. Aber es tut schon gar nicht mehr so weh wie gestern."

„Und warum hast du es mir nicht gesagt?", wendet sich Noah nun an mich.

„Erstens habe ich Elena versprochen, nichts zu sagen und zweitens sehe ich mich – ehrlich gesagt – nicht in der Aufgabe, das zu tun. Ich habe mich um sie gekümmert, habe mir das Veilchen angesehen und sie nach Hause zu deinen Eltern gebracht. In dem Moment hätte ich nicht viel mehr machen können aufgrund deiner Absenz", erkläre ich mich und die Situation.

„Wann ist das gewesen?"

„Ein paar Stunden bevor ich dich gestern abgeholt habe."

„Und da hast du kein Sterbenswörtchen gesagt?"

„Noah, ich habe es Elena versprochen. Ich bin mir sicher, du hättest nicht viel anders gehandelt."

Er beruhigt sich und nickt nachdenklich.

„Na gut. Ich finde es trotzdem nicht gut, dass ich erst jetzt davon erfahre und du es vor mir wusstest", gibt er nun zu.

„Du kannst froh sein, dass ich mich Kim anvertraut habe. Ohne sie wüsste keiner, was passiert ist. Sie hat mir nämlich gesagt, dass ich die Wahrheit sagen soll."

„Stimmt das?", fragt Noah, dessen Blick nun zwischen seiner Tochter und mir hin und her schweift. Ich nicke etwas unsicher. Er lächelt und wenn ich mich nicht täusche, waren seine Augen für eine Millisekunden glasig.

***

Um kurz vor zwölf treffen sich Noah und ich auf der Wache wieder. Schmitz ist bei der Adresse nicht fündig geworden. Es war ein nettes Mehrfamilienhaus und alle waren wohl auf. Keine Beschwerden, keine besorgten Nachbarn, keine Leiche.

*Seltsam. Hat sich Michael vertan?*

„Kim?"

„Ja?", antworte ich und drehe mich um.

„Du hast Post bekommen." Der Kollege Kuti kommt schnellen Schrittes auf mich zu, in der Hand einen lila Brief.

„Der war hinter deinen Scheibenwischer geklemmt."

„Danke." Ich nehme den Horror in Papierform entgegen und öffne ihn wie den anderen die Nacht zuvor.

*Netter Versuch, jemand anderen zu schicken. Habe ich den Brief dir oder der anderen Kollegin zugesteckt?*
*Na ja, ...*
*Neuer Versuch:*
*Festivity Cir 5182*

Wir informieren den Chef, der uns eine kleine Gruppe ausgewählter Polizisten zusammenstellt, mit denen wir zu der neuen Adresse fahren.

Unter unserer Begleitung befinden sich auch Kommissar Sanders und Martin Bush. Diese sitzen nun mit uns einige Straßen vor dem besagten Haus, zu welchem uns die Adresse aus dem Brief geführt hat, in einem Zivilwagen. Ebenfalls in Zivilkleidung, aber mit versteckten Waffen unter den Jacken, streunen die anderen Polizisten des Einsatzkommandos durch die Straßen, um im Notfall einzugreifen. Wir wissen schließlich nicht, was wir in dem Haus finden könnten.

„Bereit?", fragt Noah in die Runde, schielt aber gezielt in meine Richtung.

„Muss ja", murrt Sanders, woraufhin Noah auf das Gaspedal tritt und das Auto zu unserem Zielort navigiert. Das Haus steht am Rand eines heruntergekommenen Wohnviertels, hinter welchem sich lange Felder erstrecken. Es ist in einem blassen weiß gestrichen, doch dies muss schon einige Jahrzehnte zurückliegen, denn von der Fassade sind schon einige Schichten abgesplittert und aufgesprungen. Die Fenster sind schmierig, das Dach halb eingestürzt.

„Wir müssen vorsichtig sein, dass wir nicht darunter begraben werden", merke ich an, mit Blick auf die morschen Balken, die das Haus, nicht sehr vertrauenswürdig, zu stützen scheinen.

Noah hält den Wagen direkt vor dem Weg, der zum Eingang der Bruchbude hochführt. Als ich aussteige schlägt mir die Luft kühl entgegen und lässt mich frösteln. Ich blicke an dem Haus hoch und aktiviere all meine Sinne, doch bis auf das hässliche Äußerliche scheint alles ruhig. Das Straßenschild verkündet mir „Festivity Circle 5182".

Wir sind also richtig. Rechts von mir auf dem Gehweg nehme ich zwei Menschen wahr, ein Mann und eine Frau, die sich still unterhalten. Sie blicken kurz zu mir und ich erkenne zwei meiner Kollegen wieder. Beruhigt, dass der erste Schritt – die Postierung unserer Unterstützer – einwandfrei von statten gegangen ist, wende ich mich wieder meinen eigenen Kollegen zu, welche nun ebenfalls aus dem Auto gestiegen sind. Martin Bush tritt neben mich und mustert das Haus nun ebenfalls mit kritischem Blick. „Hier wohnt seit 1996 niemand mehr, aber die Stadtverwaltung hat sich nie um den Abriss oder die Erneuerung des Gebäudes gekümmert, seitdem vegetiert es vor sich hin. Es besteht aus Erdgeschoss, erstem Stock und einem Keller. Nicht mal die Obdachlosen lassen sich dort drin nieder, weil es nicht selten zu kleinen Einstürzen der Dachbalken kommt", konstatiert er fachmännisch, wobei sich meine Sorge bestätigt, dass wir vermutlich unglücklich unter den Ziegeln und Balken des Hauses begraben werden. Bush hatte es sich nicht nehmen lassen vor unserem kleinen Ausflug ein paar Informationen über das Gebäude einzuholen. So ist er und das macht ihn in seinem Job so gut.

„Auf jetzt! Je schneller wir durch sind, desto schneller kann ich wieder nach Hause", brummt Sanders in seinen Schnauzer und wir vier marschieren los. Noah und ich gehen vorweg, während Sanders und Bush die Nachhut bilden. Vor dem Eingang rüttelt Noah an der Tür, welche sich mit dem Brechen des Türrahmens leicht öffnen lässt.

Fauliger Geruch steigt mir in die Nase. Das Innere liegt im schummrigen Licht der verschmierten Scheiben. Ich betrete vorsichtig den ersten Raum, immer darauf bedacht, nicht durch die Fußbodenbretter zu krachen und von diesem Ort verschluckt zu werden. Vorsichtig sehe ich mich um und erkenne die Andeutungen eines früheren Wohnzimmers: ein zerfleddertes Sofa, ein kleiner fleckiger Tisch, alte Bücherregale, deren Inhalte über den ganzen Raum verteilt liegen und ein eingeschlagener alter Röhrenfernseher. Es ist, wie wenn man eine Skizze betrachtet, die einen groben Überblick über die Situation verschafft, allerdings erst noch ausgearbeitet werden muss, um ein vollständiges Werk zu ergeben. So verhält es sich auch mit dem Raum, der sich als Wohnzimmer erkennen lässt. Allerdings sind es nur die groben Umrisse der Möbel, die darauf schließen lassen. Ansonsten ist das Zimmer über und über mit Dreck und Schutt bedeckt.

Wie vorher abgesprochen, teilen wir uns auf. Bush und Sanders durchsuchen die oberen Räume, während Noah und ich uns weiter im Erdgeschoss umsehen. Der Kommissar und der Ermittler schleichen leise zur Treppe und verschwinden mit einer Hand am Waffengurt im Obergeschoss. Noah und ich bleiben allein zurück. Mit einem Nicken macht er sich auf in den nächsten Raum, welcher wohl die Küche zu sein scheint. Auch mit ihr verhält es sich, wie mit dem Wohnzimmer. Die Möbel sind heruntergekommen und total verdreckt. Ich überblicke das Chaos zunächst oberflächlich, bevor ich auch in die Schränke und Schubladen gucke. Schließlich wissen wir nicht wonach wir überhaupt suchen. Zu leben scheint Michael hier auf jeden Fall nicht. Außer verfärbtem Besteck und zerbrochenen Tellern finden wir allerdings nichts.

Ich schaue gerade in einem alten Holzschrank nach, als mir etwas Schwarzes entgegenfliegt. Erschrocken japsend weiche ich zurück, doch erkenne, dass es bloß ein Vogel ist, der durch die zerborstene Schrankseite einen Weg ins Innere gefunden haben muss.

„Ich glaube hier ist nichts", spricht Noah das aus, was mir auch schon durch den Kopf geistert.

*Weshalb wurden wir hierhergelockt*, frage ich mich und denke an den lila Brief zurück.

*Macht sich Michael über uns lustig? Genießt er es, uns scheitern zu sehen?*

„Ich schaue noch einmal im Wohnzimmer nach und im Zweifelsfall reiße ich das elende Sofa auch ganz in Fetzen. Wir sind jetzt nicht umsonst hierhergekommen", verkündet Noah.

Über uns höre ich es rumoren. Auch Sanders und Bush scheinen akribisch nach irgendetwas zu suchen.

„Ist gut, ich schaue mir derweil die Möbel hier nochmal etwas genauer an", antworte ich ihm, bevor er mit einem Nicken die Küche verlässt.

Erneut begutachte ich die heruntergekommene Einrichtung und lasse meinen Blick über die Schränke schweifen. In den Regalen haben wir schon alles auf den Kopf gestellt und nichts gefunden.

*Sollte ich noch einmal alles durchgehen und würde das überhaupt etwas bringen?*

Bisher war unser Besuch relativ mau verlaufen und keiner hat in der letzten halben Stunde etwas zu vermelden gehabt. Im Kühlschrank würde ich jedenfalls garantiert nicht nochmal nachsehen, wenn ich an die verschimmelten Nudeln zurückdenke, die wie Würmer dort drin herumzukriechen schienen.

Vielleicht ist es an der Zeit die Stockwerke zu wechseln – Sanders und Bush sollten sich diese Etage noch einmal vornehmen und Noah und ich die obere. Und falls dies auch nichts bringen würde, dann nichts wie nach Hause, da will Sanders ja bekanntlich sowieso hin. Während ich unser weiteres Vorgehen im Kopf plane, merke ich wie ich meine Hand zur Faust geballt habe und mir auf die Zähne beiße, sodass mein Kiefer schon zu schmerzen beginnt. Hastig lockere ich meine Anspannung, indem ich zweimal tief und ruhig durchatme.

Es ist unfassbar, wie wütend es mich macht, umsonst Michaels ausgelegter Spur so naiv nachgegangen zu sein.

Vermutlich lacht er sich gerade irgendwo ins Fäustchen, während wir verzweifelt im Chaos nach Hinweisen wühlen.

*War es tatsächlich sein Plan, dass uns hoffentlich, dass Dach auf den Kopf fällt und uns alle begräbt?*

Wenn er uns hätte ausschalten wollen, hätte er allerdings schon ganz andere Gelegenheiten ergreifen können, immerhin sind mein und Noahs Wohnsitz für ihn kein großes Geheimnis mehr.

*Oder wollte er uns extra hierherlocken, damit wir einige Zeit beschäftigt sind und er uns neue Rendezvous durch die Fenster werfen kann?*

Ich spüre schon wieder, wie ich zornig die Faust balle.

Ich seufze.

Wir sind nun hier, also suchen wir jetzt auch! Ich gehe ein paar Schritte zurück und stehe nun im Türrahmen der Küche, um diese in ihrer Gesamtheit zu betrachten und plötzlich fällt mir etwas ins Auge. Wir waren so darauf versessen, dass wenn etwas hier von Michael platziert worden wäre, es sich entweder gut sichtbar oder versteckt in den Möbeln befinden musste. Nie ist uns in den Sinn gekommen, dass auch etwas am Haus selbst ein Geheimnis verbergen kann.

Doch nun, wenn ich den hohen Küchenschrank komplett betrachte, fallen mir die Schleifspuren an der Tapete und auf den Dielenbrettern auf – natürlich sind hier sowieso alle Böden und Wände in ziemlich schlechtem Zustand, doch diese Spuren sehen aus, als hätte jemand den Schrank erst vor kurzer Zeit einen halben Meter zur Seite und daraufhin wieder zurückgeschoben.

„Noah!", rufe ich in den Raum hinter mir, aus dem Geräusche reißenden Stoffes ertönen, als wäre Noah wirklich dazu übergegangen das Sofa komplett aufzureißen.

Das Geräusch verstummt und einen Moment später höre ich ihn hinter mir fragen, was los sei.

Da ich mich immer noch nicht zu ihm umgedreht habe, deute ich nur auf meinen Fund und sage: „Hilf mir mal, den Schrank zu verschieben. Ich glaube, dahinter ist etwas."

Zu zweit schaffen wir es, das Monstrum eines Küchenschrankes Zentimeter um Zentimeter den Schleifspuren folgend zu bewegen.

An unsere vorherige Durchsuchung denkend, erinnere ich mich, dass in dem Schrank nicht nur Töpfe und Pfannen, sondern auch jegliche anderen schwereren Küchengeräte gelagert werden, weswegen der sowieso schon schwere Eichenschrank nun das Gewicht zweier alter Röhrenfernseher besaß. Zudem waren die Dielenbretter uneben und wir müssen aufpassen, nicht hängen zu bleiben und den Schrank umzustoßen, obwohl das vermutlich in diesem Haus eh nicht mehr auffallen würde.

Nach etwa zwanzig Zentimetern erkenne ich einen schwarzen Schlitz an der dahinterliegenden Wand zum Vorschein kommen und eine gefühlte Ewigkeit später liegt eine weitere Türöffnung frei.

„Du meine Güte", bringt Noah schnaufend hervor, immer noch von dem Schieben geschafft.

Auch ich staune nicht schlecht. Vor uns führt die Öffnung in der Wand über eine blanke Betontreppe in die Tiefe. Allerdings wird ab der sechsten Stufe das spärliche Licht aus der Küche geschluckt und was auch immer sich dort unten verbirgt, liegt in der Dunkelheit.

Feuchte, modrige Luft schlägt uns entgegen.

„Das muss der Keller sein", stellt Noah fest und ich nicke nur fasziniert von meiner eigenen Entdeckung. „Bush hat doch den Grundplan des Hauses vorher inspiziert, aber ich habe mich schon gewundert, wo der Eingang zu diesem Keller sein soll."

Ich antworte nicht, sondern knipse nur meine Taschenlampe an, die die ganze Zeit nutzlos an meinem Gürtel hing. Ich leuchte damit in die Dunkelheit und enthülle ebenfalls weiße Betonwände und einen weiterführenden Kellerraum.

Seltsamerweise schafft es die Taschenlampe nicht, das Schwarz ab der sechsten Stufe zu vertreiben und es dauert einen Moment, bis ich erkenne, dass der gesamte Keller unter Wasser zu stehen scheint – schwarzes Wasser, in dem jeglicher Müll und nicht identifizierbare Brocken herumschwimmen. Ich schlucke die mir aufsteigende Galle herunter. Auch Noah zieht sich angewidert von unserem geheimen Raum zurück.

„Wir müssen da runter", sage ich. „Was auch immer dort ist, Michael war selbst erst vor kurzem dort."

Neuer Ehrgeiz hat mich gepackt und nun will ich unbedingt weitermachen. Ich muss unbedingt wissen, was dort unten ist.

Noah scheint mit sich zu ringen, ob er – oder besser gesagt seine Nase – wirklich dort hinunterwill.

„Warte kurz", sagt er schließlich. „Ich hole schnell Bush und Sanders. Ich möchte ihre Meinung dazu wissen."

Mit diesen Worten verschwindet er aus der Küche und ich bin allein. Ich starre erneut in das dunkle Kellergewölbe und höre irgendwo etwas in das brackige Wasser tropfen – vermutlich sind die defekten Rohrleitungen schuld an diesem Schlamassel.

Da von Noah und den anderen noch nichts zu hören ist, beschließe ich, wenigstens schon mal bis zur letzten trockenen Stufe hinunterzugehen.

Ein kleiner Blick kann ja nicht schaden, denke ich und mache den ersten Schritt.

Die Luft wird mit jeder Stufe feuchter und auch der Gestank nimmt rapide zu. Ich halte den Atem an und stehe nun auf der letzten Stufe. Zu meinen Füßen erstreckt sich das braune Meer. Ich schwenke meine Taschenlampe durch den Raum, zumindest vermute ich, dass es nur ein Raum ist. Er scheint so groß zu sein, dass er die gesamte Fläche des Hausgrundstücks abdeckt. Der Schein meiner Taschenlampe reicht etwa sechs Meter weit, ehe das Licht von der Dunkelheit geschluckt wird. Im Sud vor mir schwimmen morsche Bretter und noch mehr Müll. Doch Möbel, seien sie auch in noch so schlechtem Zustand, finde ich keine vor. Ich will mich gerade wieder umdrehen, um nachzusehen, wo die anderen bleiben, als etwas im Licht meiner Lampe reflektiert, irgendwo vor mir in dem Schwarz, das meine Taschenlampe nicht zu erleuchten vermag.

Ich strecke meinen Arm aus und versuche so, das Etwas in den Lichtraum zu rücken, doch es bleibt verborgen in den Schatten.

Abschätzend schaue ich auf das Wasser vor mir, dann wieder an die Stelle mit dem reflektierenden Ding.

*Wie hoch ist eigentlich der Pegel?*

Der Höhe der Decke nach zu urteilen nicht mehr als einen halben Meter.

*Soll ich es wagen?*

Es wäre zugegebener Maßen ziemlich leichtsinnig, schließlich bin ich allein und meine Verstärkung weiß nichts von meinem Vorhaben.

*Platsch!*

Mit einem Schritt versinke ich knietief in der Pampe. Mein Drang, das Etwas zu inspizieren, gewinnt die Oberhand. Wie eine Elster zieht mich das Glänzen an und nun klatscht auch mein zweites Bein in die Suppe. *Einfach nicht drüber nachdenken*, denke ich und versuche, den benebelnden Geruch auszublenden, der mir jetzt säuerlich in die Nase steigt. Mit watenden Schritten kämpfe ich mich langsam geradeaus vor, wobei nicht erkennbare Bröckchen meine Waden streifen. Irgendwo zu meiner Linken wird das Tropfen lauter, doch das interessiert mich im Moment nicht. Ich unterdrücke ein Würgen, als eine tote Ratte an mir vorbeitreibt. Ihr Bauch ist offen und ihre Gedärme präsentieren sich mir in fleischigstem rosa. Schockierender Weise werde ich den Eindruck nicht los, dass etwas an ihr noch geknabbert hat.

Einen Moment bleibe ich reglos stehen und lausche, doch alles ist still. Endlich taucht das reflektierende Etwas vor mir im Licht der Lampe auf. Das ominöse Ding ist in Wirklichkeit eine silberne Kassette auf einem kleinen Beistelltisch, der ebenfalls halb in der Brühe versunken ist. Allerdings sieht dieser und auch die Kassette nicht so aus, als würden sie aus diesem Haus stammen. Im Gegenteil, sie wirken auf mich eher, als hätte sie jemand bewusst dort platziert.

Mein Herz beginnt zu rasen und ich sehe mich erneut im Keller um. Langsam lasse ich den Lichtkegel der Taschenlampe umherschweifen.

Ein Geräusch hinter mir lässt mich zusammenzucken. Reflexartig knipse ich die Lampe aus und drehe mich um. Im Kellereingang steht eine dunkle Gestalt auf der vorletzten Stufe und blickt genau in meine Richtung.

Da das Licht aus der Küche ihr in den Rücken fällt, kann ich ihr Gesicht nicht ausmachen, doch sie ist eindeutig männlich. Mein Herz rutscht mir in die Hose, als der Mann plötzlich meinen Namen ruft. Ich blinzle einige Sekunden irritiert.

*Die Stimme kenne ich!*

Doch mein Gehirn hat scheinbar gerade Probleme, die Informationen zu verarbeiten, was auch nicht verwunderlich ist in einer solchen Situation.

Noch einmal fragt der Mann: „Kim?" und endlich rastet etwas in meinem Oberstübchen ein.

Ich knipse die Lampe sofort wieder an und Erleichterung macht sich in mir breit.

„Noah!", rufe ich zurück. Noah starrt mich fassungslos vom sicheren Treppensatz aus an. „Was zur Hölle tust du da?"

Nun höre ich auch Sanders und Bushs Stimmen von irgendwo hinter ihm.

„Ich ... Ich habe etwas entdeckt", rufe ich aufgeregt. „Es ist gleich hier, warte kurz, dann ...", doch ich komme nicht dazu, den Satz zu vollenden, denn in diesem Moment taucht plötzlich etwas neben meinem rechten Bein auf und ein Gesicht kommt zum Vorschein. Die Haut ganz verquollen, die Haare verfilzt und der Mund verzerrt zu einem stummen Schrei.

Nein, nicht stumm, denn jemand schreit tatsächlich.

Der Laut kommt definitiv aus meinem eigenen Mund, doch ehe ich handeln kann, wird um mich herum alles schwarz.

Langsam kehrt die Realität wieder zurück. Ich sitze mit nasser Kleidung in ein Handtuch gewickelt halb in einem Streifenwagen. Die Tür ist offen und meine Beine hängen träge aus dem Auto. Vor mir erhebt sich dieses verfluchte Haus und auch Noah kniet dort und blickt mit besorgter Miene zu mir hoch.

„Alles in Ordnung?", fragt er mich und dann: „Was zur Hölle hast du dort unten gemacht?"

Hat er mich so etwas ähnliches nicht schon einmal gefragt, überlege ich und nur schwammig kommen die Erinnerungen an den Keller wieder hoch. Doch kaum sind sie da sprudeln sie nur so auf mich ein. Die Kassette – das Wasser – die Leiche!

„Noah ... Ich ..." Ich versuche, mich aufzurichten, doch Noah drückt mich sanft, aber bestimmt, wieder zurück in den Sitz.

„Es ist alles geregelt", verspricht er mir.

In diesem Augenblick stößt auch Martin Bush zu uns.

„Sanders hat die Stadt soeben informiert, doch die scheint nicht sehr erfreut über Leichen im Keller", erzählt er sogleich und grinst mich schief an. Verwirrt blicke ich zu Noah.

„Yep, du hast wirklich eine Gabe. Eine Gabe, das Grauen anzuziehen", witzelt dieser nun ebenfalls und ich glaube, kurz vor einem Systemfehler zu stehen.

Wie können die beiden nur so gelassen bleiben? Immerhin habe ich gerade ein weiteres Opfer Michaels gefunden.

Noah sieht mir meine Verwunderung an und klärt mich auf: „Die Tote ist schon ziemlich lange tot, Kim. Sie gehört nicht zu unserem Fall, könnte allerdings Anlass geben, alte Akten im Verschwinden einiger Frauen in dieser Umgebung um 2008 wieder auszugraben."

„Wer die Leiche ist, kann noch nicht eindeutig festgestellt werden, allerdings scheinen da unten noch weitere zu verwesen." Ich denke zurück an das dunkle Wasser und den fürchterlichen Gestank und bevor ich es kontrollieren kann, erbreche ich mich auf die Straße. Noah, der einen Schritt zurückgegangen ist, legt mir nun mitfühlend die Hand auf die Schulter und schickt Bush los, mir etwas zu trinken zu holen.

Nachdem ich mich circa zehn Minuten später wieder einigermaßen gefangen habe und mir Noah berichtet hat, wie ich durch den Schock ohnmächtig geworden bin, wird nun einiges klarer. Als ich ins Wasser gestürzt bin, ist Noah sofort hinterher gesprungen und hat mich zum Glück wieder aus dem Sud gefischt. Die anderen Beamten in Zivil, die im Viertel Wache gehalten haben, wurden umgehend informiert und bergen nun die restlichen Kadaver.

Ich sitze mit dem Kopf an die Sitzlehne gelehnt immer noch im Streifenwagen und denke an eine warme Dusche. Noah kommt ebenfalls wieder auf mich zu, nachdem er einiges mit den anderen Polizisten und Kommissar Sanders geklärt hat. Etwas silberglänzendes in seinen Händen erweckt mein Interesse und ich richte mich auf. Er hält mir die Kassette aus dem Keller hin.

„Du hast sie gefunden, also solltest du auch die Ehre haben, sie als erste zu öffnen."

Mit kalten Fingern nehme ich sie entgegen und betrachte sie von außen. An sich ist sie nicht auffällig, einfach eine silberne Metallkiste mit einem Schnappschloss. Vorsichtig öffne ich meinen kleinen Schatz und blicke neugierig ins Innere. Auch Noah neigt den Kopf, um hineinsehen zu können.

Ich weiß nicht, was ich erwartet habe – dies hier allerdings nicht. Ein kleiner Zettel liegt in ihrem kahlen Gehäuse und auf diesem steht in einer einzigen Zeile:

Hallam Avenue 72

\*\*\*

Mit gezogener Waffe betreten Noah und ich das Haus, jeder bereit, sich im Ernstfall vor den anderen zu werfen. Ein vertrauter Geruch brennt mir beim Hineingehen in der Nase und verursacht einen Niesreiz, den ich allerdings unterdrücke, um unsere Anwesenheit nicht preiszugeben. Von außen sieht das Haus in dem Neubaugebiet nicht auffälliger aus als seine Zwillinge.

Eine weiße Villa gleicht fast der nächsten und auch die penibel gepflegten Gärten sind nur durch die unterschiedlichen Buchsbaumschnitte zu differenzieren. Als wir davor gestanden haben, sah alles so friedlich – so unbefleckt perfekt aus. Doch wie ich in meinem Job schon häufig erkennen musste, kann der äußere Schein leicht trügen und die eigene Wahrnehmung beeinflussen. Schaut man ein zweites Mal etwas genauer hin, ist zu erkennen, dass der Grünschnitt des Nachbarn doch ein wenig schief steht und hinter den sauberen Pastellvorhängen im Haus gegenüber die neugierige Nachbarin versucht, einen Blick auf das Geschehen zu erhaschen.

Zugegebenermaßen kommt es in so einer feinen Gegend wohl auch nur selten vor, dass sich der freundliche Nachbar als ein psychopathischer Serienmörder entpuppt. Aber wie eben erwähnt: Auf den zweiten Blick hat jeder ganz schnell ein paar Leichen im Keller.

„Viel Erfolg", hat uns Sanders noch gewünscht, bevor wir die Illusion der Vorzeigegegend mit unseren Waffengürteln und den Funkgeräten brächen.

*Draußen wartet Unterstützung, draußen herrscht weiterhin Sicherheit und Frieden*, habe ich mir ins Gedächtnis gerufen, bevor wir über die Schwelle getreten sind, und habe mir selbst das stumme Versprechen gegeben, heil, mit Noah an meiner Seite in diese Sicherheit zurückzukehren.

*Diesmal wird es anders werden. Niemand würde kurz vor der rettenden Freiheit sterben, hörst du Colin, diesmal wird es gutgehen.*

Das Innere des Hauses ist eine Welt für sich. Der Flur ist in schlichtem Weiß gehalten und auch die modernen Möbel wirken wie aus dem Katalog. An sich nett anzusehen, dennoch habe ich noch nie ein Zuhause betreten, welches so leblos wirkt wie dieses. Keine Papiere auf der Kommode, keine abgetretenen Schuhe in der Diele und die Vase mit einer einzelnen gelben Chrysantheme wirkt fremdartig arrangiert. Noah deutet mir, rechts abzubiegen, während er die linke Seite nimmt. Ich gelange offenbar in das Wohnzimmer, aber auch dieses macht auf mich einen unpersönlichen und kühlen Eindruck. Selbst der blanke Boden glänzt unnatürlich, sodass es mir vorkommt, ich laufe auf Eis und könne jeden Moment ausrutschen.

Mit Argusaugen inspiziere ich den vor mir liegenden Raum. Die Bilder über der weißen Couch zeigen mit Tusche gemalte Frauen, doch jeder von ihnen fehlt der Kopf, an dessen Stelle strömen schwarze Vögel, Schlingpflanzen oder widerliche Insekten aus dem Körper hinaus.

Nur gut, dass ich keine Ahnung vom Kunstmarkt besitze und mir daher nicht weiter den Kopf darüber zerbrechen muss, ob sich mir nun eine Genialität der Zeit oder ein geschmackloses Werk eines unbekannten Sternchens präsentiert.

Einzig ein dicker schwarzer Schreibtisch am Fenster bricht das triste Farbschema und sticht heraus wie ein Fremdkörper.

Immer noch wachsam überlege ich einen Moment, was Michael wohl für ein Mensch im privaten Leben ist – ein äußerst ordentlicher, wie nicht zu übersehen ist.

*Was in der Tat ein starker Kontrast zu seiner perfiden Vorliebe, andere auf grausamste Art abzuschlachten ist,* überlege ich weiter und merke, wie mir ein Schauer über den Rücken läuft. Ich hoffe bloß, dass bei Noah gerade alles okay ist. Bisher ist alles ungewöhnlich still. Einen Augenblick später habe ich das Wohnzimmer vollständig durchquert und stehe vor einer verschlossenen Tür.

Vorsichtig und so leise wie möglich – was sich als durchaus schwieriger gestaltet, denn um eine Tür lautlos zu öffnen, bedarf es zwei freier Hände – drücke ich die Tür auf und stehe in einem kleinen Abstellraum. Regale voller Kartons füllen das kleine Zimmer aus. Aus reiner Neugier öffne ich einen und kann nicht genau beschreiben, was ich erwartet habe. Vielleicht hässliche, sterile Weihnachtsdeko, welche zu der kalten Wohnung passen würde oder doch die abgeschnittenen Körperteile weiterer Opfer in gammelnden Einmachgläsern eingelegt?

Aber ich finde natürlich nichts dergleichen, sondern einen großzügigen Vorrat an lila Briefumschlägen.

Ich habe scheinbar Michaels kleines Vorratslager ausfindig gemacht.

*Auch nicht besser*, denke ich und schließe den Pappdeckel wieder.

Wie oft ich schon solch einen Umschlag in den Händen gehalten habe, nicht wissend, was mich mit dem Öffnen erwarten würde?

Letztendlich haben sie mich hierhergelockt.

Mit einem mulmigen Gefühl verlasse ich die Abstellkammer wieder und bleibe wie angewurzelt stehen.

*Eine Spiegelung*, denke ich, weiß jedoch, dass es sich bei der Gestalt vor mir um Michael handeln muss. Diese intensiven blauen Augen scheinen mich wie scharfe Messer zu durchdringen, als könne man ihnen nichts verheimlichen und sie würden einem auch nichts verzeihen.

Außerdem trägt Michael natürlich auch keine Polizeiuniform, sondern einen adretten Aufzug aus schwarzem Rollkragenpulli, Hose und einem grauen Jackett. Noch angespannter wird die Situation, als Noah nun auch das Wohnzimmer betritt, nachdem seine Suche im anderen Teil des Gebäudes wohl erfolglos verlaufen ist. Zum ersten Mal sehe ich, beide Brüder innerhalb derselben Sphäre wandeln.

*Das gleiche Gesicht, fast dieselbe Person*, erinnere ich mich an das, was Noahs Vater zu uns gesagt hat.

Doch in einem Punkt sieht man die verschiedenen Charakterzüge der beiden auf einen Schlag. Obwohl Noah im Moment genauso böse dreinschaut wie Michael, lassen sich in seinem Blick Emotionen wie Liebe, Vergebung und Gutmütigkeit erkennen, die ihn menschlich wirken lassen, während Michaels Augen eiskalt sind. In seinem Blick spiegelt sich nichts wider als Hass und Ignoranz.

Die beiden betrachten sich eingehend – Noah mit erhobenem Pistolenlauf in der Wohnzimmertür, Michael wie ein Racheengel in der Raummitte stehend. Die Luft ist zum Zerreißen gespannt. Keiner sagt ein Wort und doch wirkt es so, als gäbe es zwischen den beiden einen nonverbalen Austausch.

Unbeteiligt daran stehe ich mit gezogener Waffe vor der noch offenen Kammertür und lasse die Situation mit einer angemessenen Portion Misstrauen auf mich wirken.

„Sieh an. Du sollst also eine Kopie von mir sein?", höhnt Michael und fährt nun mit einer Art der Kommunikation fort, die ich auch verstehen kann.

Obwohl die Wortwahl Michaels nicht gerade freundlich, sondern vielmehr abwertend klingt, bleibt Noah cool und antwortet lässig: „Wenn dann du von mir. Laut Akte bin ich doch der Ältere."

Meine Angespanntheit löst sich ein wenig. Wenn Noah es schafft, in Anbetracht dieser Lage sarkastisch zu bleiben, kann auch ich einen kühlen Kopf bewahren.

„Und du hast unsere Mutter umgebracht und unseren Vater zum Trinker gemacht, bevor du ihm eine Kugel in die Brust geschossen hast", schmettert ihm seiner Kopie entgegen.

Noah zuckt.

„Du hast Schuld an dem Tod unserer Eltern. Meiner Eltern. Du bist verantwortlich für das Leben, das ich leben musste. Für all die entsetzlichen Jahre mit diesem Abschaum von Erzeuger."

Noch immer unfähig etwas zu sagen, steht Noah seinem Bruder im Wohnzimmer gegenüber.

Ich sehe, wie sich sein Kiefer bei diesen Worten anspannt und sich seine souveräne Haltung zu versteifen beginnt. Vermutlich kommen ihm gerade die letzten und gleichzeitig auch die ersten Momente mit seinem Vater in den Kopf, ehe er die Kugel abfeuerte und das Blut den schmutzigen Sessel verfärbte.

Selbst mir hat sich diese Szene tief ins Gedächtnis eingebrannt. *Wie musste es dann wohl erst Noah ergehen?*

„Niemand ist schuld daran, dass eure Mutter gestorben ist. Es war ein schrecklicher Zufall", versuche ich zu vermitteln und bereue instinktiv meine Worte.

„Schrecklicher Zufall? Dann ist das wohl auch ein schrecklicher Zufall", sagt er und zieht plötzlich eine Waffe unter seinem Jackett hervor. Im selben Moment schlage ich mir innerlich ins Gesicht.

*Anfängerfehler*, denke ich. Deshalb dürfen Polizisten, die emotional zu sehr in dem Fall drin sind, nicht daran arbeiten. Nur einen Augenblick, einen Scheißaugenblick war ich unaufmerksam, als ich gesehen habe, wie Michaels Worte Noah wie die Faust aufs Auge getroffen haben. Ich habe doch tatsächlich meine Aufmerksamkeit vernachlässigt und meine Waffe – UNBEWUSST! – sinken lassen, sodass diese nun auf den Boden vor Michaels Füßen gerichtet ist anstatt auf Michael selbst. Noah räuspert sich und ich erfasse die Chance, in der Michael zu Noah blickt, um meine Waffe wieder zu richten. Nun ist der Lauf der Pistole wieder auf Michaels Brust ausgerichtet.

Als dieser jedoch den Trick bemerkt und checkt, dass er zwischen mir und Noah in der Falle sitzt, da er seine Waffe nur auf einen von uns richten kann, geht alles ganz schnell. Er zielt auf mich und drückt ab. Ich springe zur Seite, während er gleichzeitig den Tisch umschmeißt, der neben ihm steht, sodass er einen Feuerschild gegen die Kugeln hat, die ich nun ebenfalls den seinen folgen lasse.

Jedoch ist Michael schnell genug und verkriecht sich hinter der Arbeitsfläche des Schreibtisches, sodass sich auch Noahs Kugeln bloß in das massive Holz bohren.

Mittels einiger großer Schrittsprünge hetze ich in Noahs Richtung und stöhne, als ich ungebremst gegen den Schrank im Flur springe, um der mir nachfolgenden Kugeln auszuweichen.

Ich federe den Fall mit meinem Dickschädel an der hässlichen Kommode ab und gehe zu Boden. Nachdem die Sterne, die um meinen Kopf tanzen, verschwunden sind, ohne dass ich zählen konnte, wie viele es waren, sammle ich mich und positioniere mich neu an der Ecke. Ich stehe nun unmittelbar in Noahs Nähe und wir bilden wieder eine Einheit, während Michael keine Fluchtmöglichkeit mehr hat. Wir haben ihn erfolgreich in die Ecke gedrängt. Selbst wenn er versuchen sollte, aus dem Fenster zu fliehen, würde er draußen in unsere Kollegen rennen und wäre ihnen sofort ausgeliefert.

Ich hebe meinen rechten Arm hoch, um Michael ins Visier zu nehmen, doch spüre im selben Moment, die Nachwirkungen des Aufschlags auf dem harten Boden.

Ein pochender Schmerz durchströmt meinen Oberarm und breitet sich wellenartig auf der ganzen Seite aus.

Erneut kann ich kein Stöhnen unterdrücken, um meinem Schmerz Ausdruck zu verleihen. Doch auf einmal steigt mir erneut dieser unangenehme Geruch in die Nase, der mich schon die ganze Zeit durch das Haus begleitet. Ich kenne diesen Gestank, ich weiß, was das ist ...

Die Dämpfe allerdings benebeln meinen Verstand, außerdem habe ich keine Zeit, darüber nachzudenken, sondern spähe um den Türrahmen ins Wohnzimmer und kann für einen kurzen Moment Michaels Kopf sehen, den er jedoch viel zu schnell wieder hinunterzieht, hinter den Tisch. Noah hat sich wohl auch einen Ort gesucht, an dem er genug Schutz vor fliegenden Kugeln hat.

Ich zwinge meinen Kopf, den Schmerz und alles weitere zu ignorieren und auf Hochtouren zu arbeiten, um einen Plan zu entwickeln, mit dem ich Michael aus seinem Versteck hervorlocken kann. So ein Mist, dass ich Noah nicht sehe. Eine Absprache fände ich jetzt wirklich prima.

„Sie haben zwei Möglichkeiten: Entweder legen Sie die Waffe nieder, kommen friedlich mit erhobenen Händen aus Ihrem Versteck heraus und stellen sich oder wir bleiben noch eine Weile in dieser Konstellation und halten Kaffeekränzchen. Dann allerdings werden wir die Verstärkung anfunken und Sie werden dann ganz schnell gewaltsam festgenommen. Zwei Szenarien, ein Ziel", stelle ich Michael vor die Wahl.

„Fahr zur Hölle!", ruft er ungehalten.

Im Hintergrund seiner Stimme ratscht etwas.

„Kim, lauf!", schreit Noah. „Raus hier."

Verwirrt, was ich machen soll, hocke ich noch immer hinter dem Türrahmen.

„Hier fliegt gleich alles in die Luft!"

*Fight or flight*, heißt es in meinem Kopf und ohne, dass ich mich bewusst dazu entscheide, bewegen sich meine Beine und ich laufe Richtung Haustür. Nur wenige Sekunden später ertönt hinter mir ein lautes Knallen.

***

Wie Rosenranken an einem Gartentor schlängeln sich die Feuersäulen die Vorhänge hinauf und nehmen den Raum, in dem ich eben noch einer Schießerei standgehalten habe, fast vollständig ein.

Erstarrt stehe ich auf dem Kies der geräumigen Einfahrt, auf der zwei Mustangs zur Show stehen, sodass ein jeder, der hier in diese Nobelgegend kommen sollte, direkt sehen kann, in welcher Preisklasse sich die Bewohner bewegen.

Durch die Explosion fühlt sich mein Kopf seltsam leer an und außer einem stetigen Pfeifton in meinem Ohr ist alles ruhig. Eine unerschütterliche Angst macht sich in mir breit, deren Ungewissheit mich quält.

„Noah", keife ich von draußen ins Haus, wobei sich meine Stimme dumpf und wie von weit entfernt anhört.

Meine Beine verlieren den Halt, sodass ich auf den Kies sacke.

Gleiches Szenario, andere Umstände. Statt Blut, das an den Fensterscheiben klebt, verschleiert der schwarze Rauch meine Sicht, während die Feuerzungen auch schon an den oberen Stockwerken zu lecken beginnen.

*Diesmal sollte es doch anders verlaufen ...*

„Die Feuerwehr ist alarmiert, Foster. Geht es Ihnen gut?"

Irritiert hocke ich in der Einfahrt und erst jetzt nehme ich meine Umgebung um mich herum wahr. Das Klingeln in meinen Ohren wird leiser und wie ein Schwall kaltes Wasser bricht eine Flut an Geräuschen über mich herein.

Überall laufen Polizisten umher, ihre hektischen Schritte knirschen unangenehm auf dem Untergrund, laute Rufe und Anweisungen werden durch den Hof gebrüllt und vermischen sich mit dem bedrohlichen Knistern und Knacken des Feuers.

Ich schaue zu dem Polizisten, der sich über mich gebeugt hat und erkenne Sanders. Sein Blick spiegelt Besorgnis wider und zum ersten Mal glaube ich, Angst in seinen sonst so abschätzenden Augen zu erkennen.

„N-Noah", stammle ich und muss meine Worte bei dem Lärm fast schreien, damit er mich versteht.

„Er ist noch da drin." Von irgendwoher ertönt das noch leise Geräusch einer Sirene, doch es wird immer lauter, je näher es kommt.

Ich habe das Gefühl zu fallen und schwarze Punkte tauchen vor meinen Augen auf. Ich blinzele heftig, um sie zu vertreiben und spüre, wie etwas Feuchtes an meiner Wange herunterläuft, doch ich kann nicht sagen, ob es Blut oder Tränen sind.

Vielleicht war mein Sturz gegen die Kommode doch schlimmer, als ich es zuerst angenommen habe. Letzten Endes ist es mir jedoch gleich.

Voller Angst, die mich beinahe zu lähmen droht, stehe ich da, den Blick auf das brennende Haus gerichtet. Unbewusst fasse ich mir an meinem Hals und stelle erschrocken fest, dass auch meine Kette fehlt, die ich eigentlich nur in dem Haus verloren haben kann, welches jetzt in lichterlohen

Flammen steht und mit seinem Funkenregen die Nacht erhellt.

„Kommissar Sanders", ruft auf einmal ein junger Beamter und kommt hektisch gestikulierend hinter dem Haus hervor gesprintet. „Er ist dort hinten, kommen Sie schnell. Und jemand muss sofort einen Krankenwagen rufen"
Eine weitere Panikwelle schwappt über mich hinweg.

„Oh mein Gott", hauche ich noch immer zitternd an Noahs Ohr, aus dessen Umarmung ich mich gar nicht mehr lösen will. Lang genug hat es gedauert, dass ich endlich zu ihm gelassen worden bin.
Wie ich von ihm erfahren habe, hat sich Michael, unmittelbar nachdem ich aus der Villa gestürzt bin, versucht, Noah und sich selbst in die Luft zu jagen. Doch während es Michael offenbar zerriss, hat es Noah noch rechtzeitig in den Flur und aus der Gefahrenzone herausgeschafft. Als er jedoch durch das sich rasch ausbreitende Feuer nicht mehr die Eingangstür erreichen konnte, suchte er sich einen anderen Ausweg, dicht gefolgt von Flammen und Rauch. Dieser stellte sich im Endeffekt als ein Küchenfenster im hinteren Teil des Hauses heraus. Keine Minute später ist das Dach eingestürzt aufgrund der instabilen Wände, die durch das Feuer fast vollkommen vernichtet worden sind.
Auch die Rettungskräfte haben nach der Löschung Probleme, ihren Weg durch Schutt und Asche zu finden.
Kaum ist Noah draußen gewesen, steuerten auch schon direkt die Rettungskräfte auf ihn zu und nahmen ihn in ihre Obhut. Er hat zwar viel Rauch eingeatmet, aber eine

schwerwiegende Vergiftung kann ausgeschlossen werden, so das Urteil der Ärzte.

Nachdem das Adrenalin schließlich nachlässt, sacke ich zusammen wie eine erschossene Hüpfburg.

Noah hält mich fest, während die Feuerwehrleute immer noch mit der Bergung beschäftigt sind.

Dass der merkwürdige Geruch im Haus Benzin gewesen ist, hätte mir wirklich vorher auffallen können.

In der eintretenden Dämmerung verziehen sich die Schatten zu immer längeren abstrakten Formen und irgendwann ist es so dunkel, dass der Schein des letzten, verglimmenden Funkenflugs und das fröhlich blinkende Blaulicht zur einzigen Lichtquelle werden. Scheinwerfer werden aufgestellt und zerstören das skurrile Bild. Das grelle Licht leuchtet den Tatort aus, wie ein Bühnenbild und ich fühle mich auf einmal der Welt schutzlos ausgeliefert, wäre da nicht Noah, der mich immer noch nicht loslassen will.

Wie Motten werden auch Schaulustige angezogen, die neugierig die Hälse recken, um einen flüchtigen Eindruck auf das Schauspiel vor ihnen zu erhaschen. Mit der Absicht, als erste etwas zu erfahren oder etwas „voll Cooles" zu sehen, tummeln sich die Menschen hinter dem Absperrband. Und obwohl ein Absperrband zur Absperrung dient, müssen trotz alledem weitere Beamte, die bei Weitem besseres zu tun hätten, vor dem Band stehen und die Leute zurückhalten.

„Da", sagt Noah sanft und nickt in die andere Richtung. Vier Feuerwehrleute kommen mit einem schwarzen Leichensack, der in der Dunkelheit fast untergeht, heraus.

Wir springen hoch, um zu überprüfen, ob es das ist, was wir denken.

Vorsichtig öffnet ein Beamter des Teams die obere Seite des Sacks, sodass uns eine grauverzerrte Fratze entgegenstarrt.

Das Gesicht völlig entstellt, die Augen geschlossen, schauen an einigen Stellen noch blutrote Stellen unter der verkohlten Hautschicht und der Asche darauf hervor.

Ein weiteres Mal bin ich unendlich froh, dass wenigstens Noah es noch hinaus geschafft hat und nicht ebenfalls in so einem Sack mit verbranntem Fleisch geborgen werden muss.

Die Familien der Opfer allerdings werden jetzt niemals Gerechtigkeit empfinden, wenn im Gericht das Urteil „lebenslange Haft" gesprochen wird, da man einen Toten leider nicht mehr anklagen kann.

*Toller Plan*, denke ich. *Erst Menschen umbringen und dann sich selbst mit Benzin übergießen und hoffen, dass der eigene Bruder mit draufgeht.*

Erschöpft kehren wir zum Rettungswagen zurück, damit sich die Sanitäter noch einmal meine Verbände ansehen können. Ich bin also doch härter gestürzt, als ich dachte, denn ein schiefer Verband ziert meinen Schädel. Zum Glück handelt es sich nicht um eine schwere Gehirnerschütterung oder ähnliches, sondern bloß um einen schmerzhaften Aufprall mit Explosion im Anschluss. Das konnte schon mal für Verletzungen sorgen.

Sobald die Rettungshelfer gänzlich von mir ablassen, schaut mir Noah tief in die Augen.

„Bist du sicher, dass es dir gut geht?", fragt er mich und ich verdrehe die Augen so heftig, dass es kurz in meinem Kopf schmerzhaft aufzuckt.

„Wer ist hier mal soeben durch ein brennendes Haus spaziert. Es ist ein Wunder, dass du überhaupt noch alle Finger und Zehen besitzt."

Der Anflug eines Lächelns zieht seine Mundwinkel leicht nach oben.

„Das nächste Mal werde ich mir mehr Mühe geben, zu sterben. Versprochen." Nun muss auch ich lächeln.

„Unter steh dich, hörst du?"

Er neigt seinen Kopf an meine Lippen für einen zarten Kuss. Ein Räuspern schreckt uns auf und ich erkenne die Silhouette meines buckligen Chefs, der über das eben mit angesehene so gar nicht erfreut scheint. Doch zum ersten Mal ist mir dieser Kerl völlig Schnuppe und ich hebe bloß fragend die Augenbraue, ohne meine Hand von Noahs Schulter zu nehmen.

„Ich wollte Ihnen bloß mitteilen, dass gleich einige Leute auf sie zukommen werden, um sie erneut über das zu befragen, was sich im Haus zugetragen hat. Danach dürfen Sie nach Hause gehen."

Sein Blick ruht noch einen Moment auf mir, bevor er sich auf dem Absatz umkehrt und ohne ein weiteres Wort geht.

„Wahrscheinlich haben wir ihn gerade indirekt beleidigt", kichere ich und muss kurz darauf richtig lachen. Es tut gut. Auch Noah schmunzelt und macht schon einen deutlich gesünderen Eindruck als die Minute davor.

„Schaffst du das?", fragt er mich schließlich, nachdem unser Lachen verebbt.

„Was meinst du?"

„Die Befragung. Es ist schon spät und wir sind beide mit den Nerven am Ende."

Ich erwidere seinen Blick.

„Wir haben es bis hierhergeschafft, Noah. Eine Befragung mehr oder weniger macht jetzt auch keinen Unterschied mehr."

Und zusammen erwarten wir die Beamten für ein letztes Gespräch. In diesem Moment, mit Noah an meiner Seite und dem Blaulicht vor mir tanzend fühle ich mich unschlagbar und dem Schrecken der Welt endgültig gewachsen.

\*\*\*

„Prost!", hallt es zwischen den vielen Leuten in unserer Lieblingskneipe, in der wir zu unserem erfolgreichen Abschluss des Falles anstoßen.

Das „Beer me up!", nicht weitgelegen von unserem Präsidium, ist dafür der perfekte Ort.

Eine Polizistenbar, in der wir regelmäßig Erfolge von vor allem schwierigen und kräftezerrenden Fällen feiern.

Sie ist groß und wirkt mit ihrer Holzverkleidung warm und gemütlich, super geeignet, um einen schönen Abend mit Freunden, Kollegen und der Familie zu genießen. Die Lichterketten, die oben von der Decke hängen, tauchen das „Beer me up!" in ein warmes Licht und bieten mit den anderen Lampen eine gemütliche Atmosphäre.

Während Noah, Mia, Abby und ich an einem der Tische an der Wand sitzen und glücklich über den endlich beendeten Alptraum sind, hängen ein paar der anderen Kollegen an der Bar auf den schwarzen Sitzhockern, die mit unechtem Leder überzogen sind, und schütten ein Bier nach dem anderen in sich hinein, wobei sie zwischendrin auch mal ein, zwei Shots kippen.

„Geht es dir gut?", fragt mich Abby, Mias Ehefrau, die mindestens genauso besorgt um mich ist wie auch Mia. Fürsorglich, fast schon mütterlich, blickt sie mich an und greift meine Hand, die neben meinem Gin Tonic auf dem Tisch liegt.

„Ja, ja. Alles gut. Ich bin nur total erledigt und wirklich müde. Die letzten Tage waren wirklich verdammt hart", erkläre ich und ringe ihr damit ein kleines Schmunzeln ab, auch wenn die Besorgnis nicht aus ihrem Blick weichen mag. Noah legt seinen Arm um meine Schulter und zieht mich näher an sich heran, was Mia ein breites Lächeln entlockt.

Das laute Grölen und Sprechen von den Herrschaften an der Bar wird von einer kratzigen, tiefen Stimme untergraben, die mich alle Muskeln anspannen lässt: „Kim, herzlichen Glückwunsch zu Ihrem gelösten Fall."

„Danke, Sir. Ohne Mias Hilfe hätte ich es nicht geschafft und Noah hat auch seinen Teil dazu beigetragen", gebe ich so neutral, wie es geht, zurück. Anscheinend von unserer letzten Begegnung erholt steht nun der Chef des Präsidiums wieder sehr selbstbewusst vor mir. Sein Blick bleibt abschätzig an Noahs Gesicht hängen und geht dann Noahs

Arm entlang bis zu meiner Schulter, wo sein Blick entgeistert stehen bleibt.

„Ja, aber Sie haben schon die Hauptarbeit geleistet und sind auf jeden Fall mit der Leitung des Falls sehr professionell umgegangen. Sehr gut gemacht", lobt er mich weiter.

Mia räuspert sich.

Endlich schaut er auch auf die andere Seite des Tisches. „Sie müssen schon zugeben, dass Kim einen fantastischen Job gemacht hat. Wie sie das alles gehändelt und dabei stets souverän gewirkt hat. Unfassbar."

Mir klappt die Kinnlade herunter.

*Habe ich irgendwie etwas verpasst? Das er schräg ist, wusste ich vorher schon, aber das geht zu weit ...*

Er kann doch nicht mir die Lorbeeren für etwas geben, das durch Gruppenarbeit entstanden ist. Ohne Mia, Sanders, Kuti und Schmitz wäre Michael womöglich noch immer auf freiem Fuß und würde unschuldige Menschen malträtieren.

„Foster", knurrt Noah. Wieder schaut mein Chef Noah und seinen Arm, der immer noch um meine Schulter liegt, an. Ich denke mal nicht, dass Noah vorhat, seinen Arm wegzunehmen, schon allein aus dem Grund der Provokation. Ich habe aber auch nicht wirklich was dagegen, dass Noah mich als sein Besitztum – obwohl ich das eigentlich abgrundtief hasse – markiert. Es hält die Schmalzlocke auf Abstand und genau das ist in meinem Sinne.

„Wie bitte?", fragt er, ohne einen Zweifel daran zu lassen, dass er sich von Noah angegriffen fühlt.

„Für Sie heißt sie *Foster*. Sie sind ihr Chef", sagt Noah verärgert.

Er rümpft sich die Nase, ehe er antwortet: „Und was gibt Ihnen das Recht, mir sowas zu sagen?"

„Ich gebe mir das Recht. Was weiß ich, wie oft sie Ihnen schon gesagt hat, dass sie Foster heißt und trotz alledem nennen Sie sie immer noch Kim. Irgendwann reicht es auch mal. Ich weiß nicht, ob Sie es wirklich nicht checken oder nicht checken wollen, aber Kim will nichts von Ihnen. Sie können Ihr Machogehabe und Ihre unangebrachten Komplimente sonst wohin stecken und sie doch bitte endlich in Frieden lassen."

„So ein Umgangston mit seinem Chef wird Konsequenzen haben. Machen Sie sich auf etwas gefasst, Noah Jordan." Gedemütigt und voll Zornesröte macht er auf dem Absatz kehrt und verlässt unseren Tisch, ohne ihn noch einmal eines Blickes zu würdigen.

Ich schmiege mich an Noahs Schulter und murmle ein leises: „Danke!"

Ich wüsste nicht, ob ich jemals den Mut gehabt hätte, dem Chef meine Meinung zu geigen.

„Wie der Ritter in glitzernder Rüstung", quiekt Mia und kassiert dafür einen strafenden Blick ihrer Frau. „Was ist denn? Ich habe dir doch erzählt, wie toll die zwei zusammenpassen. Jetzt durftest du es endlich mal mit eigenen Augen sehen, Abby."

„Ja, aber denkst du nicht, dass es ihre Sache ist?", tadelt sie Mia.

„Ohne mich gebe es keine „ihre Sache". Du kennst doch Kim."

„Ey", werfe ich ein, bin aber ganz schnell wieder still, weil beide mich wohlwissend anschauen, dass ich ohne Starthilfe wahrscheinlich niemals einen Schritt gewagt hätte. Also erwidere ich bloß ein: „Danke."

„Wollt ihr zwei noch was?", frage ich, bevor ich aufstehe, um eine nächste Runde zu holen.
„Nein, furchtbar lieb von dir, aber ich denke, wir gehen lieber nach Hause."
„Alles klar." ich umarme erst Mia, dann Abby und sehe ihnen noch zu, wie sie ihre Jacken anziehen, ehe sie das „Beer me up!" verlassen.
„Ich komme mit an die Bar", meldet sich Noah hinter mir zu Wort.
„Ein Gin Tonic und ein Vodka on Ice", rufe ich dem Mann zu, der für die Bar allein verantwortlich zu sein scheint, da seine blonde Kollegin halb auf dem Tresen hängt, sodass man ihr auch aus der letzten Ecke der Kneipe in den Ausschnitt starren kann, und mit unserem Chef flirtet ... oder so.
Eher oder so.
Angewidert versuche ich wegzuschauen, wie sie sich gegenseitig versuchen, die Zunge bis in den Rachen zu schieben und sich dabei auffressen.
„Foster? Jordan?"
„Ah. Hallo, Sanders", begrüßt Noah den Kollegen und hebt kurz die Hand. Ich lächle zum Gruß freundlich, was sein grimmig reinguckendes Gesicht nicht wirklich erhellen mag.
„Mistbier. Mistkneipe. Misttag"", schnaubt er in seinen Bierkrug vor seinem Oberkörper.
„Wir haben die Mordreihe endlich aufgeklärt."
„Mistmorde. Misttäter. Mistleichen."

Ich gebe es auf, obwohl es irgendwie schon sehr unterhaltsam ist.

Sanders Gesicht erhellt sich jedoch, als Dajana Pavlovic zu uns dazustößt. Sie stellt sich neben ihn und legt ihren Kopf mit den roten Haaren an seine Schulter. Ich erinnere mich an das, was sie mir erzählt hat: Offen, liebenswert, gutmütig ... Vielleicht besteht ja doch noch Hoffnung für den griesgrämigen Misanthropen.

Nachdem wir unsere Getränke leergetrunken und bezahlt haben, verlassen auch wir das „Beer me up!". Hand in Hand schlendern wir hinüber zum Präsidium, sodass ich meine Tasche holen kann, bevor wir zusammen nach Hause fahren. Auf einmal bleibt Noah stehen. Um uns herum Wiese und Bäume, die fröhlich in dem Park wachsen, der zwischen Revier und Kneipe liegt. Der Kies knirscht noch unter meinen Füßen, bis auch ich zum Stehen komme.

„Kim?"

Erwartungsvoll schaue ich ihn an.

„Ich war nochmal bei dem Haus. Na ja, eigentlich ist es jetzt ja kein Haus mehr – nur noch eine baufällige Ruine, die noch immer nach dem vergangenem Feuer riecht. Das ist aber nicht das, worauf ich hinauswill. Das hier habe ich dort gefunden. Es lag unter einem feuerfesten Regal, das umgestoßen im ehemaligen Flur stand." Er hält mir meine Kette hin, an der der blaue Kristall fröhlich herunterbaumelt. „Du glaubst gar nicht, wie anstrengend es war, den sauber zu machen. Der ist so uneben, dass es an ein Wunder grenzt, dass ich sogar die kleinen, tiefen Ecken von dem Ruß befreien konnte."

„Danke, Noah. Das bedeutet mir viel."

Ich drehe mich um und halte meine Haare hoch, sodass er mir die Kette behutsam um den Hals legen und den Verschluss an meinem Nacken schließen kann.

Nach einem kurzen Moment der Stille, in dem wir uns ansehen, laufen wir weiter.

Der Kies und die Nachtigall ein paar Bäume weiter sind die einzigen Geräusche, die man um diese Uhrzeit im Park hört.

Ergibt irgendwo auch Sinn.

Welche Junkies und Teenager wären schon so dumm, sich in einem Park zu treffen, der zwischen einem Polizeirevier und einer Polizistenbar liegt?

Der Mond ist kaum zu sehen und so hängt alles von den paar Laternen ab, die den Park in ein schwaches Orange tauchen.

„Sind Elena und Nicky eigentlich wieder bei deinen Eltern oder passt Chiara heute auf die zwei auf?"

„Chiara?", fragt mich Noah verwirrt.

„Das Nachbarsmädchen, was manchmal auf die zwei aufpasst", erkläre ich in der Hoffnung, er findet raus, wen ich meine, obwohl ich offensichtlich einen falschen Namen im Kopf habe.

„Wir haben keine anderen Kinder, die im selben Haus wie wir wohnen und ich kenne auch keine Chiara. Wie kommst du denn darauf?"

„Bei unserer aller ersten Verabredung im „La Viletta", meine ich, hast du gesagt, dass eine Chiara oder wie auch immer auf die zwei aufpasst, weil Elena doch krank war."

Entgeistert bleibt Noah stehen und starrt mich an.

„Kim?"

„Ja?"

„Geht es dir gut? Du musst, glaube ich, dringend ins Bett. Wir sind nur einmal im „La Viletta" gewesen. Als Elena krank war, habe ich dir doch abgesagt." In seiner Stimme schwingt Besorgnis mit.

„Hä, aber du bist dann schließlich doch noch gekom... Du bist kein Nudel-Fan, oder?"

„Nein. Wie kommst du jetzt auf das Thema?"

„Wie sieht es mit teurem Wein aus?"

„Ich bin eher der Champagner- und Sektmensch. Wein mag ich nur als Glühwein verkleidet. Aber waru..."

„Oh mein Gott! Noah!"

Mein Atem wird immer schneller und meine Lungenflügel blasen sich so weit auf, dass ich Sorge trage, sie platzen gleich. Schweißperlen bilden sich an meiner Schläfe und mir wird auf einmal abwechselnd kalt und heiß. Die Welt um mich herum dreht sich, scheint so weit weg zu sein und doch so nah bei mir. Ich hyperventiliere und Noah hält mir seine Hand vor den Mund, weil er keine Tüte griffbereit hat und irgendwie versucht, meine Atmung unter Kontrolle zu bekommen.

„Kim? Was ist denn los? Sprich mit mir. Bitte!" *Verzweiflung!*

„M... Michael", spucke ich den Namen aus.

„Wo?" Mit der einen Hand am Holster und der anderen an meinem Arm springt er herum, obwohl Michael im Feuer umgekommen ist.

„Nein, er war es."

„Das wissen wir. Deswegen ist der Fall jetzt doch abgeschlossen."

„Nein, ich war mit ihm Essen. Ich dachte, wir wären zweimal im „La Viletta" gewesen, aber anscheinend war ich das erste Mal mit ihm und nur das zweite Mal mit dir", beruhige ich mich langsam wieder, obwohl mich diese Erkenntnis trifft wie eine Bombe.

Er war mir so nah. Und dass schon am Anfang der Ermittlung. Ich will gar nicht daran denken, was er alles mit mir hätte machen können und wie oft wir uns in Echt begegnet sind und ich ihn stets für Noah gehalten habe.

Tröstend legt Noah seine starken Arme um mich und ich lege mich weinend in die Umarmung hinein.


Ein Summen aus meiner Hosentasche lässt mich kurz aufschrecken. Ich hole mein Handy hervor und blicke auf den Bildschirm. Neben ein paar verpassten Anrufen meines Chefs, der sich gerade noch mit der Frau von der Bar vergnügt, zeichnet sich eine Benachrichtigung einer unbekannten Nummer auf meinem Display ab.

Ein winziger Funke von Angst entfacht meinen Körper. Ich spüre wie die Kälte, die mich vorhin noch zitternd die Straße entlanglaufen lassen hat, aus mir weicht und von der nackten Panik verdrängt wird.

*Michael ist tot! Michael ist tot! Michael ist tot!*, denke ich und versuche, mich nur auf diesen Gedanken zu konzentrieren. *Tot.*

„Kim, alles gut?", zieht mich Noahs Stimme zurück ins Hier und Jetzt.

„Ja, ja", antworte ich so beiläufig wie möglich, den Blick noch immer auf mein Handybildschirm geheftet.

*„Wem gehört diese Nummer?"*, frage ich mich und tadle mich im selben Moment dafür, so schreckhaft und paranoid zu sein. Michael ist tot und das wird er auch bleiben. *Sei kein gottverdammter Schisser und öffne die Scheißnachricht!*

Hi :)
Danke, dass du die letzten Tage für mich da warst. Das hat mir wirklich sehr geholfen.
Liebe Grüße
Elena

„Kim?", hakt Noah nun nach, der noch immer vor mir steht und mich besorgt ansieht.
„Ja, tut mir leid. Elena hat mir gerade geschrieben."
„Meine Elena?"
„Welche sonst?", sage ich sarkastisch, während ich ihre Nummer einspeichere.

# Epilog

Als Noah mir die Tür zum Präsidium aufhält, kann ich nicht anders, als ihn dankend anzulächeln und ihm einen Kuss auf die Wange zu drücken.

Es ist einfach so erleichternd, dass der ganze Horror ein Ende hat und Noah und ich jetzt wieder ganz normal weiterleben können, auch wenn ich wahrscheinlich noch eine Weile paranoid sein werde ...

Für Noah ist das aber wahrscheinlich nicht anders.

Immerhin war der Täter, der Serienmörder, den wir so lange gesucht haben, sein eigener Zwillingsbruder. Wir haben dessen Spiel gespielt und gewonnen.

Er hat seinen leiblichen Vater kennengelernt und erschossen. Noah müsste das alles viel mehr treffen als mich. Und trotzdem ist er immer für mich da, wenn ich nachts mit einem gequälten Schrei aus dem Schlaf hochschrecke. Er nimmt mich immer wieder in den Arm, wenn ich wie paralysiert aus dem Fenster starre, die Ereignisse erneut durch meinen Kopf rasseln, wie ein Stop-Motion-Film.

Dieser Mann ist einfach unglaublich.

Wahrscheinlich brauchen wir beide noch etwas Zeit, um diesen Fall vollständig zu verarbeiten, aber wir sind wenigstens nicht allein. Wir haben uns und können uns gegenseitig stützen, falls wir drohen, zu fallen. Was allerdings nicht bedeuten soll, wir werden den Fall als Vorwand nehmen, um uns eine Pause von der Arbeit zu schaffen.

Nein, wir machen weiter und was auch immer als nächstes auf uns zukommen wird, wir werden gewappnet sein.

Wir haben beide unsere Motive und Absichten, in der Welt ein klein wenig Gerechtigkeit und Ordnung zu schaffen, ob es nun die Geister unserer Vergangenheit sind, die uns weiter vorantreiben oder unsere Visionen für die Zukunft ist gleich. Hauptsache wir hören nie auf, zu ermitteln und Probleme zu lösen, wo andere vergeblich scheitern.

Derweil wirft die untergehende Sonne lange Schatten durch die Fenster des Präsidiums und ausnahmsweise Mal, ist niemand im Foyer am Herumwuseln oder noch schnell die letzten Berichte am Abgeben.

Vor dem Fahrstuhl bleiben wir stehen und ich drücke auf den Knopf, um ihn zu uns ins Erdgeschoss zu rufen.

„Wie geht's dir?", fragt mich Noah, während wir warten. Natürlich wäre es schneller gegangen, wenn wir die Treppe genommen hätten, allerdings haben wir ausnahmsweise mal keine Eile, also warum sich nicht etwas Zeit mit den Dingen nehmen.

„Wie geht es *dir*?", gebe ich die Frage zurück, anstatt zu antworten.

Immerhin hat er persönlich mehr durchmachen müssen die letzten Wochen.

„Unverschämt. Ich habe zuerst gefragt", stößt er in gespielter Empörung hervor. Ich verdrehe mit einem dramatischen Seufzen die Augen, obwohl ich innerlich lächeln muss.

„Also schön. Mir geht es gut. Ich bin zufrieden, am Leben zu sein und habe tatsächlich ganz okayes Glück bei der Partnerwahl gehabt."

Grinsend greife ich nach seiner Hand und unsere Finger verschränken sich ineinander.

„Ganz *okayes* Glück?!", protestiert Noah nun noch dramatischer, indem er sich mit seiner freien Hand an die linke Brust fasst, als hätte ihn jemand geradewegs einen Pfeil durch das Herz gejagt. „Das ist die größte Verleumdung in der Geschichte der Menschheit. *Ganz okayes Glück!* Ich bin ja mal sowas von der Hauptgewinn!"

Nun kann ich nicht anders und muss einfach auflachen. In diesem Moment öffnet sich die Fahrstuhltür mit einem *Bing* und wir treten ein.

„Du hättest lieber ans Theater gehen sollen, anstelle dich einem so kunstlosen Beruf wie dem Polizisten zu verschreiben", falle ich in unser kleines Spiel mit ein. „Echt ein verschwendetes Talent."

„Ich weiß, missverstandene Künstler gibt es leider zuhauf in dieser Welt. Denk nur an unseren Poeten zurück."

Vielleicht ist es makaber darüber zu lachen.

Nichtsdestotrotz muss ich es dennoch.

Anschließend sehe ich Noah erwartungsvoll an, während der Fahrstuhl uns weiterhin ins richtige Stockwerk transportiert.

Noah begegnet meinem Blick und erwidert: „Ach ja richtig, jetzt bin ich ja an der Reihe."

Mit einer ausschweifenden Geste holt er aus, bevor er beginnt: „Also zuerst einmal finde ich, dass du auch einen ganz akzeptablen Fang abgibst und zweitens ...“

Weiter kommt er allerdings nicht, da seine nächsten Worte in meinem prustenden Gelächter untergehen. Kurz darauf stimmt er in mein Lachen mit ein, ehe ich mich wieder fassen kann.

„Okay, okay“, sage ich immer noch grinsend und etwas außer Atem. „Schluss jetzt damit. Du bist ein ganz hervorragender Freund und Partner.“

„Und du bist eine brillante Kollegin und Partnerin.“ Er haucht einen flüchtigen, aber aussagekräftigen Kuss auf meine Lippen.

„Und um deine Frage endlich zu beantworten: Mir geht es tatsächlich gut ... Dank dir.“ Seine Worte klingen aufrichtig und ehrlich und mir wird augenblicklich leichter ums Herz.

*Wie ein verliebtes Schulmädchen*, würde Mia jetzt sagen, *aber was ist schon so schlimm daran*, denke ich.

In diesem Moment öffnet sich die Fahrstuhltür mit einem erneuten *Bing* und wir betreten die Büros. Gefolgt von Noah laufe ich zu den Schreibtischen und werde fast von ihm über den Haufen gerannt, als ich abrupt stehen bleibe.

„Was ist los?“, fragt er, während er neugierig über meine Schulter blickt.

Fassungslos stehe ich da und schaue entgeistert auf das etwas, was meinen Schreibtisch ziert.

Kleiner Tipp: Es ist klein, rechteckig, aus Papier, lila und hat mir in den letzten Wochen einige Nerven gekostet.

„Das ist bestimmt nicht so, wie es scheint. Da hat sich wahrscheinlich nur jemand einen Spaß erlaubt", versucht Noah mich zu beruhigen, wobei das besser funktioniert hätte, wenn seine Stimme und sein Blick davon überzeugt wären.

„Davon stand nichts in der Presse. Keiner wusste davon außer unserem Team. Das ist nicht lustig! Und auch kein verdammter Streich!"

Ich spüre, wie mich die mir bereits allzu bekannte Panik ergreift und in ihren Klauen hält.

„Aber er ist doch tot! Er ist tot, Noah!" Ich blicke ihm fest in die Augen und erkenne darin dieselben Gefühle, welche in mir gerade am Überlaufen sind.

„Wir haben beide gesehen, wie er aus dem Haus getragen wurde! Tot!"

Ich brauche seine Bestätigung, um nicht vollständig der Hysterie zu verfallen.

„Ja, das haben wir. Michael ist tot", spricht er aus, was ich hören muss, um meine Atmung wieder unter Kontrolle zu kriegen.

„Lass uns doch erstmal die Überwachungskameras checken, bevor wir voreilige Schlüsse ziehen und der Hund noch in der Pfanne verrückt wird." Noahs Stimme ist ruhig und ich zwinge mich ebenfalls zur Ruhe.

*Wir stehen das durch.*

Ich nicke.

Noah legt mir seinen Arm schützend um die Taille, als er das Band nochmal zurückspult, um sich zu versichern, obwohl das für mich nicht mehr nötig ist.

Es ist real!

*Selbstbewusst stolziert der Mann auf der Videoaufnahme zu meinem Arbeitsplatz, mit einer Kapuze auf, sodass man sein Gesicht nicht erkennen kann. Er platziert den Brief, und dreht sich zum Gehen um. Kurz bevor er aus dem äußeren Bildrand verschwindet, hebt er allerdings den Blick und schaut genau in die Kamera. Er lächelt provozierend, seine stechendblauen Augen wie zwei Blitze in der Nacht.*

Er wollte, dass wir es wissen!

Wissen, dass er noch lebt, dass der Alptraum noch nicht vorbei ist, dass er uns einen Schritt voraus ist – schon wieder!

Ich öffne vorsichtig den Brief und hole einen rosafarbenen Zettel heraus.

Der Inhalt ist kurzgehalten. Nur ein Wort, um genau zu sein.

Um noch präziser zu werden: Mein Name.

Zusammen mit einem kleinen Herz.

Ich schlucke.

**Das Spiel geht weiter!**

# **Danksagung**

Zuallererst wollen wir den Menschen danken, die uns geholfen haben, dieses Buch zu verwirklichen.

Vielen lieben Dank an:

Stella Lorenz, die als erste unser Buch auf den Inhalt überprüft hat, ob die Handlung nachvollziehbar und die Charaktere klar gestaltet sind.

Anna Werry, die sich unserem Buch angenommen und es zu einem „Lektorat" weitervermittelt hat.

Sandra, die dieses Buch auf Rechtschreibung und Grammatik überprüft hat.

Viviane Eller, die uns bei dem Cover unterstützt hat.

Das Fotostudio Kromlinger, das fantastische Bilder für uns gemacht hat.

Außerdem geht ein großer Dank an unsere Freunde (insbesondere an Amelie, Flynn, Lukas und Miri), die wegen uns wahrscheinlich irgendwann noch in der Klapse landen werden, aber uns trotzdem nicht von der Seite weichen und sich auch Geschichten anhören, die man nie hören wollte, ...

Des Weiteren natürlich unserer Familie, die uns immer noch liebt, obwohl sie genau wissen, was manchmal in unseren Köpfen abgeht.

Der größte Dank geht jedoch an Quinn. Vielen, vielen Dank. Ohne dich wäre dieses Buch niemals entstanden. Du hast uns stets motiviert und uns Beistand geleistet, wann immer es nötig war.

# Über die Autorinnen

**Isabel Ludschoweit** war bereits im Grundschulalter von Mordfällen begeistert. Während andere gleichaltrige Kinder gerne einmal Prinzessin oder Tierärztin werden wollten, wollte Isabel forensische Anthropologin werden. Auch wenn sie diesen Wunsch nun verworfen hat, bleibt ihre Faszination für Kriminalfälle bestehen. Kombiniert mit ihrer Vorliebe und ihrem Talent zum Schreiben entstand dieser Roman.

In ihrer Freizeit spielt Isabel gerne Querflöte, ist in verschiedenen Theatergruppen aktiv und hat derzeit den braunen Gürtel in Karate.

**Johanna Finkernagel** wurde von ihren Lehrer*innen in der Unterstufe als äußerst zurückhaltend und ruhig beschrieben. Heute ist Johanna jedoch sehr energiegeladen und steckt voller Kreativität. Beides setzt sie dazu ein, ihren Freundeskreis mit verrückten Ideen zu unterhalten. Besonders beliebt sind ihre karikativen Zeichnungen, vor denen niemand verschont bleibt. Ihre Kreativität bringt sie außerdem mit Hilfe ihrer Begabung zum Verfassen von Texten verschiedener literarischer Gattungen zum Ausdruck.

# Triggerwarnung
## (Achtung: Spoiler!)

Das Buch *The Diary* enthält Elemente, die triggern können.
Diese sind:

Explizite Darstellung oder Erwähnung körperlicher und
seelischer Gewalt
Blut
offene Wunden
Gefängnis
Erbrechen
Grausame Tode
Mord
Psychopathisches Verhalten
Häusliche Gewalt
Alkoholmissbrauch/Süchte
Suizid
Diskriminierung/Sexismus

# Folgende Bücher

- **The Love-Letter**

Band 2 der Tagebuch-Morde

**„Das hier ist keine simple Drohung oder ein Tagebucheintrag. Das hier ist ein verdammter Liebesbrief!"**

Das Polizistenduo, Kim und Noah, atmet auf, als sie Michael endlich das Handwerk gelegt haben. Die Familien der Opfer würden keinen Prozess bekommen, doch endlich ist der Horror vorbei. Das denken sie zumindest ...

Es dauert nämlich nicht lange bis neue Leichen auftauchen und das Muster ist so perfide, dass es sich eigentlich nur um Michael handeln kann. Hat er das Feuer doch überlebt?

An den Tatorten tauchen Liebesbriefe an die Hauptermittlerin auf.

Werden die grausamen Morde etwa ihr gewidmet?

# Leseprobe

## Prolog

**MICHAEL:**

Der Mann liegt schwer atmend auf dem Boden des Gewölbes, die Arme und Beine weit von sich ausgestreckt. Rostige Metallstangen durchschneiden sein Fleisch an Händen und Füßen und verhindern damit, dass er sich aus der Position rühren kann – geschweige denn, sich unter diesen furchtbaren Schmerzen auch nur rühren zu wollen. Er wimmert und rotzt wie ein Fuchs in einer Bärenfalle.

Den Mund kann er allerdings nicht zu einem Schrei aufreißen, da ansonsten die dutzend Nägel in seinen Rachen fallen und seine Kehle von innen aufschlitzen würden. Ein Fuchs hätte sich in dieser Situation das eigene Bein abgebissen, ehe er in der Falle krepiert, doch diese Option ist damit versiegt. Der Mann dreht vorsichtig seinen Kopf von links nach rechts und wieder zurück, doch das Gewölbe bleibt von allen Seiten gleich – steinern, dunkel, kalt. So kalt, dass der unregelmäßig ausgestoßene Atem des Mannes weiße Wölkchen in der Luft formt. Der einzige Gegenstand, den die Steinmauern beherbergen, ist der kleine silberne Wagen zu seinen Füßen, der an einen Tisch aus dem OP erinnert. Er kann nicht erkennen, was sich auf ihm befindet, denn die Sicht wird ihm von mir versperrt - der einzigen anderen Person, welche sich noch hier unten aufhält. Doch er hat eine wage Vorahnung, was da auf ihn zukommen wird.

Man sollte meinen, in dem Moment, in dem ein Mensch weiß, dass er bald sterben wird, würde er von Panik erfasst werden und alles darangeben, vor seiner Bestimmung zu fliehen, versuchen gegen sein Schicksal anzukämpfen. Doch der Mann am Boden ist in eine Art Schockstarre gefallen, bewegt sich – bis auf das stoßweise Heben und Senken seines Brustkorbs – nicht mehr. Das macht es für mich natürlich umso einfacher.

Ich hantiere in diesem Moment an meinen schönen Werkzeugen auf dem Wagen und das helle klirrende Geräusch, wenn Metall und Metall aufeinanderschlagen, echot in dem Gewölbe von den Wänden. Nach geraumer Zeit des Wartens drehe ich mich endlich zu meinem Fuchs in der Falle um. Das Aufblitzen des Skalpells in meiner Hand, wie man es aus dem Biologieunterricht kennt, erscheint in dieser Szenerie weitaus tückischer.

Mit quälend langsamen Schritten gehe ich auf mein Opfer zu, dessen aussichtslose Lage mich mit Genuss erfüllt, und knie mich über seinen nun doch bebenden Brustkorb. Scheinbar funkt der Überlebensinstinkt des Kerls doch ein letztes Mal auf.

„Danke, dass du mir hierbei geholfen hast", wispere ich mit verführerisch kühler Stimme und ziehe einen Brief aus meiner Kitteltasche. Ich bin ihm tatsächlich dankbar. Der Mann am Boden erkennt das Schreiben wieder, kennt jedes Wort darin. Ich stecke den Brief wieder weg, ehe ich langsam das Hemd des Mannes aufknöpfe und das Skalpell auf seinen nackten Körper, direkt über der Stelle seines Herzens, aufsetzte. Bei leichter Ausübung von Druck reißt seine Haut auf und Blut sickert noch mäßig aus der Wunde.

„Nur noch ein letzter Gefallen", murmele ich wie hypnotisiert vom Anblick der roten Flüssigkeit, dann drücke ich die Klinge tiefer in das weiche Fleisch.

Ich arbeite sauber, mit zügiger Präzision, was nicht einfach ist, da mein Opfer nun doch angefangen hat sich zu winden und zu schreien. Allerdings hatte er ja vorgesorgt und die Bolzen und Nägel erledigen den Rest. Der Mann zerfleischt sich wortwörtlich selbst, noch ehe ich sein Herz erreicht habe.

*Fast zu schade.*

Nachdem die Arbeit getan ist, packe ich meine Gerätschaften wieder vom Wagen ein und lasse den toten Mann zurück. Die Nacht ist noch jung, doch ich muss sich beeilen, schließlich habe ich noch ein weiteres Rendezvous

...

Instagram: crime.author.duo
E-Mail: crime.author.duo@gmail.com